# 갇힌 말

정혜련 소설집

청어

# 갇힌 말

정혜련 소설집

**발 행 처**·도서출판 **청어**
**발 행 인**·이영철
**영     업**·이동호
**기     획**·이용희
**편     집**·방세화
**디 자 인**·이해니 ㅣ 이수빈
**제작부장**·공병한
**인     쇄**·두리터

**등     록**·1999년 5월 3일
(제1999-000063호)

**1판 1쇄 인쇄**·2019년 7월  1일
**1판 1쇄 발행**·2019년 7월 10일

**주소**·서울특별시 서초구 남부순환로 364길 8-15 동일빌딩 2층
**대표전화**·02-586-0477
**팩시밀리**·0303-0942-0478

**홈페이지**·www.chungeobook.com
**E-mail**·ppi20@hanmail.net
**ISBN**·979-11-5860-665-7(03810)

이 도서의 국립중앙도서관 출판시도서목록(CIP)은 서지정보유통지원시스템 홈페이지
(http://seoji.nl.go.kr)와 국가자료공동목록시스템(http://www.nl.go.kr/kolisnet)에서 이용
하실 수 있습니다.(CIP제어번호: CIP2019023042)

# 갇힌 말

## 작가의 말

들끓던 시간이 지나간 자리는 잔잔한가.
출렁임이 가라앉은 자리는 잠잠한가.

종종 혼란에 빠졌다.
열정을 가장하는 건 아닌지 의구심이 들 때마다 어지
러웠다.

세상과 현실의 간극을 목도하며 쉼 없이 종종거렸다.
한번 멈추면 다시 일어설 수 없을지도 모른다는 불안이
늘 목을 눌렀다.

더러 마음이 무거웠다.
더러 입을 닫기도 했다.

들썩이다 주저앉기 일쑤였다. 미련인지 오기인지 알 수 없지만 다른 길을 찾을 줄도 몰랐다. 오래 앉아 있었지만 내세울 것도, 남다른 자랑거리도 없었다. 그래도 즐거웠고 가장 큰 위안이기도 했다.

목매던 시간들 속절없이 스러져갔지만 길동무는 남아 있었다. 앞으로도 내 인생은 즐겁고 또 위안이 함께 할 것이다.

2019년 6월,
안구건조증 치료 중에
정혜련

# 차례

# 장미터널

–

이놈의 아파트, 알다가도 모를 짐승 같았다.

징글징글한 나머지 심하게 진저리를 쳤다.

동시에 뒤도 돌아보지 않고 정문 밖으로 냅다 달렸다.

경비실 구석에 여전히 상자가 쌓여 있었다. 근무 교대를 하는 박이 어제 또 하나 왔다며 턱짓을 했다. 고개도 흔들었다. 입주민이 찾아가지 않는 택배는 근심 덩어리였다. 분실 염려 때문만은 아니었다. 보통 귀갓길에 찾아가지만 일주일 넘게 연락이 되지 않는 집이 있었다. 집을 비우면서 택배는 왜 시켰냐는 박의 얼굴이 거무죽죽했다.

경비실은 택배 보관 장소였다. 책상과 캐비닛과 낡은 소파를 한쪽으로 몰고 나머지 공간에 각 동별로 상자를 분류했다. 집 앞에 두고 간 택배를 분실하는 일이 반복되면서 경비실에서 관리하게 되었다.

나는 아침 여섯 시에 교대해 2인 1조로 만 하루씩 근무하는 아파트 경비원이었다. 입주 십 년 차 중소형 육백여 세대가 거주하는 아파트였다. 차량 통제와 단지 순찰뿐 아니라 청소와 쓰레기장 관리가 주 업무지만, 스스로 입주민을 지키는 가장이라는 책임감도 있었다.

일 년 가까이 일하는 동안 익숙한 얼굴도 많았다. 대중교통으로 출퇴근하는 직장인과 등하교 하는 학생과 근처 마트에 다녀오는 주부와 무료한 노인들이었다. 나는 그들에게 주로 안녕하세요, 잘 다녀오세요, 수고하세요, 수고하셨어요, 공부 열심히 해, 오늘도 고생했다, 식사하셨어요, 어디 출타

하세요, 몸은 좀 어떠세요, 같은 인사말을 건넸다.

관리소장이 수시로 입주민에게 인사 잘하라고 주의를 주었다. 인터넷 카페에 경비원들이 친절하고 상냥했으면 좋겠다는 글이 올라온다는 것이다. 동료들은 입주민이 경비원을 아랫사람 취급한다며 부르르 끓어오르기도 했다. 어쨌거나 경비원에게 그들은 갑이었다. 그들 마음에 들지 않으면 재계약이 불가능했다. 처음에는 마지못한 것도 없지 않았지만 인사를 하다 보니 정도 들었다.

근무 중에 수시로 401동을 올려다보았다. 경비실과 마주보고 있기도 하지만 걱정을 내려놓을 수 없었다. 401호와 1004호가 늘 명치에 걸려 있었다. 처음에는 하루 이틀 집을 비웠거니 여겼지만 401호 택배가 늘어나면서 따로 모았다. 집에만 있거나 우울한 여자는 위험했다. 표정도 없고 인사를 해도 알은 체도 하지 않는 1004호를 보면 아내가 떠올랐다.

그러고 보면 차라리 903호는 다행이었다.


올 초 이사 온 401호는 달팽이처럼 집을 둘러쓰고 살았다. 외출도 하지 않고 택배와 마트 배달로 생활을 해결했다. 한밤중에 쓰레기를 들고 나오는 게 바깥출입의 전부였다. 쓰레기를 버린 다음 주머니에 손을 넣은 채 우두커니 밤하늘을 올려다보았다. 아파트 단지라도 한 바퀴 돌기를 바랐지만 그대로 들어갔다. 간혹 불길한 예감이 엄습했지만 도리질을 했다.

야간 순찰을 돌다 현관 앞에서 401호와 맞닥뜨린 적이 있었다. 인사를 건네자 고개를 조금 숙였다. 왜 집에만 있냐고, 그러지 말라는 말이 나올 것 같아 입술을 앙다물었다. 경비원이 할 말은 아니었다. 401호는 늘 후줄근한 트레이닝복 차림이었다. 바짝 마른 몸에 화장기 없는 얼굴이 까칠하고 어깨 위로 늘어진 머리가 추레했다. 아파트 정문에 서 있다 보면 교복을 입은 여학생뿐 아니라 초등학생도 볼이 뽀얗고 입술이 붉었다. 서로 옷과 신발을 비교하고 자랑하다 끝내 시샘했다.

정문을 드나드는 입주민을 보면 그들이 내가 품고 있는 가족 같았다. 나는 어른들이 퇴근하고 아이들이 하교할 때까지 빈 집을 지키는 것과 다르지 않았다. 그런 생각을 할 때면 흐뭇했다. 그러나 나는 어느 한 세대 마음대로 들어갈 수 없는 경비원이었다. 경비원 일에 가당찮은 의미를 부여한다는 것도 모르지 않았다.

택배 기사와 학원 차량 기사와 아파트 근처 음식점 배달

원 얼굴도 다 알았다. 아파트를 방문하는 학습지와 피아노, 첼로 레슨 교사들도 마찬가지였다. 또 파출부와 거동이 어려운 노인을 돌보는 요양보호사도 있었다.

과일이나 채소, 생선 트럭이 잠깐만 들어가게 해 달라고 부탁하기도 했다. 잡상인 출입 금지라고 하면 정문 앞에서 확성기를 틀었다. 모른 척 하고 싶지만 득달같이 달려가 쫓아냈다. 나는 아파트의 품위를 중요시 하는 입주민을 위해 일하는 경비원이었다.

가끔 도둑이 들어 외부인 출입도 눈여겨봐야 했다. 밤에는 자동차 주차 스티커를 체크했다. 건너편 주택가에서 주차하는 경우가 있어 날마다 확인하지 않을 수 없었다. 퇴근 시간에는 정문 차단기를 올려놓아 외부 차량이 들어오기도 했다. 한 세대에 자동차가 두 대를 넘어 서너 대인 집도 있어 주차장이 포화 상태였다. 느지막이 퇴근한 입주민이 지하 1, 2층 주차장을 뱅뱅 돌다 이중 주차를 하는 경우가 잦았다. 항의가 들어오면 관리소장이 경비원에게 언성을 높였다.

쓰레기 분리수거장도 수시로 둘러봐야 했다. 마대 자루 위에 플라스틱, 비닐, 유리병, 고철, 스티로폼, 종이라고 적혀 있지만 쓰레기가 섞이기 일쑤였다. 분리수거 협조 요청 방송도 했다. 식식대며 열을 내지도 않았다. 경비원이 할 일이라

고 생각하면 간단했다. 오며가며 마대 자루가 차면 다른 것
으로 교환해 주었다. 박스는 펴서 쌓았다.

　아파트 단지를 순찰하다 놀이터 아이들을 지켜보기도 했
다. 밤중에 그네나 벤치에 앉아 담배를 뻐끔거리는 학생들
을 보면 헛기침을 하며 지나갔다. 한갓지게 늙어가는 입주민
의 말 상대도 했다. 아파트 단지를 산책하는 입주민도 지켜
보았다. 식사 때가 되면 맛이나 보라며 음식을 들고 오기도
했다. 비 오는 날은 전 냄새가 경비실에 번져 콧등이 시큰거
렸다. 시장에 갔다 오다 경비실 창문으로 음료수도 밀어 넣
었다. 인사해도 눈길도 주지 않는 입주민도 있었다.

　"안녕하세요."

　903호 여자가 쾌활하게 인사했다. 손도 살짝 들어 보였다.
오늘도 계단 대신 유모차나 거동 불편한 노인이 이용하는
완만한 출입구로 들어섰다. 그 위로 아치형 구조물을 따라
넝쿨장미가 터널을 이루고 있었다. 장미터널에서 걸음을 멈
추고 고개를 들었다. 눈을 감은 얼굴 위로 황홀한 미소가 번
졌다. 머리 위 장미가 커다란 화관처럼 보였다.

　요사이 903호가 부쩍 위태로워 보였다. 날마다 외출하는
게 바람이 났는지도 몰랐다. 남편이 없으니 바람이라고 할
수도 없었다. 모자챙을 들어 올리며 인사하자 고개를 까딱

하며 지나갔다. 뒷모습에서 눈을 떼지 못했다. 좌우로 흔들리는 엉덩이가 사뭇 관능적이었다. 엑스 자로 다리를 교차하는 걸음걸이가 도도한 고양이 같았다. 나이 오십이 넘었다는 것이 믿기지 않을 정도로 탄력이 넘쳤다.

"늙은 남편 죽기를 기다렸나. 뭐가 급하다고 벌써 저러고 다니나, 다니길."

순찰을 마치고 온 강이 혀를 찼다. 같은 근무 조인 그는 903호가 바람난 여편네라도 되는지 못마땅해 했다.

화단 옆 수돗가로 갔다. 유월 초인데도 날이 제법 더웠다. 호스를 풀자 강이 거들었다. 한낮이면 화단에 한 차례씩 물을 뿌렸다. 벌써 에어컨을 튼 집도 있는지 실외기 돌아가는 소리가 들렸다. 뙤약볕에 시든 나무 위로 물줄기가 쏟아졌다.

1004호가 양손에 시장바구니를 들고 아파트로 들어섰다. 중심을 잡지 못하는 저울처럼 기우뚱거리면서도 표정 변화가 없었다. 종이 인형 같은 1004호와 마주칠 때면 아내의 유령과 맞닥뜨린 듯 등골이 서늘해졌다. 속에 침전되어 있던 표정이 깨어나 내 얼굴을 덮칠 것 같았다. 짐을 받아 현관 앞에 두었다. 사양이나 고맙다는 말도 하지 않았다. 중·고등학생 남매와 남편을 위해 시장을 오가면서 한 가지 표정뿐이라니, 안타까웠다. 집안에 틀어박히지 않고 가족들을 위해 움직이는 것이 그나마 다행이었다.

그러고 보니 1004호가 장미터널로 들어가는 걸 본 적이 없었다. 현관 앞에 꽃이 우거진 줄도 모르는 것 같았다. 장미가 피자 여자들은 터널로 들어가 한껏 꽃기운에 취해 생이 붉게 타오르기를 갈망했다.

배달을 마친 택배 차량이 경비실 앞에 멈췄다. 기사가 상자를 몇 개 들고 내렸다. 부재중 택배 배달 대장에 동호수를 적었다. 요즘은 무인 택배함을 설치하는 아파트가 많다고 했다. 이 아파트도 입주자 대표회의 때 의견이 나왔지만 흐지부지된 모양이었다. 동별로 택배를 분류하고 401호는 따로 모았다.

이사하자마자 401호에 몇 차례 손님이 찾아왔다. 집에 없는지 금방 내려온 그들이 이름과 동호수를 확인했다. 언니와 동생이 두런두런 걱정을 늘어놓았다. 김치와 밑반찬을 문 앞에 두고 왔다는 말을 남기고 경비실을 나섰다. 그 뒤로 택배와 마트 배달 기사가 더 자주 드나드는 것 같았다.

인터폰과 휴대전화를 번갈아 걸었지만 받지 않았다. 짜증이 나다가도 걱정이 앞섰다. 경비실 한쪽에 쌓인 택배 상자를 보자 한숨도 나왔다.

혹, 401호가 집에 있는 것은 아닐까. 집에 있으면서 택배 기사의 벨과 경비실의 연락에 응답하지 않는 것일 수도 있다는 생각이 들었다. 선뜻 납득하기 어렵기는 했다.

아파트 정기 소독을 할 때의 일이었다. 용역 업체 직원이 401호는 빈 집이냐고 물었다. 주중에 소독을 받지 못한 세대를 위해 주말에 다시 방문했지만 여전히 응답이 없다는 것이었다. 아파트는 한 집에 벌레가 생기면 순식간에 번져 소독을 거르면 안 된다고 했다. 인터폰을 누르자 한참 만에 가느다란 음성이 들렸다. 401호가 집에 개미 한 마리 안 보인다고 했다. 소독을 하지 않아도 사인을 받아야 한다고 하자 대신 하라는 답이 돌아왔다. 용역 업체 직원이 붙이는 약을 내밀었다. 지금 올라가겠다고 했다. 벨을 누르자 문이 열렸다. 현관으로 들어서자 센서 등이 들어왔다. 401호는 보이지 않았고 약은 신발장 위에 두고 가라는 소리가 들렸다. 문을 닫고 나와서야 왜 응답하지 않았냐고 물었어야 한다는 생각이 들었다. 경비원이 입주민에게 따질 일인가 싶기도 했다.

강에게 순찰 간다는 말을 남기고 경비실을 나섰다. 아파트 구석구석과 지하 주차장을 돌아봐야 했다. 경비실 옆 창고로 들어가 물을 꺼내 마셨다. 냉장고에는 출근할 때 싸들고 온 밥과 반찬뿐 아니라 입주민들이 갖다 준 음식도 있었다. 창고 구석에는 빗자루와 쓰레기 분리수거용 마대 자루가 차곡차곡 쌓여 있었다.

계단을 따라 지하 주차장으로 내려갔다. 입주민이 부리나케 자동차에 올라타고 있었다. 엔진 소리가 어딘가로 달려가기 위해 온몸을 일으키는 짐승의 포효 같았다. 낮 시간이라 주차 공간이 많았다.

지동차 사이를 들여다보며 지하를 돌기 시작했다. 자동차 털이범과 맞닥뜨릴 수도 있다는 생각에 긴장이 되었다. 다른 조 근무자인 심이 겪은 일이었다. 마지막 코너를 돌며 후미진 쪽을 들여다보았다. 동시에 자동차 밑으로 들어가는 움직임을 놓치지 않았다. 고양이였다. 녀석은 혼자였다. 어떤 날은 여러 마리가 몰려다녔다. 사람들이 키우다 내다버렸는지 아파트 주변을 맴돌며 쓰레기통을 뒤졌다. 모른 척 지나갔다.

각 동 계단을 순찰할 차례였다. 401동부터 엘리베이터를 타고 맨 위 층으로 올라갔다. 18층부터 복도를 둘러보며 자전거와 유모차로 인해 통행에 불편이 없도록 정리했다. 복도에 쓰레기를 내놓아 냄새가 난다는 항의도 있지만 다행히 그런 집은 보이지 않았다. 한 집 한 집 창문도 살폈다. 실제 복도 쪽 창문을 열어놓은 집에 도둑이 든 적도 있었다.

비상계단을 따라 한 층씩 내려갔다. 미리 준비한 비닐봉지에 담배꽁초를 주워 담았다. 놀이터나 각 동 현관 앞에도 늘 꽁초가 보였다. 수시로 방송을 해도 소용없었다. 강은 틀림없이 머리에 피도 안 마른 놈들 짓이라고 했다. 가장들이 집 밖으로 쫓겨났을 수도 있었다.

올해는 유난히 더위가 일찍 찾아왔다. 여름을 보낼 일이 여간 걱정스러운 게 아니었다. 순찰도 순찰이지만 경비실에 앉아 있으면 찜질방처럼 숨이 막혔다. 그래도 일을 시작하면서 술을 마시지 않았다. 건강에 문제가 생기면 밥줄을 잃게 될 것이다. 특별한 기술도 없고 나이 오십이 넘어 일자리를 얻은 것만도 감지덕지였다. 아내가 갔다고 삶을 팽개칠 수 없었다. 간혹 혼자 아득바득 사는 내 자신이 기가 막혀 넋을 놓기도 했다.

숨을 고르며 9층으로 들어섰다. 903호가 복도를 걸어오며 인사했다. 그새 집에 들어왔다 다시 외출하는 모양이었다. 엘리베이터 버튼을 누르며 살짝 웃는 입술이 장미보다 붉었다. 엘리베이터를 타는 903호를 향해 모자챙을 조금 들어 올렸다. 문이 닫히는 틈 사이로 원피스 자락을 쓰다듬는 모습이 보였다.

장미의 계절이 되자 903호는 꽃보다 화사하게 피어올랐다. 막 경계를 넘을 듯 볼수록 도발적이며 아슬아슬했다. 몇 번이나 바람이 난 것이라던 강의 말이 떠올랐다. 아무래도 좋았다. 슬픔과 우울에 빠져있는 것보다 그 편이 나았다. 903호의 남편은 스무 살 가까이 많았다고 했다. 자식들 출가시키고 상처한 영감이 몰래 이 아파트를 마련했다는 것이다. 돈 보고 작정한 여자에게 홀랑 넘어간 것이라고도 했다. 영감은 새살림을 차린 직후 탈이 났다. 자식들이 몰려와 온 아파트가 알도록 뒤집어놓고 갔지만 조신하게 병구완을 했다. 다 영감 재산을 차지하기 위해서라는 말도 있었다. 삼 년 째 일하는 강은 입주민들 속사정에 밝았다.

처음 903호의 변화를 목격한 것은 영감의 삼우제 며칠 뒤였다. 곧 쓰러질 듯 휘청거리며 아파트를 나서는 뒷모습에서 눈을 뗄 수 없었다. 장례를 치르는 동안 탈이 나 병원에 간다고 여겼다. 해질 무렵 딴 사람이 되어 돌아온 903호를 보고 입이 딱 벌어졌다. 처음에는 방문객인 줄 알았다. 웨이브 진 머리에 베이지색 원피스 차림의 903호는 갓 사십을 넘었다고 해도 믿을 정도였다. 손에는 쇼핑백이 여럿 들려 있었다. 입꼬리를 끌어 올린 채 나 903호예요, 라는 음성에 웃음기가 가득했다. 그렇게 날 몰라보겠냐며 흐뭇해하는 표정이었다. 교대 근무조인 박도 혀를 내둘렀다.

903호는 옷으로 마음껏 자신을 표현했다. 병구완에 치여 고무줄 통치마나 무릎 튀어나온 바지만 걸치고 다니던 사람이 맞는지 의심스러웠다. 옷마다 엉덩이 라인과 종아리가 훤히 드러났다. 티셔츠를 입으면 가슴이 도드라졌고 블라우스 단추가 미어질 것 같았다. 그 위에 재킷을 걸치면 당당한 커리어우먼으로 보였다.

외출했다 자정이 넘어 들어온 날도 많았다. 입주민 출입이 끊겨 의자에 기대 졸던 나는 화들짝 놀라곤 했다. 밤의 정적을 가르는 또각또각 소리에 정신이 말짱해졌다. 악몽을 떨치듯 몸을 일으키면 903호가 경비실을 들여다보았다. 도시의 네온사인에 취했다 돌아왔는지 얼굴이 꽃송이 모양 만개해 있었다.

4층 복도로 들어섰다. 401호 앞으로 가는데 나도 모르게 발끝이 들렸다. 잠시 망설이다 벨을 눌렀다. 순찰 돌 때마다 벨을 누르지만 응답이 없었다. 박의 말처럼 어딜 가면서 택배는 왜 시켰나 싶었다. 어쩌면 언니나 동생이 보냈을 수도 있었다. 다시 벨을 누른 뒤 돌아섰다. 택배가 쌓이면서부터 한밤중에 쓰레기를 들고 나오지도 않았다. 현관에 서서 밤

하늘을 올려다보지도 않았다. 여행이라도 갔으면 차라리 다행이었다.

순찰을 마치자 등골과 이마에 땀이 흥건했다. 경비실 창문에 순찰 중 팻말이 걸려 있었다. 강이 쓰레기 분리수거장에 간 모양이었다. 경비실 문을 열자 후끈한 열기가 쏟아져 나왔다. 창문과 출입문을 활짝 열었다. 그새 택배 상자가 늘어나 있었다. 해가 꼴딱 넘어가도록 찾아가지 않으면 인터폰으로 연락했다. 택배가 와 있다고 하면 입주민들은 그 길로 달려 나와 상자를 안고 돌아갔다.

부채질을 하며 밖으로 나갔다. 바람 한 점 없었다. 여전히 경비실 건너편에서 에어컨 실외기 소리가 났다. 한두 집이 아니었다. 손바닥으로 이마를 훔쳤다. 대부분 베란다 문이 열려 있었다. 눈으로 소리 나는 집을 어림해 보았다. 401호도 소리가 나는 것 같았다.

401호는 집에 있는 걸까. 집에 있다면 왜 기척을 하지 않는지 참으로 모를 일이었다. 날이 더워 참외가 곯는 건 아닌지, 양파즙은 멀쩡한지 걱정이었다. 또 크고 작은 상자도 어서 주인을 찾아가야 했다. 인터폰을 귀에 붙이고 있다 한참 만에 내렸다.

벽시계가 오후 4시를 향하고 있었다. 커다란 원형 시계 바늘이 경비실 앞까지 바짝 다가온 햇볕에 나른해 보였다. 이른 더위 탓에 드나드는 입주민을 찾아볼 수 없었다. 아이들이 놀이터에서 노는 소리도 없는 아파트 단지는 음이 소거된 듯 고요했다. 책상에 팔을 괴고 있던 나는 몸을 젖혔다. 이런 시간이면 경비실이 세상과 차단된 듯 적막이 덮쳤다. 평온한 한편 때로 몸서리가 났다. 아파트 전체가 깊은 우울에 빠진 것 같아 한숨이 나왔다.

교복을 입은 여자 아이 둘이 조잘대며 정문으로 들어섰다. 그 뒤로도 남학생과 여학생들이 이어졌다. 저런 아이가 있었으면 내 생에도 웃음이 넘쳤을 것이다. 아내는 병들지 않았을 것이고 목숨을 버리는 일도 없었다.

1004호가 음식물 쓰레기통을 들고 나왔다. 쓰레기장으로 걸어가는 걸음이 늘어진 고무줄처럼 맥이라곤 없었다. 빈 통을 들고 털레털레 돌아올 때는 땡볕도 아랑곳하지 않았다. 1004호가 현관 앞에 멈춘 채 아파트 앞 도로 쪽으로 고개를 늘였다. 몸만 우두커니 서 있는 게 느껴졌다. 경비실을 박차고 나가 대체 왜 그러냐고 묻고 싶었다.

1004호를 눈여겨 본 것은 작년 가을 무렵이었다. 연이어 늦은 밤 허깨비처럼 현관에 서 있는 모습에 등골이 오싹했다. 간간이 가슴이 들먹거리는 것이 잠을 못 이루는 성싶었다. 겨울 지나 봄이 온 뒤에도 계속 그랬다. 계절이 바뀐 줄도 모르는 것 같았다. 1004호는 가로등이 켜진 도로 쪽을 바라보았다. 꽃기운을 이기지 못한 입주민들이 늦은 시간까지 산책하다 옆을 비켜갔다. 자칫 그대로 주저앉아 퍽퍽 울 것 같아 조바심이 났다.

졸다가도 1004호가 현관으로 나오는 날이면 머릿속이 시렸다. 봄밤이 신음하는 소리와 1004호의 무게를 가늠할 수 없는 생이 가슴을 눌렀다. 입주민들의 삶이 얼핏 보일 때마다 숨을 죽였다.

교복 입은 여자 아이가 1004호에게 달려가는 게 보였다. 어깨를 감싸 안지만 반가워하는 기색이 없었다. 아이 표정이 무거웠다. 내 얼굴도 저랬으리라. 저런 딸아이가 있었다면 아내와 내 삶도 달랐을 것이다.

903호가 비닐봉지를 들고 돌아오고 있었다. 숨을 할딱일 때마다 팽팽한 가슴이 오르내렸다. 연신 손부채질도 했다. 장미터널로 들어서며 손바닥으로 이마를 찍어 눌렀다. 단숨에 더위가 가신 듯 얼굴이 활짝 펴지는 게 보였다. 903호가 양 팔을 쭉 뻗으며 빙글빙글 돌 것 같아 눈을 깜빡일 수조차 없었다. 그러면 나는 손뼉을 치고 목청껏 환호하리라.

경비실을 나섰다. 301호가 헐레벌떡 달려왔다.

"아저씨, 401호에 연락 좀 해 주세요."

어제부터 베란다 천정에서 물방울이 떨어진다며 발을 굴렀다. 윗집 벨을 눌러도 기척이 없다는 것이다. 이대로 뒀다 문제가 커지면 어쩌냐고 했다. 인터폰을 누르자 머리가 쭈뼛 일어섰다. 401호는 바깥출입이라곤 하지 않았다. 생필품이며 식재료까지 배달시켰다. 박도 통 외출하는 걸 못 봤다고 했다. 순찰 도는 사이 외출했을 수도 있다고 생각을 돌려보지만 불안이 가시지 않았다.

301호가 휴대전화로도 연락해 보라고 재촉했다. 종일 에어컨이 돌아가는데 사람이 없다는 게 말이 되냐고 펄쩍 뛰었다. 한참 만에 수화기를 내리자 301호가 거듭 연락해달라는 부탁을 남기고 돌아섰다.

정말 집에 있으면서 응답하지 않는 걸까. 아니면 에어컨 끄는 걸 잊고 여행을 간 것일까. 곧바로 401동으로 들어갔다.

401호 앞에 선 나는 우선 초인종부터 눌렀다. 인내심을 갖고 조금 더 기다렸다. 급기야 주먹으로 문을 두드렸다. 바깥 출입을 하지 않는 동안 401호는 집 안의 가구처럼 붙박인 것일까.

엘리베이터를 내려 현관으로 나올 때까지 903호가 장미터널에 있었다. 볼이 온통 발그레했다. 비닐봉지에서 요구르트를 꺼내 내밀었다. 사양하지 않았다. 903호도 하나 따 손을 내밀었다. 건배를 하자는 것 같았다. 마시려다 말고 손을 내밀며 멋쩍게 웃었다. 빈 병을 받아든 여자가 눈웃음을 치며 현관으로 들어갔다. 물끄러미 뒷모습을 보았다.

401호를 어떻게 한담. 301호 여자는 물이 떨어질 때마다 애를 태울 것이다. 그들 모두 돌봐야 하는 가족 같았지만 어느 것 하나 속 시원하게 해결할 방법이 보이지 않았다.

수시로 401호로 연락했다. 아니나 다를까 301호 여자가 슬리퍼를 끌고 내려왔다. 곧 천장이 무너질 것처럼 표정이 심각했다. 자리에서 일어서지만 기운이 없었다. 신경을 쓴 것도 있겠지만 저녁때가 가까워 시장기가 몰려왔다. 먼 기적 소리 같던 시장기가 바짝 다가와 있었다. 온몸이 푹 찐 야채 같았다. 내일 아침까지 근무할 생각에 현기증이 났다.

아침에 출근하고 저녁에 퇴근하는 직장이 간절했지만 가당치도 않은 꿈이었다. 경비원은 삶의 마지막 끈이었다. 직장과 아내를 잃고 폐인처럼 지내자 지인이 일자리를 주선했다. 그렇지 않았다면 영영 무너졌을 것이다. 곧 해가 지리라는 생각에 안도했다. 낮의 열기가 식고 저녁을 먹으면 다시 기운이 날 것이다.

301호가 지금도 실외기가 돌아간다며 귀를 세웠다. 또다시 401호가 집에 없다는 게 말이 안 된다고도 흥분했다. 갑자기 몸을 움츠리고 혼잣말처럼 중얼거리다 세차게 손을 저었다.

"별 일 없겠죠?"

여섯 시가 넘어서자 입주민들이 하나 둘 퇴근했다. 가장들 어깨를 감싼 양복저고리가 무거워 보였다. 맞벌이 하는 주부들이 장바구니를 들고 종종걸음 치며 현관으로 달려 들어가기도 했다. 아파트 주변 음식점 오토바이가 수시로 들어오고 배달통을 든 청년들이 번개처럼 움직였다.

재활용 쓰레기를 들고 현관을 나서던 903호가 옆으로 비켜섰다. 원피스가 낮에 입었던 것보다 화사했다. 팔랑거리는 꽃무늬에 홀려 눈을 떼기 어려웠다. 1004호도 저런 옷을 입고 외출하고 장미터널에 들어가야 했다. 무표정을 떨치고 삶을 회복해야 옳았다. 401호를 생각하다 이마를 짚었다. 차라리 여행을 갔기를 바랐다. 물건을 주문해 놓고 깜빡 잊어도 좋았다. 에어컨을 켜놓고 갔어도 좋았다. 해가 좋을 때 몇날 며칠이고 401호를 아파트 마당에 세워놓고 싶었다. 그러면 삶의 틈새에 낀 습기가 바짝 마를 것이다. 또 아파트 주변 산책길을 타박타박 걷게 하고 싶었다. 직접 상가를 돌며 장을 보라고 권유도 해야 했다.

그들 이전에 아내부터 챙겼어야 했다. 고개를 떨어뜨렸다. 아내가 병드는 걸 알면서도 나는 손을 놓았다.

별 일 없겠죠? 그 말과 함께 불안이 새삼 목덜미를 잡아챘다. 입안도 바스락거렸다. 401동을 올려다보았다. 조금 더 기다려 보자고 했지만 무슨 조치를 취해야 할 것 같았다.

창고로 들어가 저녁 식사 준비를 했다. 테이블을 치우고 접이식 철제 의자를 폈다. 격일제 근무라 쉬는 날 저녁에는 출근할 때 들고 갈 반찬을 만들었다. 강은 아내가 싸준 반찬을 들고 왔다. 냉장고에서 김치와 어묵 볶음과 장아찌를 꺼내 의자 위에 올렸다. 입주민이 갖다 준 열무김치와 감자조림도 있었다. 냉장고에서 밥을 한 통 꺼내 전자레인지로 데웠다. 식사는 강과 교대로 했다.

시장한데도 입맛이 당기지 않았다. 열무김치부터 한 입 물며 밥을 떴다. 제대로 씹지도 않고 삼킨 밥알이 목구멍에 걸렸다. 물을 마시자 눈물이 찔끔 났다. 갓 지은 구수한 밥 냄새가 코끝을 감돌았다. 목구멍이 아릿했다. 서둘러 식사를 끝내고 화단 수돗가에서 밥공기와 수저를 씻었다. 잠시 목을 늘인 채 하늘을 보았다. 강이 배를 어루만지며 경비실을 나섰다.

"아저씨, 비상키 있죠?"

301호 부부가 잰걸음으로 경비실로 건너왔다.

"만약을 위해 경찰에 신고부터 해야 한다니까. 종일 에어컨이 돌아가는데 아무 기척이 없다는 것부터 이상하잖아."

강이 먼저 관리소장한테 연락해야 한다고 했다. 이미 퇴근해 우리끼리 결정할 문제가 아니라고 선을 그었다. 심장이 턱을 칠 것처럼 벌떡거렸다. 비상키 함을 열었다. 강이 무슨 짓이냐며 눈을 부라렸다. 피차 입에 풀칠하기 힘든 형편에 목 달아나고 싶으냐고 만류했다. 벌써 일주일이 넘도록 연락이 되지 않는다고, 무슨 일이 생겼으면 어쩔 거냐고 맞섰다. 강이 자신은 책임 못 진다고 했다.

"걱정 마."

강을 뿌리치고 경비실을 나섰다. 301호 부부가 투덕거리며 뒤따랐다.

결국 일을 낸 게 틀림없었다. 가슴이 미어져 주저앉을 것 같았다.

401호는 무슨 사연으로 집 안에 틀어박힌 걸까. 능력 발휘하며 다니던 직장까지 그만 두고 하고 싶은 일이 무엇인지 물었어야 했다. 이사한 이유도 마찬가지였다. 가족 모임과 방문도 거절하고 연락을 끊은 이유도 따졌어야 옳았다. 한밤중에 현관에 서 있을 때마다 달려가 말을 붙이지 못한 게 후회가 되었다.

사실 아내에게 먼저 그랬어야 했다. 아내나 401호의 내면이 문을 닫으면 접근할 수 없는 아파트와 다르지 않았다. 그 안에 고립된 아내도 혼자 병을 키웠고 급기야 일을 저질렀다. 저녁 먹은 게 얹혔는지 명치가 아팠다. 엘리베이터를 타고 버튼을 누르자 부부가 심호흡을 했다.

천천히 401호 벨을 눌렀다. 세 번째까지 기다렸다 주먹으로 문을 두드렸다. 문도 세 번 두드린 다음, 비상키를 꽂았다. 손바닥이 끈적거렸다. 심장이 거칠게 뛰었다. 등 뒤 301호 부부가 몇 발 물러났다. 입술을 굳게 문 채 키를 돌렸다.

"계세요. 경비원입니다. 계세요?"

짐짓 소리를 높였다. 문을 열자 현관 센스 등이 들어왔다. 집안 공기가 서늘했다. 등이 꼿꼿하게 일어섰다. 다시 경비원이라고 외쳤다. 머리가 쭈뼛 서고 뒷목이 뻣뻣했다. 다리가 후들거려 신발이 잘 벗겨지지 않았다.

"왜 따라오자고 했어."

301호 부부가 경찰을 불렀어야 한다고 투덜댔다. 경찰을 기다리자고 우는 소리도 했다. 아닌 게 아니라 턱이 얼얼했다. 소파와 장식장 위의 텔레비전과 헬스 자전거가 놓인 거실은 여느 집과 다르지 않았다. 그 옆 주방 싱크대에는 밥솥이나 냄비 하나 나와 있지 않았다. 밥을 해 먹은 흔적이라곤 없었다. 똑같은 구조의 아파트에서 산다고 삶까지 같지 않았다.

"실례합니다."

제발 아무 일 없기를 바라며 소리를 돋웠다. 대체 왜 이래야 하는지 항의하는 심정이기도 했다. 목을 맨 아내를 끌어안고 왜, 대체 왜, 울부짖던 내 모습이 떠올랐다. 사고로 딸아이를 잃은 후 아내는 세상과 담을 쌓았다. 나는 그런 아내를 감당할 자신이 없어 모른 척 했다. 아침이면 도망치듯 출근했고 날마다 퇴근이 늦거나 술을 마셨다. 주말에는 산악회를 따라 전국으로 내뺐다. 손을 끌고 함께 집을 나섰다면 아내는 사위지도 않고 극단적인 선택도 하지 않았을 것이다. 망설일 때가 아니었다. 숨을 들이마신 다음 반쯤 열린 방문을 밀었다.

하, 턱 끝에서 숨이 멎었다. 발등까지 심장이 뚝 떨어졌다.

창으로 향한 책상에 트레이닝복을 입은 등이 보였다. 401호였다. 늘 입던 그대로였다. 401호가 뚫어져라 컴퓨터 모니터를 들여다보고 있었다. 이어 키보드에 손을 올렸다. 다다

다, 소리가 요란하게 이어졌다. 숨도 쉬지 않고 할 말을 쏟아
내는 것 같았다.

"괜찮으세요?"

다리 힘이 쭉 빠졌다. 손발이 벌벌 떨렸다. 401호가 대답
대신 천천히 몸을 돌렸다. 미라처럼 바짝 마른 얼굴이 무표
정했다. 놀란 것 같지도 않았다. 못 볼 걸 본 듯 뒤로 물러났
다. 오랫동안 고립되었다 구조대를 만난 반가움은 없었다.
문을 따고 들어왔다는 항의나 경계도 없었다. 401호는 창백
하지만 딱히 이상은 없어 보였다. 안도도 잠시, 버럭 소리가
올라갔다.

"얼마나 연락했는지 아세요? 왜 대답을 안 하세요?"

저 얼굴이 401호가 맞나 싶었다. 이사하는 날 입주자 카
드를 받으며 잠깐 보았고 간간이 한밤중 현관에 서 있는 모
습만 봐서 확신이 서지 않았다. 눈가로 주름살이 보였지만
나이를 가늠하기 어려웠다.

"뭐야, 집에 있어요?"

301호 부부가 방 앞에 와 있었다. 그러고는 재빨리 용건
을 말했다. 베란다는 가운데 문이 달려 있고 에어컨 실외기
가 놓인 곳은 개조해 장판이 깔려 있었다. 301호 남자가 슬
리퍼를 신고 수도를 살폈다. 위층에서 내려오는 배수통이

32

바짝 말라 있었고 천정 역시 마찬가지였다. 배수구에 끼워진 배수 호스를 빼지만 호스와 배수구에는 물기라곤 없었다. 종일 에어컨을 켜놓았다면 배수구가 젖어 있어야 했다. 베란다 문을 넘어가 앉은걸음으로 호스를 쓰다듬으며 조금씩 움직였다. 집 안으로 연결된 벽이 가까워지자 호스가 축축했다. 호스에는 테이프로 붙여놓은 이음새가 보였다. 테이프 한쪽이 일어나 있고 거기서 물이 새고 있었다. 장판을 들치자 바닥이 흥건했다.

창고로 달려가 테이프를 챙겼다. 닫히던 엘리베이터 문이 열리며 몇 사람이 올라탔다. 아무도 얼굴이 들어오지 않았다.

401호로 돌아와 마른 걸레로 바닥을 닦고 호스에 테이프를 감았다. 뒷목에서 땀이 흘러내렸다. 방에서는 여전히 다다다, 소리가 났다.

301호 부부가 401호를 나섰다. 더없이 홀가분한 표정이었다. 경비실로 돌아가야 했지만 발이 떨어지지 않았다.

"왜 이렇게 사세요?"

기어이 눌려있던 말이 터졌다. 401호가 천천히 방을 나와 헬스 자전거 위에 올라앉았다. 바깥출입을 하지 않고 벨이나 인터폰도 응답하지 않는 이유가 못내 궁금했다. 아니, 따

져야 했다. 그걸 납득하기 전에는 떠날 수 없어 다리에 힘을
주었다.

"은둔형 외톨이를 소재로 소설을 쓰는 중이거든요."

401호는 담담한 한편 골똘해 보이기도 했다. 더 묻고 싶지
만 딱히 무엇을 물어야 할지 몰라 어물거렸다.

경비실에 택배가 잔뜩 쌓여 있다고 했다. 깜빡 낮잠이 들
어 한두 번 못 받으면서 찾으러가기 귀찮더라는 것이다. 그
러다 어떤 일이 벌어질지 궁금했다는 음성이 건조하게 뒤따
랐다.

현관에 플라스틱과 종량제 봉투가 있었다. 택배는 갖다
주겠다고 했다. 쓰레기를 들고 401호를 나섰다. 소설을 쓴다
니 그냥 이해하기로 했다.


쓰레기장을 나섰다. 아파트 정원과 산책길 조명등이 불을
밝히고 있었다. 이른 더위로 베란다 문이 열린 집이 많았다.
어느 집에서 피아노 소리가 새나왔다. 숨넘어가도록 아이가
우는 소리도 들렸다.

퇴근 차량이 줄지어 들어오고 있었다. 강이 차량을 향해
일일이 인사했다.

퍽! 401동 앞을 지나 경비실로 건너가려는데 커다란 물체

가 바닥에 처박히는 소리가 귓가에 낭자했다. 땅도 흔들렸다. 강이 시장하리라는 생각에 서둘러 길을 건넜다.

누가 떨어졌나봐, 소리와 함께 비명이 이어졌다. 머리끝이 딸려 올라가면서 온몸에 소름이 돋았다. 빳빳하게 굳은 채 천천히 돌아섰다.

장미터널이 무너져 있었다. 피를 토하듯 속절없이 꽃잎이 흩어졌다. 강이 달려가며 누가 떨어졌다고 했다. 1004호가 떠올랐지만 단정할 수 없었다.

저녁 하늘을 올려다보고 왜, 왜, 되뇌었다. 하늘을 향해 악다구니를 쓰고 싶었지만 목이 막혀 소리가 나오지 않았다.

나는 같은 평수와 같은 구조를 가진 아파트 경비원이었다. 그러나 그 안의 삶은 제각각이었다. 경비원이 할 수 있는 것은 아무것도 없었다. 아내도 지키지 못했으면서 아파트 주민을 지키는 가장이라고 여기다니, 가당찮았다.

이놈의 아파트, 알다가도 모를 짐승 같았다. 징글징글한 나머지 심하게 진저리를 쳤다. 동시에 뒤도 돌아보지 않고 정문 밖으로 냅다 달렸다.

# 안구건조증

—

시시각각 어둠이 밀려오는 방죽 위에 멈춰 섰다.
눈을 찡그린 채 가방을 뒤졌다. 고개를 모로 젖히고
안약을 넣었다. 외투 자락과 머플러가 어지럽게 펄럭였다.
이어 인공누액을 한 방울씩 떨어뜨리는 나는
광고용 바람 풍선처럼 흐느적거렸다.

천수만을 떠올리는 순간, 가슴에서 불덩어리가 치고 올라
왔다. 목구멍이 데였는지 몹시 화끈거렸다. 입술을 사려 물
고 심호흡을 했다. 내 속에 그런 것이 엎드려 있다니, 새삼
당혹스러웠다. 천수만이 달리 의미 있는 장소는 아니지만 한
번쯤 다녀와야 할 것 같았다. 이제라도 실컷 울고 싶었다.

진작 병원에 갔으면 눈물이 났을까. 그랬다면 나는 심금을
울리는 상주 노릇을 했을지도 몰랐다. 엄마가 세상을 떠났
는데 눈물 한 방울 흘리지 않는다는 눈총이나 패륜아 취급
도 당하지 않았을 것이다.

지난 한 달 가까이 나는 멍하니 앉아있기 일쑤였다. 해질
녘이면 주먹을 그러쥔 채 동그랗게 몸을 웅크렸다. 병 주둥
아리까지 시꺼먼 물이 차오르듯 무섬증이 엄습했다. 불안하
게 일렁이는 감정을 누르느라 입술이 달달 떨렸다. 리모컨을
거머쥔 나는 성마르게 버튼을 눌렀다. 어둠이 짙을수록 점
점 볼륨이 높았다. 아홉 평 남짓한 원룸에 쩌렁쩌렁 울리는
드라마 속 악다구니와 음악과 앵커의 멘트에 안도의 숨을
몰아쉬었다. 그런 소리들이 모닥불처럼 훈훈하게 느껴질 때
는 울음이 넘어올 것 같았다.

목울대가 뻐근한 반면 눈은 사막처럼 건조했다. 눈물샘이
고장 났거나 아예 말라버린 게 틀림없었다. 억지로 눈을 껌

뻑이다 시선이 멎었다. 텔레비전 뉴스에는 천수만을 찾은 청 둥오리와 가창오리가 너른 하늘을 날고 있었다.

버스터미널로 가면서도 전화번호를 뒤적였다. 지난 며칠간 줄곧 그랬다. 딱히 같이 갈 사람을 궁리하는 건 아니었다. 울고 싶어 천수만에 가면서 다른 사람과 동행할 수는 없었 다. 안 될 일이었다. 그런데도 매번 J의 번호를 물끄러미 들 여다보곤 했다. 이혼 후 서로 안부조차 묻지 않았는데 요즘 들어 그가 전화를 걸고 문자 메시지를 보냈다. 나는 냉큼 같 이 가자거나 운전을 해달라고 할 정도로 넉살이 좋지 못했 다. 그는 치를 떨며 떠난 사람이었다. 헛웃음이 나왔다.

불현듯, 양미간을 모은 채 고개를 흔들던 동생이 생각났 다. 한번 눈앞에 나선 동생이 좀처럼 물러설 줄 몰랐다. 친 구도 없고 연락하고 지내는 동창도 없어? 언니, 정말 아무도 없어? 동생 말꼬리가 치켜 올라가던 것도 무리는 아니었다. 엄마 장례식이 끝나도록 나를 찾아온 조문객 하나 없었으니 당연했다. 휴대전화에 저장된 번호로 문자메시지를 뿌렸으 면 누군가 왔겠지만 나는 끝내 손가락 하나 움직이지 못했 다. 어쩌면 친정 가족들이 J를 기다렸을 수도 있다는 생각 이 들었다. 고개를 수그렸다. 조문객은 고사하고 나에게는 함께 여행 갈 사람 하나 없었다.

버스가 서산에 도착할 때까지 줄곧 눈을 감고 있었다. 눈을 뜨면 안구가 타는 것처럼 아팠다. 새를 보러 간다는 생각에 잠을 설쳐 더할 것이다. 스스로도 감정을 가늠하기 어려웠다.

인터넷에서 알아본 대로 택시를 타고 서산 버드랜드로 갔다. 천수만 철새 탐조 투어 버스표를 샀다. 속이 비어 버스를 타고 오는 내내 멀미에 시달렸다. 버스가 서산에 도착했을 때는 빈껍데기만 남은 듯 허청거렸다. 터미널에서 제일 가까운 식당으로 들어갔지만 통 밥이 넘어가지 않았다. 엄마 장례식 때부터 줄곧 그랬다. 세상 떠난 엄마가 애달파서인지 분명치 않았다. 그렇다면 장례식이 끝날 때까지 눈물 한 방울 나오지 않았을 리 없었다. 아무것도 느끼지 못하는 듯 무감각한 상태였다. 다만 내 원룸으로 돌아오자 땡땡 뭉친 것이 가슴을 막았다. 온몸이 뻐근한 통증에 시달렸다.

부음을 듣고 친정으로 내려가던 내 모습이 오버랩 되었다. 장례식장으로 들어서자 피붙이들이 통곡을 하고 있었다. 그들이 억지로 끌려온 듯 엉거주춤 들어서는 내 손을 잡거나 부둥켜안았다. 마른 낙엽처럼 폐가 녹아내렸다는 엄마는 중환자실에서 영영 눈을 뜨지 못했다. 노년기로 접어들면서 부쩍 병치레에 시달리다 급기야 생의 끈을 놓은 것이다.

영정 속 형형한 눈빛이 나를 쏘아보고 있었다. 가볍게 진저리를 쳤다. 눈물도 없이 허엉허엉, 거리던 소리가 쑥 들어갔다. 그 눈빛 너머의 서늘함에 온몸이 졸아들었다. 옆에서 동생이 영정을 향해 손을 뻗으며 애타게 엄마를 불렀다. 동생과 내가 다른 엄마를 두었는지도 모른다는 생각이 들었다. 뜨거운 덩어리가 울컥, 솟구쳤지만 그뿐이었다.

염을 할 때도 숨죽인 오열과 안타까운 탄식이 끊이지 않았다. 엄마 주위에 둘러선 채 저마다 얼굴을 쓰다듬거나 손을 만졌다. 나도 어떻게든 마지막 인사를 하고 싶었다. 손을 잡는 순간, 동생이 엄마를 보낼 수 없다며 온몸으로 끌어안았다. 나는 뒤로 밀려나고 말았다. 동생을 말리는 가족들을 지켜보면서도 눈은 건조하기만 했다. 대신 손끝에서 차가운 느낌이 떠나지 않았다.

장례식 내내 친척과 지인이 들어설 때마다 동생이 오열했다. 그들은 너나할 것 없이 숙연해졌고 손수건으로 눈물을 찍어내며 한마디씩 입을 뗐다. 막내 울음소리는 저승까지 들린다더니 옛말 틀린 거 하나 없지. 그만 울어라, 네가 이러면 엄마 발걸음 안 떨어진다. 누군가 어깨를 토닥이면 더욱 서러움이 북받쳤다. 막내가 엄마하고 정이 애틋했던 갑네. 노인네가 넘쳐나는 세상인데 뭐가 급해 막내를 이리 섧게 하노. 동생이 원통한 듯 툭툭 가슴을 쳤다.

동생 울음소리가 커질수록 나는 고개를 숙였다. 조문객들은 아무도 내 어깨를 토닥이지 않았고 재빨리 동생 손을 잡았다. 나를 보는 눈이 하나 같이 이해할 수 없다는 듯 고개를 흔들었다. 엄마가 세상을 떠났는데 어떻게 얼굴이 말짱할 수 있냐며 언짢은 표를 냈다. 네가 이렇게 차가운 줄 몰랐다는 소리도 나왔다.

장례를 마칠 때까지 끝내 눈물이 나지 않았다. 오빠와 동생의 오열에 쫓겨 스스로를 다그쳤지만 소용없었다. 나를 꼬나보는 아버지 눈이 매웠다.


철새 탐조 투어 버스에는 초등학생 자녀를 동반한 가족이 많았다. 버스가 출발하자 해설사가 마이크를 잡았다. 인사와 함께 세상을 뜬 대기업 총수가 바다를 메워 농경단지를 조성하면서 천수만이 철새도래지가 되었다고 설명했다.

탐방객들이 귀를 기울이는 한편 차창 밖을 내다보며 탄성을 터뜨렸다. 농로를 따라 달리는 버스 차창 저편으로 황량한 들판이 가뭇없이 펼쳐져 있었다. 아이들이 일제히 소리를 높였다. 큰기러기 떼가 논에 앉아 모이 활동을 하고 있었다. 버스가 멈췄다. 해설사가 허리를 숙이고 차창 밖을 가리키며 천연기념물인 재두루미를 설명했다. 박자라도 맞춘 듯 탄성이 터져 나왔다.

다시 버스가 출발하자 검지를 까딱거리며 숫자를 헤아렸다. 가장자리가 언 호수에는 큰고니와 청둥오리가 떠 있었다. 설명도 듣는 둥 마는 둥이었다. 큰기러기도 재두루미도 안중에 없었다. 큰고니와 청둥오리도 본 척 만 척 했다. 그것들이 시베리아에서 며칠을 날아왔든 알 바 아니라는 듯 연신 들판과 하늘로 눈을 휘뚝거렸다.

간간이 눈을 감았다. 가방을 뒤지다 길게 한숨을 쉬었다. 두세 시간 간격으로 하루 여섯 번 인공누액을 넣어야 했지만 집에서도 잊기 일쑤였다.

눈물이 나지 않았던 게 정말 안구건조증 때문일까. 누군가 엄마가 세상을 떠났는데 눈물 한 방울 흘리지 않는다는 말에 눈에 이상이 생겨 그렇다고 했다. 의아해하는 사람 앞에서는 눈의 불편을 감내하는 것처럼 인상을 찌푸렸다. 사뭇 낙담한 표정도 지었다. 머리가 허연 누군가는 그 병 어려서도 좀 걸리지 그랬냐며 혀를 찼다. 짐짓 고개를 갸웃거렸다. 진작 치료 받았으면 눈물이 났을까. 그랬다면 난감한 상황이 생기지 않았을지 궁금했다.

천수만 탐방이 끝나가고 있었다. 새를 관찰할 수 있도록 간간이 멈추던 버스가 농로를 따라 쉬지 않고 달렸다. 눈이라도 쏟아지려는지 하늘이 온통 잿빛이었다. 줄곧 고개를 늘여 어깨가 무너질 듯 아팠다. 눈은 깜빡일 수조차 없었다. 머리까지 지끈거렸다. 해설사가 투어 마무리 인사를 마치자 손을 들었다.

"천수만에는 해마다 320여종의 철새가 찾아옵니다. 최근에 갈까마귀를 관찰하지 못한 걸 보면 남부 지방으로 내려간 모양입니다."

맥이 빠졌다. 나는 갈까마귀를 보기 위해 천수만으로 달려왔다.

투어 버스를 내린 뒤에도 버드랜드를 떠나지 못했다. 한동안 들판을 내려다보고 서 있었다. 날아오르는 새를 쫓느라 눈이 분주했다. 텔레비전 뉴스를 보다 천수만에 올 생각을 했지만, 내 무의식에는 그것이 엎드린 채 날개를 퍼덕였다.

눈 속에서 갈까마귀가 깍깍 울며 서녘 하늘을 덮고 있었다. 그 아래서 여자 아이가 하늘을 보고 목 놓아 울었다. 그 둘은 떼려야 뗄 수 없는 유년의 이미지였다. 얼음이 언 냇가 다리 끝에 쪼그리고 앉아 들판 저편을 바라보는 아이가 흉터처럼 뇌리에 박혀 있었다. 서녘 하늘이 물들면서 매운바람에 볼과 손발이 아렸지만 아무도 데리러 오지 않았다. 마을 앞 들판 위로 갈까마귀가 날아들기 시작했다. 아이는 방 죽을 따라 들판 끝을 향해 걸었다. 못에 이르자 머리 위로 갈까마귀가 새까맣게 모여 들었다. 볼에서 목으로 눈물이 타고 내렸다. 집으로 들어갈 수 없다는 생각에 서러움이 북받쳤다. 뱃속 깊은 곳에서 뜨거운 덩어리가 솟구쳐 올라 어지럼증과 함께 눈과 귀가 흐릿했다.

갈까마귀를 찾아 내려온 것은 그래서였다. 나는 유년 시절처럼 그것들의 군무를 보며 목 놓아 울고 싶었다. 울기 위해 천수만에 왔다. 나는 울어야 할 때 울지 못했다. 그렇다고 눈물이 없는 것도 아니었다. 오히려 눈물을 제어하지 못해 인생이 꼬였다고 봐도 틀리지 않았다.

하염없이 들판을 바라보았다. 시간을 가늠하기 어려웠다. 삽시간에 검은 어둠이 들이닥칠 것 같아 불안했다. 돌아가려면 서둘러야 했지만 발이 떨어지지 않았다.

고향에 가 볼까. 하긴 고향이 남부지방이긴 했다. 초등학교 졸업 무렵 고향을 떠날 때까지 나는 하늘을 뒤덮은 갈까마귀를 보았다. 그 후 엄마 장례식 날 처음 고향땅을 밟았다.

장지는 선산이었다. 가족 중 누구 하나 아버지 결정에 토를 달지 않았다. 엄마가 남긴 말이 있으니 의논이나 해보자고 나섰다. 아버지가 대번에 눈을 부라렸다. 물러서지 않았다.

엄마는 전부터 죽어 고향에 가기 싫다고, 화장해 뿌려달라고 했다. 스스로 운명을 예감했던지 폐렴으로 입원한 동안 오빠와 동생에게도 그랬다. 하룻밤 병상을 지킨 내게도 같은 소리를 했다. 가난한 고향 생각만 해도 지긋지긋해 돌아가기 싫다는 거였다. 수의에 묶여 땅에 묻히면 꼼짝없이 삶이 반복될 것 같아 두렵다고 했다. 엄마는 되풀이될 삶을 거부하느라 잔뜩 몸을 뻗댔다. 감내하기 어려운 고통을 겨워하듯 눈을 감은 채 도리질도 했다. 사는 게 그렇게 힘들었냐고 묻자 눈을 뜬 엄마가 이윽히 나를 바라보았다. 무슨 말인가 할 듯 입을 오물거리다 하던 말을 이어갔다. 엄마는 죽어 한 줌 재가 되어 바람처럼 흩어지고 싶다고 했다. 그러면 삶의 윤회를 끊고 자유로울 수 있을 것 같다며 희미하게 웃었다.

요즘은 화장률이 80%가 넘는다는 내 말에 아버지가 입을 딱 벌렸다. 너희 엄마가 무연고자냐고, 어떻게 엄마 뼛가루를 뿌리자는 소리를 아무렇지 않게 하냐며 노여워했다. 친척 어른들도 큰딸이 저런 줄 몰랐다며 숙덕였다. 눈물 한 방울 안 흘릴 때부터 알아봤다는 것이다. 오빠와 동생은 시종 말이 없었다. 잡아먹을 듯 눈을 흘기던 아버지가 엄마 옆에 당신 가묘까지 썼다. 훨훨 날아가려는 엄마를 붙들고 싶은 모양이었다.

모래성이 허물어지듯 허리가 꺾였다. 고향에 가고 싶지 않은 건 엄마만이 아니었다. 장지를 의논하는 자리에서 무의식이 꿈틀대는 걸 직감하고 있었다.

천천히 걸음을 옮겼다. 울기 위해 천수만에 왔지만 결국 울지 못했다. 잠깐 고향 생각을 했지만 선뜻 내 근원과 맞설 용기가 나지 않았다. 버스터미널로 가면서 휴대전화를 꺼냈다. 부재중 전화와 문자 메시지가 여러 통 남아 있었다.

다시 안과를 찾았다. 천수만에 다녀온 뒤 눈에 모래가 들어간 것 같은 이물감과 함께 가려움증이 극심했다. 인공누액을 달고 살았지만 소용없었다. 아무래도 바람을 오래 쏘여 그런 모양이었다. 처음 안과를 찾은 것은 장례식을 마치고 서울로 돌아온 뒤였다. 의사가 그동안 인공누액 잘 넣었냐고 물었지만 대답이 나오지 않았다. 안과 검사기에서 물러앉은 의사가 컴퓨터 모니터를 가리켰다. 모니터에 눈 아래꺼풀을 당겨서 찍은 사진이 떠 있었다. 두 눈이 노을 진 하늘 같았다. 실컷 울어 충혈된 것처럼도 보였다. 의사가 인상을 찡그리고 눈을 껌뻑였다. 그 역시 불편을 겪는 성싶었다.

"염증 치료를 위해 항생제 성분 안약과 인공누액을 처방해 드리겠습니다. 약 잘 넣고 모니터나 휴대전화 오래 보지

마세요. 생활에서 증상을 완화시켜야 합니다."

"안구건조증이 있으면 눈물이 안 나올 수도 있나요?"

지난번에 묻지 못한 것이기도 했다. 의사가 가볍게 실소하며 돌아앉았다.

"나이가 들거나 눈물 분비에 관여하는 눈 구조물에 염증 혹은 외상 같은 손상이 생기면 눈물 분비가 줄기는 합니다. 그렇다고 눈물이 안 나진 않아요. 아직 그럴 나이도 아니구요. 만약 그렇다면 정서적인 문제 아닐까요."

약국에 처방전을 내고 의자에 앉았다. 실내습도를 60%로 유지하고 컴퓨터 사용 중간중간 눈 휴식을 취하면 나아질까. 따뜻한 수건을 눈 위에 덮어 찜질도 하고 바람에 노출되는 것도 줄이면 도움이 될까. 물을 많이 마셔 수분을 보충하고 지속적으로 인공누액을 투여하면 증상이 완화되긴 할까.

간혹 불편하던 눈이 몇 달 전부터 부쩍 심했다. 이혼 후 나는 밤낮 컴퓨터 앞에만 앉아 있었다. 서둘러 진료를 받고 생활 수칙을 지켰으면 안구건조증이 나았을 수도 있었다. 그랬다면 상주가 울지 않는다는 말에 억지를 부리지 않았을 것이다. 안구건조증도 없는데 눈물이 나지 않았다면 어떻게 했을지 궁금했다. 차라리 안구건조증인 걸 다행으로 여겨야 한다는 생각이 들었다.

엄마가 떠난 뒤로 동생 전화가 빗발쳤다. 그때마다 비난과 함께 의구심을 쏟았다. 잠을 못 이뤄 뒤척이다 전화를 받으면 다짜고짜 울거나 목소리가 잠겨 있었다. 그러고는 이야기를 해 보라고 했다. 또 그 소리냐고 하면 왜 울지 않았냐고 다그쳤다. 엄마에게 무슨 유감이 그렇게 많았냐고, 설령 그랬다손 치더라도 어떻게 그럴 수 있냐고 피를 토하듯 따졌다. 내일 통화하자고 해도 막무가내였다. 엄마 장례식에서의 내 모습만 생각하면 잠이 싹 달아나 벌떡 일어난다는 것이다.

나는 결혼 후 줄곧 서울에서 살았고 일 년에 두어 번 친정집에 갔다. 전화도 대부분 엄마나 동생이 걸었고 안부를 묻고 나면 할 말이 없었다. 속을 보일 일은 더욱 없었다. 생활의 거리만큼 마음의 거리가 엄연했다.

더구나 지난 일 년은 발을 끊고 지냈다. 이혼을 인생의 실패로 여기는 친정 식구들과 거리를 두고 싶었다. 나는 인생을 실패했다고 여기지도 않았고 그럴 만큼 결혼 생활에 애착이 강하지 않았다. 모두들 실패에만 초점을 두었지 내막에 관심을 보이는 사람은 없었다. 설령 그런다고 설명할 수 있는 일도 아니긴 했다.

기질적인 문제였다고 하면 납득이 될까.

이혼 직후 친정집에 갔을 때였다. 엄마가 기어이 꼬라지 부리다 탈이 났다며 등짝을 후려쳤다. 누가 이 모양으로 내질러 놨냐고 한탄도 했다. J는 헐거운 사이를 좁히거나 나에게 접근할 길이 없다는 말로 이혼의 뜻을 비쳤다. 가늘게 입꼬리가 떨리는 걸 보며 심적 고통을 짐작할 수 있었다. 관자놀이를 짚고 있던 그가 말을 이었다. 내가 가진 무거운 분위기에 질식할 것 같다고, 더는 튕겨나가고 싶다 않다고 했다. 왜 그렇게 생겨 먹었냐고, 그 까짓 거 옷가지처럼 훌훌 벗을 수 없냐고 할 때는 안타까움으로 사뭇 울먹였다. 나는 미안하다는 말조차 하지 못했다. 엄마는 내가 원만하게 살지 못할 걸 예감했는지도 몰랐다.

원룸으로 들어서며 컴퓨터부터 켰다. 안약과 인공누액을 넣는 사이 휴대전화가 진동했다. 책상으로 갔다. 십여 년 컴퓨터 앞만 지켰지만 생계 해결은커녕 지면 얻기도 어려웠다.

이제는 무슨 일이든 해야 했다. 글 쓰는 것 외에 다른 커리어가 없어 몸을 부딪쳐야 할 것이다. 은행 잔고는 바닥이지만 약간의 현금이 있긴 했다. 장례식이 끝나고 가방을 챙기자 아버지가 삼우제가 남았다고 했다. 급한 일이 있다는 말에 정 가야겠으면 마음대로 하라며 노여워했다. 방에 들어갔던 아버지가 장례식 때 들어온 부조금을 조금 넣었다며 봉투를 던졌다. 옆으로 밀어놓자 가져가라며 봉투를 넣고 가방을 닫았다. 그러고는 앞으로 어떻게 살 생각이냐고 물었다. 오금을 박듯 밥벌이도 안 되는 짓 때려치우고 살 길을 찾으라고 했다. 안방으로 들어가는 아버지 등이 흔들리고 있었다.

딱히 취직 부탁할 데도 없었다. 언젠가부터 나는 모든 인간관계에서 멀어져 있었다. 애초에 그런 관계가 있긴 했는지 의심스러웠다. 이혼 전, 무작정 쏘다니다 귀가한 나는 친구랑 있다 늦었다고 둘러댔다. J가 그럴 친구라도 있으면 다행이라고 했다. 코웃음도 쳤다.

휴대전화를 끌어당겼다. 동생이 왜 이렇게 전화를 안 받느냐고 소리를 높였다. 일 때문에 외출 중이었다고 하자 수긋해졌다.

"언니, 나 아무래도 눈물샘이 고장 났나 봐."

동생이 채 말을 맺지 못하고 울먹였다. 엄마의 부재가 새록새록 실감 나 견딜 수 없다는 것이다. 눈을 감고 듣기만 했다.

"멸치 볶음이랑 어묵 조림 하려고 보니까 고추장이 떨어졌더라구. 빈 고추장 통을 들고 있는데 어찌나 눈물이 나던지. 전화만 하면 엄마가 고추장부터 필요한 거 들고 달려왔는데 이젠 어디로 전화하지. 난 고추장 된장 파는 건 먹어본 적도 없어. 조선간장도 마찬가지야. 참기름도 엄마가 짜다 준 것만 먹었는데 이제부터 뭘 먹고 살아야 하냐고."

동생이 목 놓아 울었다. 엄마와 생활의 거리가 멀었던 나로서는 공감하기 어려웠다. 가까웠어도 달랐다는 보장은 없었다. 거리 문제가 아니었다.

친정집에 갔다 돌아올 때면 엄마는 무언가 들려 보내려 했다. 나는 매번 뿌리쳤고 엄마는 누가 못 먹는 거 줄까봐 그러냐며 서운한 표를 냈다. J가 대신 받아 온 적도 있었다. 그는 다른 사람들은 친정 가면 하나라도 더 들고 오지 못해 안달이라는데 왜 그러냐고 물었다. 혹시 장모님이 친엄마가 아니냐고 물은 적도 있었다. 고추장이며 된장 담았는데 택배로 보내주겠다고 해도 한마디로 잘랐다. 동생이 대체 왜 그러냐고 볼멘소리도 했다. 엄마가 하소연한 모양이었다. 나는 엄마가 챙겨주는 것들이 달갑지 않았다. 살림에 흥미가 없어서만은 아니었다.

휴대전화 저편에서 팽, 코 푸는 소리가 들렸다. 코맹맹이 소리도 이어졌다.

"한번 내려와. 엄마한테 가고 싶은데 혼자는 못 가겠어."

대답이 나오지 않았다.

울기 위해 천수만을 찾아갔듯 한번은 내 근원과 대면해야 했다. 엄마 장례식 날은 경황이 없었다. 근 삼십 년 만에 고향 땅을 밟았다는 사실조차 자각할 수 없는 상태였다. 여러 날 못 먹고 못 잔데다 친척들 눈총에 시달린 나는 허깨비 같았다. 엄마 관 위에 흙을 뿌리면서도 끝내 눈물 한 방울 흘리지 못했다. 마지막 순간까지 눌려 있던 울음이 터지지 않았다. 다만, 동생에게 삽을 넘기다 꼬꾸라질 뿐이었다.

"언니, 장례식에서 왜 그랬어? 맺힌 게 있으면 자기 설움에 더 운다는데 왜 그랬는지 말 좀 해 봐."

동생이 또 물었다. 몇 번을 대답해야 하냐고 언성을 높였다. 꼭 눈물을 흘려야 슬픈 거냐고 들이댔다. 안 운 게 아니라 울지 못했다는 말이 나오지 않았다. 그게 사실인지조차 알 수 없었다. 다음에 통화하자는 말과 함께 서둘러 전화를 끊었다.

고향에 갔다 오면 울어야 할 때 울 수 있을까.

사실 우는 것은 그 다음이었다. 나는 고향에서 눈물 한 방울 흘리지 않았던 내 자신과 정면으로 맞서야 했다. 눈물이 매달려 있었던 유년을 마주해야 했다.

기억의 조각들이 달려들어 고개를 흔들었다. 황당하다 못해 절망하던 J가 앞으로 나섰다. 말라죽은 화분 앞에 앉아 어깨를 떨고 있는 내가 보였다. 공들여 키우던 식물은 아니었지만 생명이 서러웠다. 저녁나절 노을 진 하늘을 보면 불현듯 눈시울이 뜨거웠다. 생필품을 사오다 하늘을 보고 서 있기도 했다. 텔레비전을 보다가도 입술이 떨렸다. 눈물샘을 자극하거나 배꼽 빠지게 웃기는 장면도 아니었다. 다큐멘터리나 시끌벅적한 시골 장터를 보다가도 가슴 어딘가에 갇혀 있던 것이 툭, 터졌다. J는 더 이상 화를 내거나 달래지 않았다. 다만 그의 방문을 닫고 들어갔다.

나는 어려서부터 큰소리만 나도 눈물을 쏟았다. 집에서는 사흘이 멀다 하고 싸움이 벌어졌다. 겨우 몇 마지기뿐인 논밭을 어떻게 의논 한마디 없이 팔 수 있냐고 엄마가 땅을 쳤다. 아버지도 인정머리 없는 여편네라고 언성을 높였다. 도시에 나가 아쉬운 소리 하는 동생들 모른 척 할 수 없다고, 맏이니 당연하다고 했다. 추수가 끝나면 어김없이 집이 뒤집어졌다. 엄마는 우리 새끼들은 안 보이냐고 종주먹을 들이댔다. 새끼들 데리고 못에 빠져죽을 테니 동생들 끼고 잘 살라고 울부짖었다.

오빠나 동생은 무슨 기미만 보이면 그림자조차 보이지 않았다. 나는 다리를 뻗고 앉은 엄마를 따라 울었다. 옆을 흘깃 쳐다 본 엄마가 어디 부모가 죽었냐고 악다구니를 썼다.

그러고는 꼴도 보기 싫다고, 당장 나가라며 호미고 낫이고 잡히는 대로 집어던졌다. 나는 밖으로 내달렸다. 저런 걸 누가 낳았냐는 소리가 따라왔다.

집에서 쫓겨난 나는 동네 초입에 쪼그려 앉아 있었다. 사람들은 꼭 어리바리한 게 불벼락을 맞는다며 지청구를 쏟았다. 누가 다리 밑에서 주워온 애 아니랄까봐 그러고 있냐고도 했다. 물 풍선이 터지듯 설움이 북받쳐 고개를 젖히고 울었다. 나는 하늘을 보고 내가 누구인지 묻고 있었다. 나는 무엇이고 엄마는 또 무엇인지 하늘에게 물어야 했다.

울음이 잦아들면서 미친 여자가 못에 빠져 죽은 이야기를 떠올렸다. 시집도 안 간 처녀가 아이를 낳았다는 것과 남자가 아이를 빼앗아 간 뒤 미쳐버렸다는 것도. 고개를 돌리면 못 위로 갈까마귀가 새까맣게 하늘을 덮고 있었다. 그것들이 서러운 죽음을 애도하듯 깍깍 울었다. 못에 빠져 죽은 여자의 아이가 어디서 어떻게 크는지는 아무도 말해 주지 않았다. 동네에서는 떼를 쓰거나 말썽을 부리면 가차 없이 네가 미친 여자가 낳은 아이라고 했다. 그 소리에 너나할 것 없이 목젖이 보이도록 울었다.

엄마는 울음이 많으면 인생이 순탄치 않은 법이라고 했다. 울음을 조절할 수 있었으면 J가 떠나지 않았을지 궁금할 때도 있었다.

J와 헤어진 후에도 간혹 눈물이 났다. 앞날이 막막하기도 했지만 원룸에만 틀어박혀 있었다. 나는 쓰는 일에만 매달렸다. 그것 외에는 달리 생의 불가해함에 닿는 길을 알지 못했다. 내가 존재하는 방식이었고 세상과 사람을 껴안는 방법이었다. 밤새 뒤척이거나 자각몽에 시달리기도 했다.

버스에서 내리자 해가 한풀 꺾였다. M시를 거쳐 다시 버스를 갈아타고 오느라 시간이 제법 걸렸다. 끝내 동생에게 전화를 걸지 못했다. 정류장에 선 채 주변을 둘러보았다. 구부러진 길은 온데간데없고 이차선 도로가 곧게 뻗어 있었다. 들과 산이며 그 아래 마을이 낯설었다. 엄마 장례식 날은 어디로 왔는지 기억나지 않았다.

원룸을 나선 건 J의 전화 때문이었다. 나는 아침 내도록 원룸 방바닥에 어른거리는 나뭇가지를 어루만지고 있었다. 손을 움직일 때마다 목구멍으로 뜨거운 덩어리가 차올랐다. 삽시간에 병이 차오르듯 검은 물이 일렁거렸다. 오래전부터 내 안에 도사리고 있어 속수무책이었다. 자칫 병이 넘어질지도 모른다는 두려움에 꼼짝달싹도 못했다.

그때, 휴대전화가 울렸다. 벨은 좀처럼 멎지 않았다. 문자

메시지 도착음도 울렸다. 통화 좀 하자고, 문상도 못했는데 같이 장모님 산소에 가자는 내용이었다. 벽에 머리를 기대는데 갑자기 마음이 급했다. 옷을 입고 가방에 안약과 인공누액을 챙겨 넣었다. 외투를 걸치다 말고 인터넷으로 고속버스 시간표를 조회했다. 대중교통으로 M시를 거쳐 고향에 가려면 적잖이 번거로울 것 같았다. 그렇다고 전화를 걸 수는 없었다. 안 될 일이었다. 다시 전화가 오기 전에 서둘러야 했다. 누구에게도 유년을 들키고 싶지 않았다.

마을 앞 다리에서 멈췄다. 예전보다 다리가 넓고 튼튼했다. 냇가는 얼어붙고 나뭇가지가 오소소 떨었다. 다리 저편 마을 뒤로 둘러선 산이 병풍 같았다. 엄마가 잠든 선산이 있는 곳이기도 했다. 그 아래로 함석과 슬레이트 대신 말끔한 양옥과 붉은 기와집이 모여 있었다.

한동안 마을 맨 아래 양옥집에서 눈을 떼지 못했다. 주저앉을 듯 낮은 집이 겹쳐졌다. 고함과 악다구니와 울음이 뒤엉킨 집에서 여자 아이가 비명과 함께 달려 나왔다. 아이가 뒤돌아보다 눈물을 훔치며 마을 앞 다리로 타박타박 걸어오고 있었다. 다리에 다다를 때까지 눈도 깜빡이지 않았다. 단발머리 아이가 하늘을 올려다보았다. 라운드 스웨터 위로 목이 휜히 드러났다. 흉터로 남아 있던 아이였다.

"거, 누고."

걸걸한 목소리에 퍼뜩 정신을 가다듬었다. 대문을 나서던 늙수그레한 여자가 기웃이 고개를 늘였다. 몇 걸음 걷다 돌아보더니 이내 이웃집으로 사라졌다. 엄미 장례식 때 혀를 차던 친척일지도 몰랐다. 집에서 쫓겨난 내 손을 끌고 가던 사람 중 하나일 수도 있었다.

몸을 틀자 마을 앞으로 부채꼴처럼 들판이 펼쳐졌다. 그 끝으로 산에 접한 못이 들어왔다. 내 안의 검은 물이 일렁거렸다. 눈 속에서 날아오른 갈까마귀에 포위된 듯 놀라 하늘을 휘둘러보았다. 붉그스름한 하늘은 텅 비어 있었다.

목을 늘인 채 못을 바라보는 아이 손을 잡았다. 여기까지 온 이상, 외면하거나 물러설 수 없었다. 아이도 손에 힘을 주었다. 누가 먼저랄 것도 없이 방죽으로 올라섰다. 가 보자. 다짐인지 재촉인지 알 수 없었다. 자꾸 종종걸음을 쳤다. 발목이 접질리기도 했다.

나는 갈까마귀가 뒤덮인 하늘을 보고 울던 기억을 따라 내려왔다. 엄마 장례식에서 울지 못했던 나는 가슴에 고인 응어리를 쏟아내고 싶었다. 누구보다 나를 위해서였다. 엄마를 위해서기도 했다. 나는 내 자신과 마주하고 싶었다. 필연적으로 엄마도 마주해야 했다. 조바심이 나 손에 힘을 주었다. 바람이 불 때마다 나뭇가지가 흔들렸다. 들판에서 회오리가 지나가기도 했다.

못이 가까워지자 걸음이 느려졌다. 고개를 수그린 아이가 손을 뿌리치고 먼저 비스듬한 경사면을 내려갔다. 그대로 시커먼 못으로 걸어 들어갈지도 모른다는 불안에 머리가 쭈뼛거렸다. 가장자리가 언 못 가에 쪼그려 앉은 걸 보고서야 걸음을 옮겼다. 못 가까이 다가서자 오금이 저리고 다리가 후들거렸다. 무릎에 얼굴을 묻고 있던 아이가 울자 갈까마귀가 몰려왔다. 고개를 치켜드는 모습이 하늘을 향해 하소연하는 것처럼 보였다.

못과 갈까마귀만 보면 눈물이 나. 아이가 처음으로 입을 열었다. 나는 나직나직 등을 토닥였다. 미친 여자가 빠져 죽었어. 여기서 아이를 보내고 미쳐버린 여자와 사는 게 버거운 엄마를 생각해. 집에서 쫓겨나면 갈 곳이 없어. 여기선 실컷 울어도 되거든.

나도 모르게 벌떡 일어섰다. 온종일 찜질방에 들어앉은 듯 눈이 빡빡했다. 바람기만 느껴도 눈이 시큰거렸다. 곧 어두워질 거야. 아이 어깨가 푹 처지고 앙상한 목이 드러났다. 젖은 눈으로 다시 하늘을 올려보았다. 어쩌자고 그렇게 울어, 어쩌자고. 안타까운 나머지 중얼거렸다. 엄마도 슬프고

다 슬퍼. 사람은 무엇이고 생명은 또 뭐야. 우리는 어쩌다 생명을 얻게 되었을까.

아이를 지켜볼수록 목울대가 뻐근해졌다. 오빠나 동생처럼 피하라는 소리도 나오지 않았다. 조금만 아파도 울고 마음이 상해도 울고 배가 고파도 눈물부터 나. 집에서 큰소리가 나면 더. 무서워서만은 아냐. 서로 죽일 듯 싸우고 분노하는 모습에 참을 수가 없어. 울보라는 놀림과 엄마의 타박이 끊이지 않아. 제발 싸우지 말라고 해야 하는데 눈물 때문에 한마디도 할 수가 없어. 엄마는 꼴 보기 싫다고 날 쫓아내. 화풀이 하는 엄마를 보면서 나는 무엇이고 또 엄마는 무엇인지 생각했어. 날 쫓아내고도 엄마는 한 번도 데리러 오지 않아. 목을 늘이고 기다리던 나는 못에 빠져 죽은 여자가 그리워 엄마, 엄마 목 놓아 불러. 엄마도 사는 게 힘들었겠지만 그 분풀이를 왜 자식에게 해야 했던 걸까.

병상을 지키던 날이 떠올렸다. 보조 침대에 누운 나는 신음이나 뒤척이는 소리가 날 때마다 몸을 일으켰다. 중환자실에서 일반 병실로 옮긴 엄마가 지금이라도 친정집에 들어가 편히 자라고 했다. 딸과 하룻밤 보낸다고 좋아하기는커녕, 어딘지 영 불편해 보였다.

엄마가 잘 좀 살지 어쩌다 이 꼴이 됐냐며 목이 멨다. 새끼부터 낳았어야 한다고 힘주어 말했다. 새끼를 키우다보면 악착같이 살아진다고 한 뒤 이제 와 이런 말이 무슨 소용이냐며 맥이 빠졌다.

간혹, 아이를 낳았으면 내 인생이 달라졌을지 궁금할 때도 있었다. 나는 처음부터 얽매임 없이 자유롭게 살자는 말로 아이를 거부했다. 엄마가 되는 게 두렵다는 말은 하지 않았다. J뿐 아니라 엄마에게도 마찬가지였다. 살다 나 역시 아이를 학대할지 모른다는 두려움이나 인생 유전을 끊기 위해서라는 말은 차마 입에 올릴 수 없었다.

잠잠하던 엄마가 번쩍 눈을 뜨고 나를 보았다. 형형한 눈빛이 더없이 서늘했다. 엄마는 죽으면 화장해 뿌려달라고, 그래야 삶이 반복되지 않을 것 같다고 했다. 삶이 반복될 걸 생각하면 진저리가 난다는 말을 다시 하고 있었다. 몇 번이나 무슨 말인가 할 듯 입을 오물거리다 말았다. 나는 입술을 앙다물었다. 병상에 누운 엄마에게 묵은 감정을 비칠 수는 없었다.

내가 서울로 돌아 온 다음 날, 엄마는 다시 중환자실로 실려 갔다.

날이 어둑해지고 있었다. 병원에서 하룻밤을 보냈지만 엄마도 나도 속에 있는 말은 하지 못했다. 나는 미안하다는 말을 기다렸던가. 그때는 그럴 수밖에 없었다고, 그러니 미안하다는 말을.

M시로 이사한 뒤에도 집안 형편은 팍팍하기만 했다. 엄마 아버지는 눈만 뜨면 일터로 달려 나갔고 송곳처럼 서로를 찔렀다. 집에서 쫓겨난 나는 도시 끝까지 걸어갔다. 한 살씩 나이가 차면서 큰소리가 날 조짐이 보이면 먼저 집을 뛰쳐나갔다. 걷다 문득 멈춰선 채 행인들과 길 저편을 향해 목을 늘였다. 그러고는 가 본 적 없는 도시를 동경했다. 밤이 늦어 돌아오면 골목 가로등 아래서 긴 그림자가 서성이고 있었다. 어딜 쏘다녔냐는 새된 소리를 뒤로 한 나는 그대로 쓰러져 잠들었다.

어린 딸에게 분풀이라도 해야 했던 시절의 회한이라도 드러냈다면 달랐을까.

아니었다. 병상의 엄마를 보는 순간, 이미 그런 것이 다 부질없다는 것을 직감했다. 엄마가 무슨 말을 했다고 응어리가 풀어져 애달픈 상주 노릇을 했다는 보장은 없었다. 엄마 생전에 이루지 못한 화해는 온전히 내 몫으로 남았다.

내가 할 수 있는 일은 컴퓨터 앞에 앉아 있는 것뿐이었다. 소설이야말로 그곳에 닿는 길이라고 믿었다. 눈물 한 방울 흘리지 못했지만 고향에 내려온 나는 오랫동안 냉랭했던 마음을 내려놓아야 했다. 그것이 내가 엄마를 애도하는 방법이었다. 또 엄마를 보내는 방식이기도 했다.

한 줌 재가 되어 바람처럼 흩어지지 못했지만 엄마는 죽음과 함께 비로소 생의 짐을 벗었다. 하여 굳이 울지 않았다고 하면 뒤늦은 변명일까. 짐을 벗었다는, 엄마에게서 풀려났다는 안도 때문이라면 나는 정녕, 패륜아일까.

못 경사면을 따라 방죽으로 올라섰다. 주위를 둘러보았다. 아이가 보이지 않았다.

혹, 엄마가 아이를 데려간 걸까.

그랬다면 다행이었다. 제발 그랬기를 바랐다.

남부지방으로 내려갔다던 갈까마귀는 끝내 보이지 않았다. 어둠이 성큼성큼 몰려오고 있었다. 선산 쪽을 바라보았다. 시꺼먼 산이 동네를 집어삼킬 듯 둘러서 있었다. 자식들에게 일일이 유언을 남긴 엄마 생이 윤회를 끊을지 아니면 반복될지는 알 수 없는 일이었다.

엄마가 산에 누워 있다는 생각을 하자 와락 무섬증이 달려들었다. 미친 여자가 빠져 죽은 못과 눈 속에 살아있는 갈까마귀와 시꺼먼 선산에서 벗어나려 종종걸음 쳤다. 발목이 접질려 휘청거리기도 했다. 동생에게 전화를 걸지 않은 것이 후회되었다.

시시각각 어둠이 밀려오는 방죽 위에 멈춰 섰다. 눈을 찡그린 채 가방을 뒤졌다. 고개를 모로 젖히고 안약을 넣었다. 외투 자락과 머플러가 어지럽게 펄럭였다. 이어 인공누액을 한 방울씩 떨어뜨리는 나는 광고용 바람 풍선처럼 흐느적거렸다.

눈을 깜빡이자 시야가 어룽거렸다. 외투를 여미며 걸음을 재촉했다. 차가운 것이 한 줄기 볼을 타고 내렸다. 그것이 눈물이든 아니든 이제 아무래도 좋았다.

# 대머리독수리

—

그새 텔레비전 앞에 앉은 봉이 꾸벅꾸벅 졸고 있었다.
양반다리를 하고 두 손을 사타구니 사이에 찔러 넣은 봉이 곧
꼬꾸라질 것 같았다. 머리를 수그린 탓에 정수리가 훤히 보였다.
그동안 부지런히 먹고 뿌렸어도
한두 달 만에 효과를 기대하기는 무리였다.

울창하던 아파트 옆 야산이 휑했다. 나무를 셀 수 있을 정도로 속살이 드러난 것이 털 빠진 짐승처럼 초라해 보였다. 계절이 언제 저렇게 됐대. 부엌 창을 내다보던 선이 잠꼬대를 하듯 웅얼거렸다.

컵을 챙겨 식탁에 앉았다. 일기예보가 이어진다는 멘트와 동시에 남편 봉이 반사적으로 고개를 들었다. 허벅지까지 올라간 미니스커트에 가슴 볼륨이 도드라진 블라우스 차림의 기상캐스터가 화면에 등장했다. 봉의 입이 헤벌쭉 벌어지며 된장국물 한 줄기가 흘러내렸다. 쭉 뻗은 각선미에 숫제 넋이 나갔다. 쳐진 눈 꼬리까지 바짝 치켜 올라가 있었다.

봉의 눈에 기상캐스터가 들어오면서 출근 시간까지 늦췄다. 불과 십여 분 차이로 길이 더 막힌다면서도 개의치 않았다. 기상캐스터가 날씨가 좋다고 하면 콧노래를 흥얼거리며 집을 나섰고 비가 온다고 하면 기분이 울적해 보였다.

"머리숱이 많으니까 인물이 산다, 살아."

"그러다 화면으로 들어가겠네."

봉이 냉큼 리모컨을 거머쥐었다. 눈까지 희번덕거리는 것이 두 번 다시 채널 돌릴 생각 말라는 경고였다.

"오늘은 기상관측 몇 십 년 만에 십일 월 둘째 주 기온이 가장 낮겠습니다. 기온이 떨어져 쌀쌀하지만 하늘은 맑고

쾌청하겠습니다. 감기 걸리지 않도록 건강에 유의하시기 바랍니다."

바비 인형처럼 가느스름한 팔을 움직이며 생글거리는 기상캐스터는 딴 세상에 사는 것 같았다. 날씨는 자신과 하등 관계없다는 얼굴이었다. 감기 걸리지 않도록 유의하라지만 걱정은 고사하고 어떻게 하면 화면에 예쁘게 보일지 고심하는 듯 보였다.

"아이고, 이쁘다. 뭘 먹으면 머리가 저렇게 풍성하지."

봉은 넋을 놓고 감탄사를 터뜨렸다. 그녀에게 경배라도 드리려는지 몸이 앞으로 쏠렸다. 식탁을 종이보다 가볍게 밀치고 텔레비전 앞에 납작 엎드릴 기세였다.

"나도 저런 시절이 있었는데."

눈빛에 베인 선이 몸서리를 쳤다. 봉이 째려보며 감히 누구랑 비교 하냐고 따지려는지 입술이 실룩거렸다.

그러나저러나 아침부터 웬 머리 타령이람. 선은 뜨악한 얼굴로 화면을 보았다. 봉의 말마따나 가슴까지 내려오는 삼단 같은 머리가 탐스럽긴 했다. 움직일 때마다 찰랑거리는 것이 여간 상큼하지 않았다.

일기예보가 끝나기 무섭게 봉이 일어섰다. 의자가 넘어질 뻔했지만 팽하니 화장실로 갔다.

나무토막 같던 사람이 변하다니, 별일이었다. 처음 봉이 아침부터 저런 기상캐스터를 세운 방송사의 서비스 정신이 여간 고맙지 않다고 호들갑을 떨 때만 해도 신경 쓰지 않았다. 오히려 그런 반응이 신기했다. 봉은 평생 게으름을 몰랐고 밤새 끙끙 앓다가도 아침이면 말짱하게 털고 일어나 출근했다. 마음 놓고 휴가도 가지 않았고 주말에 나가봤자 사람 많고 길 막힌다며 꿈쩍 하지 않았다. 피곤이 싸이면 다음 날 일에 지장이 생긴다는 이유였다. 취미생활이나 여가 활동도 없었다. 텔레비전 시사나 다큐멘터리 프로그램 시청이 유일한 낙이다시피 했다. 선이 쇼 오락 프로그램이나 드라마를 보면 유치하다고 채널을 돌렸다. 그런 봉의 눈에 기상캐스터가 들어온 것이다.

옷을 입는 봉을 지켜보았다. 거울 속에 이마와 눈 밑 주름이 흉터처럼 깊은데다 배 나오고 허리 두루뭉술한 사내가 들어가 있었다. 머리가 성성하고 숱도 많지 않았다. 원래 머리가 저랬나, 선이 고개를 갸웃거렸다.

얼마 전, 술이 취한 봉이 한 말이 생각났다. 동료 중에는 몸 관리도 잘하고 자신감이 하늘을 찌르는 사람이 많다는 것이다. 요즘은 외모도 경쟁력이어서 피부 관리에다 보톡스를 맞고 눈썹 문신도 한다는데 너무 안일했다며 고개를 수그렸다. 가까스로 고개를 들었을 때는 일그러진 주름투성이 얼굴이 폭삭 늙어 보였다. 일에서도 능력을 발휘하는 그들을 보면 위기감을 느낀다며 길게 한숨을 쉬었다.

봉이 거울 앞에서 홱 돌아섰다. 꼭 자신의 모습에 놀란 것 같았다. 겉옷을 입다 인상을 찡그렸다. 주먹손으로 어깨도 툭툭 쳤다. 겨우 낫는가 싶더니 다른 쪽도 오십견이 오는 모양이었다.

출근하는 봉을 따라 나가며 선이 길게 하품을 했다. 새벽녘에 잠이 깬 후 내내 뒤척인 탓에 몸이 천근만근이었다. 이놈의 갱년기가 뭔지 몸에 불이 붙는 것처럼 뜨겁고 땀이 솟아 잠이 깨기 일쑤였다. 침대 매트리스 사이에 끼워놓은 부채를 흔들다 눕지만 잠이 들지 않았다. 그때마다 봉이 돌아누우며 이불을 뒤집어썼다. 계속 뒤척일 수 없어 거실 소파나 비어있는 큰아들과 작은아들 침대에서 밤을 지새우기도 했다. 아침에 일어나면 출근할 사람 잠 설치게 했다고 짜증을 부렸다. 선은 병원에 가보지도 않았다. 백수오가 함유된 갱년기 여성을 위한 약을 판매하는 홈쇼핑 방송을 보면서도 전화를 들지 못했다.

현관문을 붙잡은 봉이 돌아섰다. 표정이 잔뜩 구겨져 있었다. 입술을 앙다물고 곁눈으로 선을 째려본 뒤 입을 열었다.

"거울도 안 보고 살아? 꽁지 빠진 닭도 아니고. 아니지, 비루먹은 나귀 꼴인가. 아니다. 대머리독수리가 맞겠다, 대머리독수리."

난데없이 폭탄을 맞은 선은 멍하니 서 있었다. 평소 다녀오라고 해도 대답도 없더니 벙어리가 말문이라도 터진 것 같았다. 전에도 몇 번 거울 좀 보라며 짜증을 부렸다. 꽁지 빠진 닭과 비루먹은 나귀도 모자라 대머리독수리 소리는 처음이었다.

선은 현관 신발장 전면 거울을 들여다보며 대머리독수리, 대머리독수리를 되뇌었다. 되뇔수록 얼굴이 터질 듯 달아올랐다. 땀이 삐질 거렸다. 현관 바닥이 꺼지는지 몸도 기울었다.


오전 내도록 소파에 누워 뒤척였다. 까무룩 잠이 들다가도 악몽을 떨치듯 도리질과 함께 한숨을 쉬곤 했다. 남편에게 대머리독수리 소리까지 듣다니, 여간 수치스럽지 않았다.

다큐멘터리 프로그램에서 본 독수리가 생각났다. 날카로운 눈빛과 발톱을 가진 그것이 들에 내려앉았다. 카메라가 클로즈업되자 깃털로 둘러싸인 몸통과 달리 머리 부분은 솜털이 보송보송했다. 원래 생김새일 뿐, 사실 독수리는 대머리가 아니었다. 언젠가부터 개그맨들이 머리가 빠져 훤한 사람을 대머리독수리로 희화화했다. 대머리독수리 분장으로 화재가 된 개그맨도 있었다.

눈을 뜰 수조차 없었다. 더구나 대머리독수리는 머리가 훌러덩 벗겨진 남자에게 하는 소리가 아니던가. 부끄러움이 몰려올 때마다 당장 땅을 파고 들어가 눕고 싶은 심정이었다.

아들 둘 키우고 가계에 보탬이 되기 위해 마트 계산원부터 매장 직원까지 두루 일을 찾아다닌 선은 외모에 신경 쓸 겨를 없이 살았다. 늘 가족들 먹이고 입히느라 종종거렸다. 큰아들과 달리 6살 터울 둘째가 재수 후 대학에 입학한 뒤부터 부쩍 기운이 달렸다. 대학원생 큰아이가 학교 앞 원룸으로 독립하고 둘째가 군 입대 후 일을 그만두자 그간의 피로에 낡은 초가집이 무너지듯 하루하루 아픈 데만 늘었다. 몸도 마음도 쳐지면서 만사 귀찮기만 했다. 갱년기가 왔다며 호르몬제 처방을 받으라는 사람도 있었다. 불편을 겪으면서도 병원에 가야 하나 싶었다. 굳이 갱년기 선고까지 받고 싶지 않았다. 계절이 바뀌듯 곧 지나가겠거니 여겼다.

점심때가 되었지만 배고픈 줄도 몰랐다. 줄곧 소파에 누워 있어 허리가 뻐근했다. 입안이 바짝 말라 쩍쩍 소리가 났다. 선은 단숨에 물을 들이켰다. 손등으로 입가를 가셔내고 안방 화장대 거울 앞에 앉았다. 정말 자신이 대머리독수리인지 다시 확인해야 했다. 거울 앞에 앉은 선은 곧바로 눈과 입이 벌어진 채 빳빳하게 굳고 말았다.

"대체 언제 이렇게 된 거야, 언제."

비명처럼 중얼거렸다. 거울 속 선은 앞머리가 휑해 머릿속이 숭숭 들여다보였고 가르마가 신작로처럼 넓었다. 손거울로 정수리를 비추자 가르마 끝이 원형 탈모처럼 허연 구멍이 뻥 뚫려 있었다. 머리카락을 쓸어 넘겨보지만 길도 구멍도 가려지지 않았다. 내가 언제 이렇게 됐지. 선은 머리카락을 도난당한 듯 몹시 당혹스러웠다. 얼마나 외모에 무관심했는지 깨닫자 더욱 얼굴이 화끈거렸다. 이마와 목덜미에서 땀이 솟았다.

그제야 욕실 하수구가 새카맣던 게 떠올랐다. 온 집 안에 머리카락이 늘려 있던 걸 생각하자 머리를 쥐어박고 싶었다. 대머리독수리가 되는 줄도 모르고 있었던 것이다.

아무리 그래도 그렇지 여자한테 대머리독수리라니, 노여움이 북받치며 목울대가 아팠다. 얼굴이 홍당무보다 붉었다. 거울 보기 민망해 재빨리 돌아앉았다.

때마침 휴대전화가 울렸다. 도망치듯 거실로 달려 나가 휴대전화를 귀에 댔다. 친구가 오늘이 생일이라며 점심을 사겠다고 했다. 선은 일을 그만 둔 뒤 아파트 피트니스 센터 요가 교실에 등록했다. 비슷한 연배들과 금방 친해졌고 종종 점심도 먹고 차도 마셨다.

"씻지도 않았어. 자기들끼리 먹어."

선은 목소리가 축 쳐졌다. 봉이 날린 펀치에 녹다운 됐다는 소리는 하고 싶지 않았다. 친구가 그럴수록 움직여야지 집에만 있으면 폐인 된다며 당장 나오라고 성화였다.

세수를 하고 화장을 하던 선이 볼멘소리로 구시렁거렸다. 아이 참, 이건 또 언제 생겼대. 쯧쯧 혀를 차며 퍼프로 얼굴을 두드리고 또 두드리지만 눈 밑과 코 옆 팔자 주름이 헛고생 하지 말라 비웃듯 또렷하게 도드라졌다. 얼굴은 점점 하얘지는데 앞머리가 숭숭 빈 게 광대처럼 우스꽝스러웠다. 여자든 남자든 외모에서 머리가 얼마나 큰 비중을 차지하는지 비로소 알 것 같았다. 괜히 대담했다고 후회했다. 이 꼴로 가긴 어딜 간담. 세상 사람들이 대머리독수리라고 놀릴 것 같아 쥐구멍이라도 찾고 싶었다.

아파트 상가 아귀찜 집에 도착하자 친구들이 왁자지껄 떠들고 있었다. 선이 자리를 잡자 찜이 테이블 가운데에 놓였다. 친구들이 젓가락을 들고 접시로 달려들어 왕성한 식욕을 뽐냈다. 콩나물을 씹고 아귀 살을 발려 먹느라 입가에 시뻘건 양념을 발라가면서도 이야기를 멈추지 않았다.

"살 빼야 하는데 입맛이 이렇게 좋아서 큰일이야."

"이 나이에 시집갈 것도 아니고 살은 빼서 뭐해. 맛있는 거 먹고 아픈데 없이 건강한 게 제일이야."

"아프면 서러운 법이야. 아야 소리만 하면 먹고 놀면서 왜 아프냐고 눈부터 부라려."

"아파트 앞 사거리 한의원 원장 참 친절하더라. 마음까지 치료하는 명의라니까."

"나야말로 마음 치료가 필요한데 당장 가봐야겠다."

"남편이고 자식새끼들 때문에 스트레스 받지 말고 즐겁게 살라면서 맥을 짚는데 꽁꽁 묶어두었던 마음이 와르르 무너지지 뭐야."

어머머, 와아 하는 함성에 아귀찜 집 천장이 들썩였다. 다른 손님들 시선이 화살처럼 날아와도 하하 호호 소리가 더욱 높아졌다.

"요즘은 온몸이 녹슨 기계처럼 뻑뻑한 게 죽을 맛이야. 뭐 좋은 거 있으면 혼자만 먹지 말고 좀 알려줘."

그 소리에 비타민제를 먹네, 백수오를 먹네, 프로폴리스를 먹네, 달맞이유를 먹네, 석류즙을 먹네, 저마다 건강 비법을 공개했다. 건강차를 마시고 해독주스를 먹는다는 쪽도 있었다.

"그런 건 어떻게들 알고 먹어?"

넌지시 묻자 다들 딱하다는 표정으로 선을 바라보았다.

"홈쇼핑이랑 종편 채널 봐. 뭐가 좋네, 뭐가 백세 시대를 위한 건강에 도움이 되네 하면서 온통 건강 이야기뿐이야. 건강 정보와 상식들이 홍수라니까."

그러냐며 고개를 끄덕였다. 선도 리모컨을 들고 앉아 홈쇼핑 방송과 종편 채널을 왔다 갔다 한 적이 많았다. 두 아들이 집을 떠나고 일을 그만 둘 때는 여행도 가고 주말마다 등산도 다닐 줄 알았지만 막상 바퀴가 고장 난 자동차처럼 바깥출입하는 게 성가셨다. 작은아들이 군에 가 병장이 될 동안 선은 무기력증에 시달렸다. 일주일 내내 텔레비전 드라마에 넋을 놓고 앉았거나 하염없이 리모컨을 누르기 일쑤였다.

친구들 이야기를 듣고 보니 이제부터 홈쇼핑과 종편 채널을 통해 건강 정보와 상식을 채워야 할 것 같았다. 그들도 여기저기 아프다고는 하지만 피부가 우유처럼 뽀얀 게 선보다 젊어 보였다. 누구 하나 갱년기로 고생하는 것 같지 않았다. 하나같이 머리숱이 풍성해 인물이 살았다. 대머리독수리 소리를 들은 선은 그들을 유심히 뜯어보았다. 그들은 피부에 잡티 하나 없이 깨끗했고 팔자 주름이나 눈 밑 처짐도 없어 얼굴이 팽팽했다. 눈 꼬리도 바짝 치켜 올라가 생기가 넘쳤다. 저 나이에 어떻게 저럴 수 있을까 싶어 선은 어깨가 쳐졌다. 무슨 비법이 있는지 궁금했다.

"어쩜 얼굴이 그렇게 깨끗해? 비법 좀 알려 줘."

시선이 일제히 선에게 쏠렸다. 희미하게 미소만 비칠 뿐 누구 하나 속 시원하게 입을 열지 않았다. 답답하다는 듯 고개를 흔들던 친구가 한마디 날렸다.

"피부도 그렇고 머리가 휑한 게 너무 초라해 보인다. 나이 들수록 머리발이 중요한데 신경 좀 써."

봉에 이어 친구에게 두들겨 맞은 선은 몸 속 어딘가가 무너지는 게 느껴졌다. 당황한 나머지 어떻게 해야 하는지 방법 좀 알려 달라는 소리도 나오지 않았다.


밤낮 홈쇼핑과 종편 방송을 틀어놓고 살다보니 솔깃한 것들이 하나씩 들어왔다. 수첩을 들고 앉아 메모를 하고 인터넷도 찾아보았다. 홈쇼핑과 종편 채널에 건강 정보와 상식이 넘쳐난다더니, 과연 그랬다. 선은 닥치는 대로 정보와 상식을 섭취했고 소화불량을 염려할 겨를도 없었다. 그들이 권하는 약을 먹고 비법을 따라하면 갱년기를 날리고 젊음과 건강을 회복할 수 있을 것 같았다. 선은 홈쇼핑에서 약부터 주문했다. 무력감과 얼굴이 화끈거리고 땀이 나 잠을 잘 수 없는 증상을 떨치는 것이 우선이었다.

다음날 택배를 받은 선은 아침저녁 약을 챙겼다. 약 삼키는 것이 힘들어 하루 두 번 배가 터질 정도로 물을 마셨다. 갱년기 증상을 날릴 수만 있다면 아무래도 좋았다. 밤마다 뒤척이는 통에 피곤에 젖어 아침을 거르기 일쑤였지만 꼬박꼬박 수저를 들었다. 식후에 먹어야 한다는 말은 없었지만 그래야 효과가 있을 것 같았다.

해독주스를 만들기로 했다. 메모 수첩을 챙긴 선은 야채를 잔뜩 사들고 와 싱크대에 풀어놓았다. 먼저 양배추와 당근을 씻어서 썬 다음 약간의 물을 붓고 끓였다. 브로콜리와 토마토를 손질하는 사이 김이 오르자 준비된 재료를 넣고 한소끔 끓인 뒤 불을 껐다. 뚜껑을 덮은 채 냄비가 식기를 기다리는 동안 믹서기와 작은 통을 여럿 준비했다.

선은 방송에서 본 내용을 떠올렸다. 꾸준히 해독주스를 만들어 먹었다는 사람들은 체중이 줄고 날마다 화장실을 가다보니 속도 편하고 피부가 좋아졌다고 했다. 건강 프로그램에 출연한 그들은 자신이 얼마나 날씬해지고 건강해졌는지 뽐내기 바빴다. 갱년기가 오면서 그렇게 머리가 빠지더니 괜찮아졌다는 소리에는 텔레비전 앞으로 바짝 다가앉았다. 해독주스와 함께 운동을 곁들이면 누구나 효과를 볼 수 있다는 말이 구원처럼 귀에 꽂혔다. 그렇지 않아도 선은 체중이 늘어 외출할 때면 입고 나갈 옷이 없었다. 일을 그만두면서 활동량이 준데다 폐경으로 인한 호르몬 변화 때문일 것이다.

냄비가 식자 재료를 갈아 통에 나눠 담아 냉장 보관했다. 양배추와 당근과 브로콜리와 토마토 냄새가 뒤섞여 비위에 거슬렸지만 참을 수 있었다.

선은 봉이 퇴근하자 냉장고에서 통을 꺼냈다. 먼저 야채 간 것을 믹서기에 들어 넣고 박박 씻은 사과와 바나나를 함께 갈았다.

"이제부터 아침저녁 식전 30분에 해독주스부터 한 잔씩 마실 거야."

선은 숨도 쉬지 않고 해독주스의 효과를 설명했다. 종편 채널에서 배운 것이라는 말에 봉이 단숨에 잔을 비웠다. 먹을 만하냐고 묻자 두어 번 고개만 끄덕였다. 이게 그렇게 몸에 좋다는 거지, 재차 확인할 뿐이었다.

선은 아침저녁 부지런히 해독주스를 만들어댔다. 재료 준비가 성가시기도 했지만 몸에 좋다는 생각으로 마트를 오가고 몸을 놀렸다. 봉은 회식 있는 날도 주스를 찾았다. 식후라도 상관없다는 것이다.

아침저녁 해독주스를 마신 얼마 뒤 선도 봉도 변화가 보였다. 나이 들수록 시원하게 볼 일을 못 봐 기분이 찜찜했는데 날마다 화장실을 갔다. 아침 식사 후 변의가 느껴지는 게 그렇게 기분 좋을 수가 없었고 변기 속에 들어 있는 똥 덩어리가 기특했다. 화장실을 나올 때는 묵은 생의 문제를 해결한 듯 개운한 표정이었다.

또 방송에서 양파 셰이크가 좋다고 호들갑이었다. 양파 셰이크가 지방을 분해하는 효과가 있어 체중이 줄었다고 했다. 고기를 먹은 후에 먹으면 더욱 효과가 좋아 꼭 만들어 먹는다는 사람도 있었다. 선은 양파 한 자루와 견과류 몇 가지에다 두유와 조청까지 준비했다. 만드는 방법도 어렵지 않았다. 양파 하나를 썰어 전자레인지에 4분을 돌린 후 미리 갈아놓은 견과류, 두유, 조청을 믹서기에 넣고 돌리면 되었다. 날마다 양파 셰이크를 만든 선은 반은 마시고 나머지는 저녁에 봉이 마시도록 했다. 꾸준히 마시면 지방이 분해된다는 말에 봉이 넙죽 받아 마셨다. 회식을 하고 온 날은 배를 두드리면서도 해독주스와 양파 셰이크 잔을 비웠다.

이번에는 우엉차가 다이어트에 좋다고 했다. 예로부터 우엉을 먹으면 오래 살고 늙지 않으며 병들어 죽을 일도 없고 기운이 천하장사가 된다는 속설이 있다는 것이다. 몸속 독소를 빼주고 열을 낮춰 몸을 청량하게 만드는 해독 식품이라는 설명에 고개를 끄덕였다. 특히 변비나 비염에 효과가 좋다는 말에 당장 인터넷으로 우엉을 주문했다.

봉은 비염이 심해 재채기를 하고 고장 난 수도꼭지처럼 콧물을 흘렸다. 피곤하면 더 심했다. 약국을 들락거리고 식염수로 코 세척에 한약은 물론 유근피를 끓여 장복했지만 그때뿐이었다. 어느새 재채기에다 콧물을 줄줄 흘렸다. 일을 할 때는 남편을 건사하지 못해 그런가 싶었다. 아이들 성적이 떨어지거나 아프면 죄인이 된 심정이었다.

다음날 택배로 우엉을 받은 선은 곧바로 손질을 시작했다. 껍질을 벗기지 않고 수세미로 문질러 씻은 다음 어슷하게 썰었다. 준비한 우엉을 식품 건조기로 꼬박 하루를 말렸다. 그 다음 프라이팬에 올려 중불로 잘 섞어가며 아홉 번을 볶았다. 그래야 몸에 좋은 성분이 더 많아지고 좋지 않은 성분이 없어진다는 것이다. 집 안은 너구리라도 잡는 것처럼 매캐한 연기와 함께 우엉 냄새가 진동했다. 볶은 우엉을 슬로우 쿠커에 넣고 우려내자 노란 우엉차가 완성되었다.

선이 퇴근한 봉에게 차를 권했다. 비염에 좋다고 하자 두

말 없이 들이켰다.

놀러온 친구들에게 커피를 마신 다음 우엉차를 끓여냈다. 향긋한 흙냄새가 자꾸 입맛을 당긴다며 너도나도 잔을 내밀었다.


미용실에 갔다. 파마가 풀려 푸석한데다 다음 주 조카 결혼식이 있었다.

"오모, 앞머리가 왜 이렇게 많이 빠졌대요."

선이 앉자마자 미용사가 호들갑을 떨었다. 기분이 좋을 리 없지만 그녀 앞에서는 감출 일이 아니었다.

"어느 날 보니까 이렇게 됐네요."

음성이 흔들렸다. 말 그대로 어느 날 머리가 휑해진 자신을 발견했을 때의 심정이 고스란히 되살아났다.

"두피 스케일링을 해 보세요. 두피 각질을 제거해 탈모를 예방할 수 있거든요."

우선 파마부터 하기로 했다. 밖에 나갈 때마다 착 가라앉은 초라한 꼴이 신경 쓰였던 선은 볼륨을 살리고 싶었다. 두피 스케일링은 파마 후 바로 하면 화끈거릴 수 있어 며칠 지나서 하기로 했다.

앞머리에 롯뜨를 말자 허연 머릿속이 드러났다. 선은 눈을 감았다 뜨기를 계속했다. 미용사가 롯드를 말 때마다 혀를 차거나 인상을 구겼다. 선은 고객의 치부를 건드리는 그녀가 불쾌했지만 애써 입술을 깨물었다. 이제와 자리를 박찰 수도 없었고 다른 미용사 앞에 앉을 자신은 더욱 없었다.

중화제 처리 후 롯드를 풀고 머리를 감은 뒤 다시 거울 앞에 앉았다. 막 파마를 마친 머리는 라면을 뒤집어 쓴 것처럼 뽀글뽀글했다. 머릿속이 횅한 것이 누군가 라면을 반쯤 훔쳐 먹은 성싶었다. 미용사가 머리를 말린 뒤 롤 빗으로 모양을 잡아가며 손질을 하자 머릿속이 감춰지고 볼륨도 살았다. 선은 마음이 놓였다. 반드시 관리를 해야 한다는 미용사의 말에 며칠 후 두피 스케일링을 받으러 오겠다는 말을 남기고 집으로 돌아왔다.

선은 당장 홈쇼핑 채널 인터넷 사이트를 뒤졌다. 얼마 전 본 방송에서 볼륨을 빵빵하게 살려 준다는 고데기를 사야 했다. 그것만 있으면 볼륨을 살리는 것도 문제없을 것이고 머릿속도 감출 수 있을 것이다.

그러나 볼륨 빵빵 고데기는 볼륨을 살려주지 못했다. 어깨가 아프도록 팔을 치켜들고 머리 모양을 잡아봤지만 기대만큼 볼륨이 살지 않았다. 오히려 선을 놀리듯 허연 머릿속이 삐죽삐죽 고개를 내밀었다. 얼굴까지 시뻘개져서는 어깨와 팔을 툭툭 쳤다. 아무래도 감쪽같이 머릿속을 감추던 미용사 솜씨를 따라가기는 무리였다.

두피 스케일링을 받기 위해 미용실을 찾은 선은 의자에 앉으며 속상한 마음을 토로했다. 고데기가 방송에서처럼 볼륨도 살지 않고 머릿속도 감춰지지 않는 것이 마치 사기라도 당한 양 언성을 높였다. 약품으로 두피를 문지를 때마다 약간 화끈거렸다. 가슴도 쓰라렸다.

조카 결혼식에 가기 위해 미용실을 찾았다. 옷에 맞게 머리도 신경 써야 했다. 오랜만에 친척들을 만나는 자리여서 적잖이 신경이 쓰였다.

미용실을 나서는 선은 만족한 나머지 팁까지 얹어주었다. 머리는 볼륨이 살아 얼굴까지 갸름해 보였다. 마술을 부린 것 같았다.

봉과 두어 시간 차를 타고 도착한 결혼식장에서 친척들과 인사를 나누고 예식을 지켜볼 때까지만 해도 기분이 좋았다. 폐백까지 마친 후 식사 자리에 둘러앉았을 때 누군가 한마디 던졌다.

"아이고, 앞머리가 휑한 걸 보니 선이도 나이를 먹는구나."

그 소리에 친척들이 한마디씩 던졌다. 세월이 무상하네, 단발머리 찰랑거리던 선이가 벌써 저리 됐네, 관리 좀 하고 살지, 요즘은 여자들도 탈모가 많다더라, 여자나 남자나 머리발이 한 인물 하는 법이다, 요새는 부분 가발도 잘 나오더라는 소리가 벌떼처럼 왕왕 울었다.

얼굴이 새빨개지면서 비 오듯 땀이 흘렀다. 애써 웃었지만 삽시간에 기분이 바닥으로 곤두박질쳤다. 미용사가 빵빵하게 살려놓은 볼륨도 시간과 함께 절여놓은 배추 꼴이 되면서 속절없이 머릿속이 드러난 것이다.

봉도 인상을 썼다. 진작 신경 좀 쓰고 살지 그랬냐고 타박하는 것 같았다.

"그러고 보니 세월과 함께 자네 머리도 많이 실종되었네 그려."

얼굴이 불콰한 친척이 봉의 어깨를 다독였다.

"부부 사이가 여간 좋은 게 아니구면."

집으로 돌아오는 내내 선은 눈을 감고 있었다. 등받이에 몸을 기대도 불편했다. 입을 열면 울먹일 것 같았다. 운전대를 잡은 봉의 입도 철문보다 굳게 닫혀 있었다.

간간히 봉을 쳐다보던 선이 흠칫 놀라는 동시에 상체를 일으켰다.

"세상에!"

불현듯 부엌 창 너머 야산이 생각났다. 봉의 머리가 딱 그랬다. 무성한 계절이 지나고 잎이 진 숲처럼 머릿속이 횅했다. 아까는 충격을 받아 친척들의 말이 제대로 들어오지 않았는데 이제야 봉이 보였다. 아무리 한 집에 살아 무신경해졌다 해도 저 지경이 된 걸 모르고 있었던 것이다. 봉 역시 대머리독수리였다.

입술을 굳게 문 한 마리의 대머리독수리가 앞만 본 채 운전대를 잡고 있었다. 선은 벌어진 입을 다물며 차창 쪽으로 몸을 틀었다. 입술도 깨물었다.

텔레비전에 매달려 있다 똑딱이 핀 가발을 발견했다. 홈쇼핑에서 부분 가발을 판매하고 있었다. 쇼호스트가 살림하고 자식 키우다 어느 날 초라해진 모습을 발견한 주부들의 심정을 대변하며 주문을 유도했다. 똑딱이 핀이 달려 있어 사용이 편리하다는 점을 강조하며 직접 부분 가발을 써 보았다. 그것 하나에 푹 죽은 볼륨이 살아나 얼굴이 갸름해 보였다. 홀린 듯 전화기를 든 선은 안내 음성에 따라 내추럴 브라운 색상을 주문했다.

택배를 받고 상자를 여는 선의 손이 떨렸다.

과연 부분 가발은 사용이 편리했다. 머리에 핀을 꽂듯 날마다 부분 가발을 썼다. 요가를 할 때나 친구들과 밥을 먹을 때도 어김없었다.

"꼭 모자를 얹어놓은 것 같아."

처음에는 괜찮다던 친구들이 고개를 돌리고 웃거나 살짝 눈살을 찌푸렸다. 선의 머리와 부분 가발 색이 달라 표가 난다는 것이다. 부분 가발에 맞춰 염색을 하라고 조언했다.

밤낮 홈쇼핑과 종편 방송을 떠나지 않았다. 선에게 홈쇼핑과 종편은 생활이었다. 구원이자 믿음이었다.

저거야!

무릎을 탁 쳤다. 심봉사가 눈을 뜨듯 기쁨에 휩싸였다. 바로 대머리독수리에서 탈출할 수 있는 비법이 방송되고 있었다. 선은 텔레비전 화면과 메모지를 번갈아 보며 한 마디도 놓치지 않고 비법을 따라 적었다.

인터넷에서 탈모를 극복하는 발모차 재료부터 주문했다. 어성초, 자소엽, 녹차잎을 2:1:1 비율로 티백에 넣어 물 1.5리터와 달여 아침저녁 공복에 마시면 좋다고 했다. 발모영양수도 현미, 통보리, 수수, 조 네 가지 재료를 한꺼번에 판매하는 곳이 있었다. 네 가지 재료를 밥숟가락 하나씩 넣어 구수한 냄새가 나도록 볶은 다음 물 1.8리터로 우려내 마시라고도 했다. 어성초, 자소엽, 녹차 발효액으로 만든 발모 스프레이도 있었다. 그 역시 주문을 클릭했다.

날마다 챙겨 먹어야 할 게 한두 가지가 아니었다. 아침저녁 공복에 발모차를 마시고 식사 30분 전에는 해독주스를 마셨다. 식후에는 갱년기 약을 먹었다. 양파 셰이크를 만들어 먹고 물 대신 수시로 우엉차와 발모영양수도 챙겼다. 출근하는 봉의 손에 우엉차와 발모영양수를 들려 보냈다. 몸에 좋다는 것과 발모에 좋다는 걸 꼬박꼬박 챙겨 먹으니 금방 머리숱이 풍성해질 것이다. 선은 날마다 해독주스와 양파 셰이크를 갈고 갱년기 약을 먹고 우엉차와 발모 영양수까지 어느 것 하나 빠뜨리지 않았다.

봉도 아침저녁 선이 내미는 대로 잔을 비웠다. 먹어야 할 게 너무 많다면서도 인상 한번 찡그리지 않았다.

선은 봉이 씻고 나오면 한 올 한 올 머리카락을 들춰가며 두피에 발모 스프레이를 뿌렸다. 잘 스며들도록 손끝으로 가볍게 두피도 두드려주었다. 봉은 날마다 자동으로 화장대 의자에 앉았다. 선이 설거지나 다른 일을 하고 있으면 목청껏 불렀다.

선도 부지런히 발모 스프레이를 뿌렸다. 두 팔을 치켜들고 머리카락을 들춰가며 뿌리면 박하사탕을 입에 물었을 때처럼 두피가 화한 느낌이 났다. 새싹처럼 머리카락이 올라오는지 두피도 간질거렸다.

선은 늘 재료를 체크했고 수시로 인터넷과 마트를 오갔다.

그것으로 그치지 않았다. 선은 인터넷에서 사용자들의 후기를 꼼꼼하게 챙겨 읽은 다음 탈모 예방 샴푸를 구입했다. 대머리독수리를 면할 수만 있다면 가격이 문제가 아니었다. 빨래하듯 박박 문지르던 전과 달리 두피를 지그시 눌러가며 머리를 감았다. 맨 마지막에는 꼭 찬물로 헹궜다. 그래야 두피와 모발이 건강해진다는 것이다. 드라이어의 뜨거운 바람도 사용하지 않았다. 건강한 모발을 위해 머리도 찬바람으로 말렸다.

텔레비전 탈모약 광고를 유심히 보았다. 병원부터 갈지 약을 살지 고민하면서도 모든 게 죽은 자식 불알 만지기면 어쩌나 싶었다. 사후약방문일 것 같아 두렵기도 했다.

봉이 식탁에서 일어섰다. 밥도 남겼다.

"아직 일기 예보도 안했는데 웬일이래."

선이 중얼거렸다. 요 며칠 봉은 부쩍 기운 없어 보였고 말을 시키면 고개만 끄덕일 뿐이었다. 자고 났는데도 얼굴이 시커먼 게 안색이 좋지 않았다.

봉이 식탁을 떠난 뒤 기상캐스터가 등장했다. 선은 혼자 일기예보를 보았다. 아침 기온이 곤두박질쳤다고 전하는 그녀는 계절이 무색할 정도로 화사하게 웃고 있었다. 어떻게 하면 화면에 예쁜 표정이 전해질지 고심하는 그녀를 꼬나보았다.

선은 봉이 씻고 나오자 발모 스프레이를 뿌렸다. 두피 마사지도 해주었다.

"그것 좀 팍팍 뿌려봐. 왜 효과가 안 보여."

선은 잠자코 스프레이를 더 뿌리고 손끝에 힘을 모아 두피를 두드렸다. 봉의 정수리로 시선이 떨어질 때마다 은근히 시선을 돌렸다.

퇴근한 봉은 술기운이 돌고 기분도 침울해 보였다. 해독주스도 물리쳤고 양파 셰이크도 생각 없다고 했다. 발모차와 발모영양수도 손을 저었다.

"권고사직 명단이 나왔어."

봉이 허물어질 듯 한숨을 쉬었다. 나이를 고려했다는데 명단에 포함되지 않은 연장자가 있다며 고개를 수그렸다. 자기관리가 소홀한 탓이 틀림없다고 했다. 회사에서 쓸모없다는 선고를 받았다며 목이 잠겼다.

머리숱이 많아 젊어 보였다면 달랐을까. 선은 진작 봉의 외모에 신경을 쓰지 못한 자신을 질책했다. 회사 일에 지장 주지 않으려고 주말도 즐기지 않던 봉을 생각하자 더욱 마음이 아팠다.

선은 심정이 복잡했다. 수입이 끊기면 허리띠를 졸라맬 수밖에 없었다. 매달 시어머니 요양병원 입원비도 보내야 했다. 일거리를 찾아 다문 얼마라도 생활비에 보태야 하나 싶었다. 큰아들은 연구실에서 지원받고 있어 돈이 들지 않지만 작은 아들은 제대 후 복학해야 했다. 노후 문제부터 두 아들 취직이며 결혼까지 태산이 올라앉은 듯 가슴이 무거웠다.

종일 봉과 함께 지낼 일도 걱정이었다. 남편이 퇴직한 친구들은 숨이 막힌다고 했다. 종일 밥 차리는 게 일이라며 아우성쳤다. 집에서 하루 세끼 먹는 삼식이라며 고개를 흔들었다. 외출이라도 하면 언제 오냐, 어서 밥 달라는 전화가 빗발친다고 했다.

"무슨 일이라도 해야 하는데."

머리는 휑하지만 불그레한 눈이 형형하게 빛나고 있었다.

용수철이 튕기듯 선이 벌떡 일어서 안방으로 갔다. 낮에 받은 택배 상자에서 두피 마사지용 헤어브러시를 꺼냈다. 브러시로 두피를 두드려주면 혈액순환이 잘 되면서 탈모 예방이 된다고 했다. 양손에 브러시를 들고 거실로 나왔다. 그 역시 종편 방송에서 들었다.

그새 텔레비전 앞에 앉은 봉이 꾸벅꾸벅 졸고 있었다. 양반다리를 하고 두 손을 사타구니 사이에 찔러 넣은 봉이 곧 꼬꾸라질 것 같았다. 머리를 수그린 탓에 정수리가 훤히 보였다. 그동안 부지런히 먹고 뿌렸어도 한두 달 만에 효과를 기대하기는 무리였다.

뉴스가 진행되고 있었다. 한 남자가 대머리라는 이유로 건물관리직 채용을 거부당했다는 내용이었다. 국가인권위원회에서 평등권을 침해한 차별행위로 판단했다는 내용도 뒤따랐다.

"일어나 봐. 이걸로 마사지 하면 효과 있대."

수선을 피우며 브러시를 쥐어 주었다.

"두피에 상처 안 나게 가볍게 두드려, 가볍게."

공이 튀듯 선의 손놀림이 가벼웠다. 눈이 게슴츠레한 봉도 두피를 두드렸다.

또 다른 채널에서는 전문의가 혈관 건강 강의를 하고 있었다. 전문의 설명에 이어 방청석이 잡혔다. 말쑥하게 차려 입은 중장년 남녀 방청객들이 일제히 눈이 커지고 과장되게 고개를 끄덕이는 모습이 클로즈업되었다. 봉과 선도 그들을 따라 눈이 커지고 고개도 끄덕였다. 집중한 나머지 상체가 앞으로 쏠렸지만 브러시를 든 손은 잠시도 멈출 줄 몰랐다. 구령이라도 붙인 듯 둘의 박자가 딱딱 맞아떨어졌다.

# 갇힌 말

—

매 음절 정성을 다했지만 내 말은 비단실처럼 매끄럽지 못했다.

오랫동안 가슴 밑바닥에 눌려 있던 말이 목구멍을 막았다.

콧날이 시큰거려 잠깐 먼 산을 보았다.

그러고는 크게 심호흡을 하며 여자 앞으로 한 걸음 다가섰다.

입이 딱 벌어졌다. 집을 잘못 찾았나 싶었다.

아니었다. 어처구니가 없었다. 열쇠를 만지작거리던 나는 어느새 고개를 늘였다. 덩달아 발꿈치도 들렸다. 집 안에는 의자와 선반과 상뿐 아니라 신문지와 사과 상자와 책 따위들이 널린 사이사이로 주먹만 한 먼지 뭉치가 쥐처럼 웅크리고 있었다.

연신 세상에, 소리만 하다 전세계약서와 휴대전화를 꺼냈다. 주인에게 상황을 설명하자 청소는 이사 오는 사람이 해야 한다고 잘랐다. 채 말이 끝나기도 전이었다. 다시 쓰레기가 너무 많다고 하자 이사 가면서 어떻게 그런 것까지 신경쓰겠냐고 했다. 싹싹 쓸어놓고 가면 새로 오는 집에 복이 달아나는 법이라며 너스레도 떨었다. 그런 말도 있었나 싶었지만 따질 틈도 주지 않았다. 더 이상 아무 말도 들어오지 않았다.

휴대전화를 만지작거리다 집어넣었다. 육 년 만에 귀국한 나는 친정집에 있었고 남편이 집을 구했다. 그런 그에게 볼멘소리를 할 수는 없었다. 아파트 상가에서 청소 도구와 쓰레기봉투를 사 왔다. 상후는 친정집에 맡겼다. 아버지부터 여름 방학이라 당장 학교에 갈 것도 아니니 두고 가라고 말렸다. 엄마도 가뿐하게 혼자서 살림살이를 준비하라고 거들었다. 같이 가고 싶다며 허리를 껴안는 상후를 보자 발이 떨어지지 않았다. 귓속말로 외할머니 외할아버지 말을 못 알아듣겠다며 입을 내밀었다. 억양 강한 사투리여서 더할 거였다.

쓰레기를 들고 복도로 나갔다. 양손이 묵직했다. 내 기척에 난간을 붙잡고 서 있던 여자가 몸을 틀었다. 눈이 마주쳤다. 가무잡잡한 얼굴이 한 눈에 봐도 한국 사람이 아니었다. 여자가 다시 시선을 멀리했지만 딱히 아파트 건너편 산을 바라보는 것 같지 않았다. 어쩐지 몸만 우두커니 서 있다는 생각이 들었다.

엘리베이터를 타려면 여자 옆을 지나야 했다. 숨을 들이마시며 손아귀에 힘을 주었다. 한국으로 돌아왔는데도 사람만 보면 긴장하는 습관이 발동했다. 내 집 건너 두 번째 집 앞을 지날 때는 여자 눈이 더욱 크게 열렸다. 인사라도 해야 하나 망설이는데 여자가 먼저 고개를 숙였다. 덩달아 고개를 숙이면서도 한국말을 알까 싶어 그대로 지나쳤다. 앳돼 보였지만 나이를 짐작하기 어려웠다.

다시 돌아올 때까지 그 자리에 선 여자는 몹시 외로워 보였다. 그 위로 얼핏 지난 내 모습이 겹쳐졌다. 나도 옆집 토니에게 저렇게 보였을까. 먼저 말을 걸어야 한다고 생각하면서도 망설여졌다. 어쩐지 토니처럼 할 자신이 없었다. 그의 앞에서 빳빳하게 고개를 쳐들던 내 모습이 떠올랐다. 나에게는 내 말이 있다는 자존심의 일종이었다. 다시 고개만 까닥하고 지나쳤다. 집으로 들어설 때까지 시선이 느껴졌지만 애써 외면했다.

방으로 들어갔다. 잠시 쉬고 싶었다. 무릎을 세워 앉은 나는 몸을 웅크리며 두 팔을 엇갈린 채 어깨를 감쌌다. 그러고는 어깨를 더듬었다. 토니의 손이 거기 있는 것 같아 가슴이 뭉클했다. 그가 보고 싶었다. 그는 내가 말 때문에 어려움을 겪을 때마다 어깨를 토닥여주곤 했다.

눈을 감자 귓전에서 흐느끼는 소리가 살아났다. 한국으로 돌아오던 날, 나를 안고 울던 그가 떠올라 새삼 가슴이 저렸다. 비로소 내가 그에게 의지했다는 생각이 들었다. 나는 그의 말을 다 알아듣지 못했고 그는 어설픈 영어를 이해하느라 곤혹스러웠을 것이다. 말의 갈증에 시달리던 나를 지켜본 것도 그였다.

가방에서 노트북 컴퓨터를 꺼냈다. 한글 파일을 띄우며 안도했다. 더는 말이 막히지 않을 것이다. 그러면 글에서도 자유로우리라. 소설 때려치우라는 소리도 없을 것이다. 남편이 곧잘 하던 소리였다. 영어 공부해서 한국으로 돌아가면

훨씬 쓸모 있다고 할 때마다 눈을 감아야 했다. 소설 리스트를 클릭하자 제목이 길게 떠올랐다. 지난 육 년간 하고 싶었던 말이기도 했다.

청소를 끝내자 온몸이 땀범벅이었다. 말끔해진 집 안을 둘러보자 살림살이 준비할 일이 설렜다. 미국에 갔을 때도 그랬다. 소설을 쓰겠다고 마음먹은 나는 주변에 성가신 사람이 없는 것이 무엇보다 좋았다. 그러나 그것도 잠시뿐, 나는 줄곧 말의 갈증에 시달렸다. 아침이면 남편과 아들을 학교에 보내고 종일 컴퓨터 앞에 앉아 있곤 했다. 나는 한국말뿐 아니라 영어에서도 고립되어 있었다. 머리가 아프거나 바람을 쏘이고 싶어도 선뜻 나가지 못했다. 옆집 남자 토니는 문을 열면 달려와 말을 시켰다. 영어가 서툴다고 해도 개의치 않았다.

욕실로 들어가 샤워를 했다. 이 집이 내 보금자리라는 생각에 물줄기가 편안하게 느껴졌다. 귀에 물이 들어가도 탈이 생기지 않을 것이다. 이제는 알아듣지 못한 말이 귀에 걸리는 일도 없을 거였다. 귀를 파지 않으면 자연히 귀앓이에서 벗어날 수 있었다.

샤워를 마치고 나가려다 멈칫했다. 걸레를 빨 때부터 물빠짐이 시원찮더니 화장실 바닥이 온통 물바다였다. 바닥을 딛자 철벅 소리가 났다. 온몸에 오물을 뒤집어 쓴 것 같아 진저리를 쳤다. 둥둥 뜬 머리카락이며 거뭇한 찌꺼기를 밟은 발이 난감해 주방으로 달려갔다. 싱크대 위로 발을 들어 올린 채 수도꼭지를 틀었다. 발을 문질러도 께름칙한 기분이 가시지 않았다. 자신이 살았던 흔적조차 지우지 않은 사람에게 화가 났다.

한국으로 돌아오기 전, 나는 꼬박 이틀간 망가뜨린 걸 고치고 청소를 했다. 다음 사람을 위한 배려가 아니었다. 한 푼이라도 보증금을 놓치고 싶지 않았다. 한편으로는 전에 살던 사람이 이해가 갔다. 보증금을 떼일 염려가 없으니 굳이 청소를 할 필요가 없었을 것이다.

그제야 집에 문제가 있으면 관리실에 연락하라던 주인 말이 생각났다. 욕실 바닥에 물이 흥건해도 걱정하지 않았다. 앞으로 고장이 생겨도 마찬가지였다. 주인의 말이 이국의 언어가 아니라는 사실에 안도했다.

다음 날부터 살림살이를 사러 다녔다. 물건이 늘어도 남편 눈에는 들어오지 않는 모양이었다. 그는 유학생 시절부터 집에 들어오자마자 곯아떨어지지 않으면 방에서 나올 줄 몰랐다. 말의 갈증에 시달릴 겨를도 없는 것 같았다. 한국에 돌아와서도 집에 들어서기 바쁘게 코를 곯았다.

밤마다 선잠을 잤다. 옆집 남자의 술주정과 윗집 아기의 잠투정과 또 어느 집 강아지 짖는 소리에 뒤척이며 안간힘을 썼다. 어떤 날은 잠자리에서 빠져나와 컴퓨터 앞에 앉았지만 무엇을 써야할지 막연했다.

한 시 반에 온다던 수리 기사는 두 시 반이 넘어 벨을 눌렀다. 꼬박 육 년간 제대로 따져 본 적 없는 나는 단단히 벼르고 있었다. 막상 기사의 못마땅한 표정을 보자 입이 떨어지지 않았다. 관리실로 전화를 걸었을 때 여직원이 전화통에다 대고 연신 하품을 했다. 벽시계가 한시가 가까운 걸 확인한 나는 우물쭈물거렸다. 잠을 깨웠다는 미안함만은 아니었다. 한입 가득 모래를 문 것처럼 말이 서걱거리는 느낌이었다. 무슨 문제냐고 묻는 여직원의 말꼬리가 올라가 긴장이 되었다. 샤워 꼭지에서 물이 새구요, 다음은…. 아니, 또 있어요? 나는 입을 벌린 채 메모지에 적힌 다섯 개의 번호를 셀뿐이었다. 심호흡을 하는데 기사 방문하면 직접 이야기하라고 했다.

고장 난 게 뭐냐며 집 안으로 들어서는 기사는 퉁명스러웠다. 메모지를 만지작거리던 나는 빠르게 말을 이어나갔다. 샤워 꼭지에서 물이 새구요, 화장실 하수구가 막혔나 봐요.

다음은 안방 형광등이 한참 만에 불이 들어와요. 이것보세요. 그런 걸 왜 우리한테 말해요. 여직원 못지않게 거칠었다. 그럼 누구한테 말해야 하냐는 소리가 나오지 않았다.

기사 손에는 연장통은 고사하고 드라이버 하나 들려 있지 않았다. 먼저 화장실을 들여다보더니 샤워꼭지는 집주인이 바꿔 단 것이라 손 봐 줄 수 없다고 했다. 하수구는 하수구 뚫는 세제를 사다 부으란다. 주방 수도꼭지 역시 샤워꼭지와 마찬가지라고 했다. 나사 하나가 달아나고 없는 현관문 닫힘 방지 도어 스토퍼를 툭툭 찼다. 기사가 조끼 주머니에서 나사못과 드라이버를 꺼냈다. 그러나 나사못은 대가리가 툭 튀어나와 아무리 봐도 제자리가 아니었다. 마지막 하나는 뭐죠? 안방으로 들어가 형광등을 켰다. 스위치를 내렸다 올린 기사가 이런 것까지 말하면 어떻게 하냐고 했다. 저기 저 작은 전구가 다 됐네요. 이런 건 직접 바꾸세요. 훈계하듯 소리를 높이는 기사 얼굴에 성가신 표가 역력했다.

어안이 벙벙했지만 끝까지 입 한번 열지 못했다. 기사는 대체 왜 화를 내는 걸까. 단지 직접 고쳐야 하는 줄 몰랐을 뿐인데 그게 그토록 화를 낼 일인지 알 수 없었다. 납득할 수 없는 것은 또 있었다. 집은 내가 고장 낸 게 아니었다. 그런데도 직접 고치라는 것이다.

기사가 공연한 걸음을 했다는 듯 구시렁거리며 집을 나섰다. 문이 닫히면서 나사못이 툭 빠졌다. 현관 바닥에 뒹구는 나사못을 보자 몹시 기분이 언짢았다. 수리를 요청한 다섯 가지 중 아무 것도 해결되지 않은 셈이었다. 귓전에서 거친 소리가 쟁쟁 울렸다.

나사못을 들고 복도로 나갔지만 기사 그림자도 보이지 않았다. 대신 난간에 기대 서 있던 여자가 몸을 틀었다. 지난번에 본 여자였다. 문소리가 컸던지 놀란 표정이었다. 나사못을 든 나는 억울한 상황을 하소연하듯 입술을 깨물었다.

토니가 보고 싶었다. 그는 오늘도 집 앞에 의자를 내놓고 앉아 버드와이저를 마실 것이다. 정년퇴직을 해 무료한 그는 이웃사람들이 드나들 때마다 일일이 인사를 건넸다. 안녕하세요, 미세스 윤, 구름이 솜사탕처럼 먹음직하죠? 아니지, 당신은 구름을 타고 어디론가 가고 싶겠군. 중앙아메리카 코스타리카에서 이민 온 지 삼십 년이 가까운 그의 영어 발음은 팝콘이 튀듯 빠르고 요란했다. 스페인어로 착각할 정도였다. 나뭇잎에 빗방울 듣는 소리나 혀끝에 감기는 치즈처럼 부드럽지도 않았다. 지나치게 발음이 구를 때는 현기증이 났다. 알아듣지 못해 고개를 갸우뚱거리면 한 단어씩 천천히 발음했다. 남미 혈통의 도톰한 입술과 얼굴 근육이 씰룩일 때면 텔레비전에서 슬로우 모션을 보는 것 같아 웃음이 나왔다. 공연히 눈물이 찔끔 나기도 했다. 잠깐 영어로 소통하는 어려움이 북받쳤는지도 몰랐다.

돌아오기만 하면 되는 줄 알았다. 돌아와 한국말을 하는 순간, 미국에서 겪던 불편이 말끔히 사라질 줄 알았던 것이다. 답답한 나머지 느닷없이 현관으로 달려 나갈 때도 있었다. 아파트 복도에 토니가 있을 리 만무했다.

학교 가는 남편과 상후를 배웅한 뒤 먼 하늘을 보던 시절, 토니가 자못 다급하게 달려오곤 했다. 가쁜 숨을 고르며 눈을 껌뻑이는 표정에서 그의 말을 읽을 수 있었다. 도망칠 듯 주춤거리던 나는 또 아릿하니 아픈 귀를 열었다. 하지만 내 귀는 지독히 수신 상태 나쁜 라디오 같아서 앞뒤 뚝뚝 끊어진 몇 마디만 겨우 건져 올렸다. 넌 언제나 외로워 보이는구나. 널 보면 마음이 아파. 그에게 발끈했다. 그가 어떻게 나를 이해할 수 있을까 싶어서였다. 나는 웃으며 영어를 잘 못하지만 외로울 건 없다고 했다. 나에게는 내 말이 있다고 큰소리를 치고 싶었다. 또한 글이 있다는 자존심으로 꼿꼿하게 고개를 세웠다. 그가 무슨 말인지 알 것 같다며 고개를 끄덕였다.

정말 내 말 뜻을 아냐고 되물었다. 소리 없이 웃으며 그의 얼굴을 들여다보았다. 나는 내 말의 갈증을 안으로 끌어안 았다. 하루 종일 하는 일상적인 몇 마디와 함께 책상 앞에 앉아 글을 쓰는 고통도 눌렀다. 이미 미국인인 그가 내 고통을 알 리 없었다. 어떤 날은 종일 뭘 하는지 궁금해 했다. 책을 읽는다고 하자 그런 생활이 불편하지 않은지 물었다. 나는 사람들과 생각이나 마음을 나누던 때가 그리운 것에 비하면 아무것도 아니라고 했다. 말을 하지 못하는 만큼 그리움이 커진다고 했지만 제대로 표현한 것 같지 않았다. 무슨 뜻인지 안다는 그의 눈이 촉촉해 보였다. 그 눈을 보고는 웃지 않았다. 그렇다고 나를 이해한다고 여기지도 않았다. 이미 그가 모국어를 잊었다고 단정했던 것이다.

그와 인사를 하고 집으로 들어서기 바쁘게 귀이개부터 찾 았다. 알아듣지 못한 말이 걸렸는지 귀가 가려웠다. 영어를 자유롭게 구사했다면 갈증을 느끼지 않았을까.

긴 형기를 마치고 출옥하듯 토니를 두고 떠나오던 날, 그가 나를 안고 울었다. 그를 따라 눈시울을 적시면서 비로소 내가 고통스러워하던 말이 실은 별 것 아닐 수도 있다는 생각이 들었다. 그 전까지 말은 나를 가두는 감옥이었다.

옷장을 비롯해 가구를 몇 가지 샀다. 배편으로 부친 이삿 짐이 도착하는 대로 정리하려면 미리 준비해야 했다. 생활에 필요한 전자제품은 빠짐없이 샀다. 주민센터를 찾아가 전입신고도 마쳤다.

내가 생활의 모양새를 갖추는 동안, 상후는 서툰 말과 부딪히고 있었다. 전화를 걸면 더듬거리다 영어가 튀어나왔다. 친정아버지가 집에서 한국말 안 썼냐고 나무랐다. 미국 가자마자 유치원에 들어가 초등학교 4학년을 마치고 온 상후는 영어가 편할 수밖에 없다고 해도 소용없었다. 일상생활에 필요한 말은 문제없다고 해도 못 알아듣는다는 거였다. 외손자가 미국놈도 아닌데 답답해 죽겠다며 혀를 찼다. 아무래도 사투리와 억양 때문인 것 같았다. 평생 남도에서 산 엄마 아버지에게 표준말을 부탁할 수도 없었다.

불현듯 토니의 말을 알아듣지 못해 난감해하던 내 모습이 떠올랐다. 토니의 말이 팝콘 튀듯 했다면 상후에게 사투리가 어떻게 들릴지 궁금했다. 내 아들이 갈증을 느끼는 말이 나와 다르다는 사실에 나직이, 숨을 들이마셨다.

가구가 배달되었지만 우선 책꽂이가 주문한 디자인과 달랐다. 책을 많이 꽂기 위한 단순한 모양이 가운데 서랍이 달린 것으로 바뀌어 있었다. 서랍장에는 긁힌 자국이 선명해

속이 끓어올랐다. 기사는 자신은 배달만 할뿐이라고 했다.

가구점에 전화를 걸어 왜 물건이 다르냐고 물었다. 높고 거칠어야 할 언성이 푹 수그러들었다. 나는 손님으로서 당당하게 항의하는 게 아니라 억울한 일을 당한 뒤 아무나 붙잡고 울먹이는 꼴이었다. 아유, 물건이 마음에 안 드세요? 서랍이 있으면 잡동사니도 넣을 수 있고 사실은 그게 더 좋은 건데. 요즘 손님들은 그걸 더 많이 찾아요. 제가 원한 건 이게 아니잖아요. 목소리는 여전히 높지 않았다. 아니, 글쎄 그게 쓰임새도 있고 손님들이 더 많이 찾는다니까 그러시네. 그녀는 막무가내로 좋은 물건을 보냈으니 써보라고 했다. 내가 필요로 하는 쓰임새는 그녀 안중에 없었다. 속은 금방이라도 폭발할 듯 끓어올랐다. 써 보시면 후회 안 하실 거예요. 그제야 겨우 서랍장에도 긁힌 자국이 있다고 했다. 박스에 쓸려서 그러니까 걸레로 닦아주면 금방 없어져요. 정 싫으면 그쪽으로 배달 가는 기사 편에 서랍만 하나 바꿔 드릴게요.

날마다 기사를 기다리지만 소식이 없었다. 내가 사는 방향으로는 통 배달할 일이 없는 모양이었다. 서랍 달린 책꽂이와 성치 못한 서랍장을 강제로 떠맡다시피 한 나는 그것들이 못마땅해 눈을 돌렸다. 반품시키겠다고 큰소리 쳤어야 한

다는 생각이 든 건 시간이 한참 지난 뒤였다. 나는 소비자의
당당한 권리 행사도 할 줄 몰랐다. 더군다나 이제 말은 입안
의 혀보다 자유로운 것이었다. 더 이상 토니와 옆집에서 살
지도 않았다.

자유롭게 말을 구사하지 못했던 꼬박 여섯 해. 처음에는
한국에서의 얽히고설킨 관계에서 벗어났다는 자유로움에 불
편을 느낄 새도 없었다. 하지만 얼마 지나지 않아 텔레비전
을 켜놓고 화면만 보고 있었다. 그 속에서 사람들이 울고 웃
는 이유는 늘 불분명했다. 동네 사람들이 손만 흔들어도 가
슴이 두근거렸다. 하루 종일 혼자 있다 보면 입에서 군내가
났다. 느닷없이 남편에게 언제 공부가 끝나는지 묻기도 했
다. 한국으로 돌아왔지만 나는 그때와 크게 다르지 않았다.

미국에서의 시간이 살아 꿈틀댄다는 생각을 하자 더럭,
겁이 났다. 민감한 촉수들이 짚어내는 부자유함 앞에서 나
는 꼼짝없이 지난 시간에 갇혀 헤매고 있었다. 그전까지 말
이 사람을 구속할 줄은 차마 알지 못했다.


가급적 밖에 나가지 않았다. 나가면 꼭 필요한 말만 했다.
대체 웬 엄살인가 싶어 앞으로 나서면 어느새 주춤거리기 일
쑤였다. 급기야 나면서부터 익숙한 내 말을 갈망하기 시작했

다. 한번 말에 갇히면 끝내 벗어나지 못하는 법일까.

아무리 그래도 내겐 미국 땅에서 당당하게 외쳤던 내 말의 기억 하나가 오롯이 살아 있었다. 한 번뿐이지만 나는 줄곧 그것에 의지해 살았다. 때로는 그 기억이 더욱 갈증을 일으키곤 했다. 어쩌면 그것은 목이 말라 정신없이 퍼 마신 바닷물 같은 것이었는지도 몰랐다.

상후를 데려왔다. 여름 방학이 끝나면 전학을 시켜야해 마음이 급했다. 얼추 생활의 모양을 갖추기도 했지만 한글 공부를 시키느라 더욱 밖에 나갈 여유가 없었다. 상후는 더듬더듬 읽기는 해도 뜻을 몰랐다. 쓰기 연습을 시켜놓고 잠깐 다른 일을 하고 오면 노트에 영어가 가득 차 있었다.

생각할수록 분통이 터졌다. 쌀집 사내의 능청스러운 시치미와 백화점 점원의 깜찍함은 아무것도 아니었다. 나의 어리석음과 야무지지 못한 면보다 더 한심한 노릇은 속 시원히 따지지 못한 내 벙어리 노릇이었다.

난생 처음 사는 양 생소하던 쌀값을 분명히 기억하고 있던 나는 의아스러웠다. 같은 상표의 오 킬로그램들이 쌀값이 처음보다 오천 원이 비쌌던 것이다. 사내가 대번에 자신의 장사 원칙이 오직 신용 본위임을 주장했다. 생명처럼 고수한 원칙에 흠집이 난 사내 표정이 날카로웠다. 그 앞에서 주관적인 내 기억력은 먹혀들지 않고, 사내의 주관적인 신용 본위의 허상 또한 무너뜨릴 재간이 없었다. 무슨 착오가 있었다고 인정하지 않는 사내에게 맞설 방법은 다시는 그 집에서 쌀을 사지 않겠다는 소극적 다짐이 전부였다.

백화점에서도 비슷한 일이 생겼다. 점원에게 혐의를 두기보다 나의 부주의를 먼저 나무라야 했다. 나는 커튼 칠만 원과 커튼 봉에 붙은 이만오천 원의 가격표를 보고 점원에게 계산을 부탁했다. 커튼 칠만 오천 원과 커튼 봉 이만오천 원의 합은 십만 원. 영수증을 받은 나는 기분 좋게 집으로 왔다. 상후 방에 파란색 바탕에 하얀 잠자리가 프린터 된 커튼을 달아놓고 보니 더욱 예뻤다. 꼭 하늘 가득 잠자리가 나는 것 같았다. 지갑 속에 가득 찬 영수증을 정리하다 커튼을 산 내역을 살폈다. 칠만오천 원 더하기 이만오천 원의 합은 십만 원. 그런데 커튼 가격이 칠만오천 원이었나? 분명 칠만 원으로 기억하고 있었지만 커튼에 붙어 있던 가격표를 버린 지 오래였다. 점원의 실수였나? 백화점으로 전화를 걸까 망설이고 또 망설였다. 점원이 계산을 잘못 했으니 오천 원을 환불해 달라고 할 자신이 없었다. 혹 창피를 당할지 모른다는 생각에 포기하고 말았다. 나는 벙어리였다. 오천 원이 아까운 게 아니었다. 지나놓고 보니 더욱 한심했다. 이제 더 이상 그런 식으로 포기하지 않아도 되었다. 그런데도 나는 따지고 계산하기보다 포기를 택했다.

남편은 내가 미국에서 얼마나 많이 포기하고 살았는지 알지 못했다. 그 자리에서 착오를 발견했다면 모를까 시간이 지나면 서툴게 따지느니 꼼짝없이 포기하고 말았다. 영수증만 있으면 되는데도 조목조목 따질 자신이 없는 나는 지레 겁을 먹었다. 나는 서투른 영어를 구사하며 상후를 학교에 보내고 이웃과 교류하고 쇼핑을 하며 집안 살림을 꾸렸다. 스스로 해결할 자신이 없어도 남편 시간을 빼앗지 않았다. 늘 신중하려 했지만 그래도 따질 일이 생기면 도리가 없었다.

한번은 토니에게 그런 이야기를 한 적이 있었다. 내 집 부엌으로 따라와 속 부분이 상한 시금치를 보더니 당장 영수증을 챙기라고 했다. 비싸지 않다며 손사래를 쳤다. 돈이 문제가 아니라 이런 일을 당하고도 그냥 넘어가려는 나를 이해할 수 없다는 것이었다. 그가 함께 가겠다고 했다. 나는 잘못 보관한 게 아니냐는 그로서리 직원 앞에서 우물쭈물거렸다. 뒤에 서 있던 토니가 설령 냉장고에 넣지 않았어도 어제 산 것이 이렇게까지 상할 수 없다고 받아쳤다. 그리고 시금치 봉지를 흔들며 안쪽만 상한 이유를 설명해보라고 했다.

수시로 귀이개를 들었다. 아니나 다를까 며칠째 귀앓이가 계속되었다. 상후가 힘들어하는 걸 보고 있자니 가려움증이 더 심했다. 우울한 얼굴로 학교에 간 상후는 집에 돌아 올 때도 풀이 죽어 있었다. 나는 피부색이 다른 아이들과 유치원에 다니면서도 잘 놀던 상후를 떠올리며 어서 적응하기를 바랐다. 어쩌면 그때는 말은 크게 중요하지 않았을 수도 있었다. 상후는 유치원에 들어가자 빠르게 영어가 느는 대신 한국말은 하루가 다르게 어눌해졌다. 상후가 돌아오면 곧 한국말도 잘할 수 있다고 격려해도 고개를 저었다. 학교에 가면 아이들이 따라다니며 영어를 하라고 해 싫다고 했다. 계속 미국에서 살면 안 되었냐고도 물었다. 울먹이며 말을 쏟아낼 때는 저게 내 아들의 갈증이구나 싶었다. 상후의 말을 다 알아듣지 못하는 나는 물끄러미 바라보기만 했다.

날마다 읽기와 쓰기를 가르쳤다. 밤이면 상후는 영어로 중얼거리며 잠꼬대를 했다. 어떤 날은 자다 일어나 온몸으로 벽을 밀었다. 벽을 뚫고 나가지 못해 울부짖기도 했다. 팔다리를 붙들고 침대에 눕히면 한동안 흐느끼다 다시 잠들었다. 그런 상후를 지켜보면 더욱 귀가 아렸다.

토니가 근심 어린 표정으로 달려올 때부터 나는 말이 사람을 병들게 할 수도 있다는 것을 알았다. 그도 그 사실을 고스란히 기억하고 있었던 걸까. 넌 언제나 참 외로워 보이는구나. 널 보면 마음이 아파. 그가 하던 말이 떠올랐다. 비로소 영어는 내 말이 아니라며 고개를 젓던 그를 이해할 수 있을 것 같았다. 그때는 가당찮다고 여겼다. 삼십 년 가까이 사용한 언어에서 외로움을 느낄 리도 없을뿐더러 한사코 그를 미국인으로 단정했던 것이다.

잠옷 위로 토닥이는 손길이 느껴졌다. 가볍지만 따뜻한 손을 잡으려 어깨를 감쌌다. 여전히 위로가 필요했지만 내 옆에는 더 이상 토니가 없었다. 대신 잠든 상후를 토닥이며 한참을 중얼거렸다. 곧 괜찮아질 거야, 곧.

그 말은 이웃집 여자에게도 해 주고 싶었다. 가끔 여자가 남편으로 보이는 남자와 시장에 갔다 오거나 산책하는 모습이 보였다. 이마가 벗어지기 시작하는 남자가 손짓과 함께 부지런히 말을 했지만 여자는 매번 어색하게 웃기만 했다. 며칠 전에는 남자가 슈퍼마켓에서 소리 지르는 걸 보았다. 여자가 잘못 산 물건을 반품하려는데 안 된다고 한 모양이었다. 영수증이 없나보았다. 그래도 남자는 저 사람이 잘 몰라서 산 것이니 반품하겠다고 우겼고 끝내 고성이 오갔다. 뒤에서 여자가 손을 모아 쥔 채 미안해요, 잘못 했어요 소리를 연발하며 허리를 숙였다. 비닐봉투를 들고 횅하니 슈퍼마켓을 나가는 남자를 보고 뒤따라갔다. 빠르게 걸어가다 획 돌아선 남자가 앞으로 혼자서 물건 사지 말라며 눈을 부라렸다. 고개를 수그린 채 종종걸음 치던 여자가 금방이라도 울 것 같았다.

귀를 파기 시작한 건 미국에 간 뒤부터였다. 알아듣지 못한 말이 귀에 걸린 것 같아 시작된 습관에 귀가 붓고 열이 났다. 귀앓이에서 벗어나려면 말을 나눌 상대를 찾아야 했다. 알고 지내는 교민은 모두 직장을 가지고 있었다. 말을 하고 싶어 일할 생각도 했지만, 유학생 동반 가족 비자로는 아무것도 할 수 없었다. 컴퓨터 앞에 앉아있다 보면 숨이 막히기도 했다. 한순간, 소설이 거대한 바윗덩이처럼 가슴을 눌러 바깥으로 뛰쳐나갔다. 두려워 집으로 들어가지 못하고 땀을 흘리며 동네를 걷고 또 걸었다. 무작정 수화기를 들기도 했지만 막상 번호를 누르지 못했다. 내게는 낮 시간이지만 한국은 한밤중이거나 이른 새벽이었다.

남편에게는 말에서 자유롭지 못한 모습을 보이고 싶지 않았다. 공부에 부담을 안고 있는 그에게는 투정으로 보일 거였다. 딱 한 번 맥주를 마시다 말에서 갈증을 느끼지 않는지 물은 적이 있었다. 그가 영어는 말이 아니냐고 반문했다. 어디 말이 말에 지나지 않는 거냐고 되묻는 나는 조금 발끈했다. 눌려 있던 감정이 출렁거리며 눈물이 나왔다. 벌써 맥주를 꽤 마신 뒤였다. 랭귀지 스쿨에 다니라는 남편 말투에 짜증이 섞여 있었다. 날이면 날마다 집에 틀어박혀 있지 말라고 했다. 원하던 소설가도 되었으니 여유를 가지라고, 이왕 미국에 왔으니 영어도 잘해야 하지 않겠냐는 것이었다. 그는 본격적으로 소설 쓰기에 매달려야 한다는 것을 납득하지 못했다. 모두가 영어를 해야 하냐고 되받았다. 그는 내가 불편을 느끼는 것이 영어 때문이라고 여겼다.

말의 제약이 고스란히 소설에 영향을 미쳤다. 국제우편으로 한국 문예지에 투고해 당선이 되었지만, 말에 결박당한 나는 내 소설의 부자유함을 알고 있었다. 컴퓨터 앞에 앉아 아무리 골몰해도 적확한 어휘가 떠오르지 않아 곤혹스러울 때가 많았다. 나는 어어, 소리만 내는 벙어리와 다르지 않았다. 생활에서 먼 언어는 글에서도 성글었다.

다른 언어를 경험해 보기 위해 랭귀지 스쿨에도 다녀 보았지만 갈증은 해소되지 않았다. 사람들을 만나 좀 더 알아듣고 몇 마디 더 한다고 영어가 내 말이 될 수는 없었다.

맥주를 마셔도 다시 그런 내색은 하지 않았다. 나는 내 말에 대한 기억 하나로 견뎠다. 그는 나와 같은 말의 기억도, 통쾌한 경험도 없을 거였다. 그러나 아쉬움을 떨칠 수 없었다. 가끔은 내 말의 기억이 자랑스러운 것만은 아니라는 생각에 얼굴이 붉어졌다. 토니가 내 말을 알아들었을 것 같아 더했다. 그로서리에 가려고 집을 나서는데 막 그의 차가 출발하고 있었고 주차장에서 만나 함께 장을 보았다.

그 날, 튼실하게 자란 첫 돌짜리 아이 같은 수박을 계산대에 올리는 일은 쉽지 않았다. 평소에 무게 나가거나 덩치 큰 물건을 올리는 사람을 본 적도 없었고 어쩌다 그런 시늉이라도 하면 바코드를 읽는 핸드 머신을 든 손이 먼저 쇼핑 카트로 달려 나왔다. 하지만 캐셔는 굳이 수박을 계산대에 올리라고 했다. 나는 웃으며 너무 무겁다고 했고 그녀는 아랑곳하지 않았다. 이해할 수 없다며 앞으로 나서려는 토니를 만류했다. 어쩌면 그녀가 인종 차별주의자거나 전날 밤 남자친구와 싸워 종일 기분이 좋지 않을 수 있다고 여겼다. 나와 내 가족이 먹을 음식 재료가 그녀 손에서 거칠게 다루어졌다. 애써 웃으며 카드를 내밀었다. 팔짱을 낀 채 나를 지켜보던 토니가 어깨를 으쓱해 보였다. 계산을 마친 그녀가 영수증을 내밀며 한마디 했다. 난 펜이 없어. 그래서? 나도 펜이 없는데. 그렇게 이죽거린 나는 잡아먹을 듯 그녀를 노려보았다. 그녀도 똑같이 나를 째려보았다.

"뭘 봐, 이 씨발년아!"

나오는 대로 목청을 높였다. 눌려있던 말이 튀어나온 순간, 오랫동안 가슴에 딱딱하게 뭉쳐 있던 덩어리가 터지듯 뜨거운 기운이 온몸을 훑고 지나갔다. 아찔한 전율이 느껴졌다. 가뜩이나 큰 그녀 눈이 더욱 크게 벌어졌다. 천상, 내 말을 알아듣는 표정이었다. 나는 두 다리에 힘을 주었다. 여전히 크게 벌어진 그녀 눈에 대고 나는 다시 한 번 뭘 봐, 이 씨발년아 하고 쏘아붙였다. 상황을 알아차린 다른 캐셔들이 달려왔다.

뒤에 있던 토니가 그녀를 지목하며 저 여자 잘못이라고 했다. 어느새 다른 캐셔가 내 앞에 펜을 내밀었고 나는 천천히 사인을 해 주었다. 스토어 매니저가 달려와 손님에게 사과할 것을 명하자 그녀가 마지못해 눈을 내리깔았다. 다시 한 번 그녀를 노려본 나는 쇼핑 카트를 밀고 문을 나섰다.

그러나 곧 걸음을 멈췄다. 쇼핑 카트를 붙잡고 선 나는 고개를 떨어뜨렸다. 그건 내가 하고 싶은 말이 아니었다. 나는 누에가 실을 토해 고치를 짓듯 아름다운 말을 하고 싶었다. 그런 말을 하지 못했다는 아쉬움에 한동안 걸음을 옮기지 못했다.

뒤따라 나온 토니가 내 어깨를 감싸고 있었다.

날마다 샤워꼭지와 수도꼭지에서 물이 샜다. 주인은 관리실에서 수리해야 한다고 못 박았다. 관리실에 주인 말을 전하지도 못하고 집에서 잠만 자는 남편에게 손봐 달라고 할수도 없었다. 물이 줄줄 새는 대로 내버려뒀다. 주인이든 관리실이든 전화를 해야 한다고 생각하면 혀가 굳었다.

서랍장의 긁힌 자국은 내 속에 더욱 선명한 줄을 남겼다. 신용 본위 쌀집에서 쌀을 살 리 만무했다. 상후 방에만 들어가면 커튼에서 빠져나온 잠자리들이 나를 에워싸는 것 같았다. 이제라도 관리실과 가구점 주인과 쌀집 사내와 백화점 점원에게 내가 벙어리가 아닌 걸 보여주고 싶었다.

의사에게 나도 모르게 손이 간다는 넋두리는 하지 않았다. 적외선 치료기를 귀에 대고 있는 모양새가 우스웠다. 토니를 두고 한국으로 돌아온 내게 더 이상 말이 문제는 아니었다. 그런데도 나는 계속 귀를 파고 있었다. 말에 갇혀 있던 때와 다르지 않았다.

약국으로 가다 처방전을 찢어 버렸다. 낯선 말과 부딪치는 동안 나도 모르게 그곳 생활 습관이 몸에 배었던 걸까. 여전히 토니와 이웃에서 살던 시절에서 벗어나지 못하는 나는 제 나라를 떠나 사는 사람들처럼 디아스포라를 경험하는 것인지도 몰랐다. 미국에서라면 모를까 한국으로 돌아온 내가 문화적인 갈등을 느끼다니, 믿어지지 않았다.

전화벨이 울렸다. 상후를 등교시킨 뒤 줄곧 컴퓨터 앞에 앉아 있던 참이었다. 소설은 좀처럼 써지지 않았다. 모니터에는 '여자와 디아스포라'라는 글이 떠 있었다. 커서의 깜빡임이 어서 하고 싶은 말을 해 보라고 재촉하는 것 같았다.

커피 잔을 내리며 휴대전화를 들었다. 상후 담임이었다. 여대생처럼 발랄해 보이던 담임이 대뜸 죄송하다고 했다. 상후가 넘어지면서 발목을 삐었다는 것이다. 아이들이 장난이 심했다며 거듭 미안하다고 했다. 어머니가 지금 학교로 오셔야겠다는 말에 어느새 옷을 갈아입었다. 상후는 지금까지 이마와 종아리를 다쳐 두 번 꿰맨 적이 있었다. 자라다보면 흔히 있는 일이라고 여기려 해도 마음이 진정되지 않았다.

문을 열자 여자가 복도 난간에 기대 서 있었다. 그런 여자가 널어놓은 홑이불처럼 바람에 훌렁 날아갈 것 같았다. 손으로 얼굴을 가린 채 어깨를 들먹거리는 걸 보자 더욱 위태로워 보였다.

얼마 전 어스름 무렵이었다. 쓰레기를 들고나가다 통로를 달려 나가는 여자를 보았다. 곧이어 문이 벌컥 열렸다. 지난번에 본 남자가 돌아오지 못하겠냐며, 네가 갈 데가 어디 있냐고 소리 지르며 달려 나왔다. 곧장 엘리베이터 앞으로 달려가더니 신경질적으로 버튼을 눌러댔다. 발을 구르고 주먹으로 벽을 친 남자가 비상계단으로 뛰어 들어갔다. 엘리베이터를 타고 내려가며 입술을 사려 물었다. 아파트 현관을 나서며 주위를 두리번거렸다. 상가 쪽에서 남자가 여자를 끌고 오는 게 보였다. 한 손에 가방을 움켜쥔 여자가 몸을 뻗댔다. 어떻게 해야 할지 판단이 서지 않았다. 잠시 후 남자가 여자 손을 놓고 이야기를 시작했다. 여자가 세차게 고개를 흔들고 간간이 눈 밑을 닦았다. 한참만에야 남자가 가방을 들고 아파트 안으로 들어왔다.

여자를 외면하고 엘리베이터 앞으로 달려갔다. 어정거릴 시간이 없었다.

양호실로 들어서자 상후가 울음을 터뜨렸다. 오른쪽 복사뼈가 소복하게 부어 있었다. 택시를 타고 한의원에 가면서도 상후는 울음을 그치지 않았다. 장난치지 말라고 해도 아이들이 그치지 않았다는 것이다. 말만 하면 깔깔거려서 다시는 입을 열지 않겠다고 했다.

한의원 침대에 누운 상후는 상체를 세우고 연신 주위를 두리번거렸다. 한약 냄새가 이상한지 대기실에서부터 코를 킁킁거렸다. 난생 처음 한의원에 온 상후에게 침을 맞는다고 설명해 주었다.

한의사가 복사뼈 주변에 침을 꽂는 순간, 비명 소리가 터졌다. 한의원 천장이 훌쩍 날아갈 듯했다. 한의사가 간호사와 나에게 상후를 잡으라고 했다. 두 팔과 상체를 누른 채 조금만 참으라고 달랬지만 막무가내였다. 고슴도치처럼 복사뼈 주변에 촘촘하게 침을 꽂은 후에도 엄마, 엄마를 외치며 목청껏 울었다. 다시는 학교에 가지 않겠다는 상후 얼굴에서 땀이 흘러내렸다. 달래도 그치지 않아 내버려두었다.

울음소리는 좀처럼 잦아들 줄 몰랐다. 침대에 걸터앉아 상후를 지켜보는데 꼭 아파서 우는 것 같지 않았다. 친구들이 밀었다고 억울해서 그런 것도 아닐 거였다. 상후는 유치원부터 초등학교 4학년까지 함께 지낸 친구들과 학교를 두고 떠나왔다. 무엇보다 한국으로 돌아오고 싶은 그리움이 없었다. 상후 역시 얼마간 말에 갇히리라는 생각을 하자 안쓰러웠다. 나는 상후 가슴에 엉키고 쌓인 것들이 울음과 함께 모조리 터져 나오기를 바랐다. 우두커니 앉아 있자니 내 속에서도 낮은 울음소리가 들리는 것 같았다. 그동안 가슴 밑바닥에 눌려있던 말들이 일제히 몸을 뒤채고 있었다.

상후를 업고 집으로 돌아왔다. 등에 엎드려 길게 숨 고르는 소리가 한결 홀가분하게 느껴졌다. 오후 늦게 반 아이 셋이 문병을 왔다. 아이들이 미안하다고 해도 상후는 뾰로통

했다. 서로 얼굴만 보는 아이들 사이에 어색한 분위기가 감돌았다. 상후에게 친구들이랑 게임하고 놀라고 하자 대번에 아이들 표정이 밝아졌다.

웃음소리와 환호성을 뒤로 하고 복도로 나왔다. 온종일 얼굴을 가리고 어깨를 들먹이던 여자가 가슴 한 편에 걸려 있었다. 날이 어두워진 후에도 복도에 나가보았지만 여자는 보이지 않았다.

다음 날 오전부터 집 앞 난간에 기대 있었다. 밤새 발목이 가라앉은 상후는 조금 절룩거렸지만 혼자서 학교에 갔다. 작정하고 있던 터라 문소리가 날 때마다 고개를 돌렸다. 그동안 여자에게 하지 못했던 말을 건네고 싶었다. 그러면 가슴에 딱딱하게 굳어있던 것들이 풀어질 것 같아 마음이 급했다. 어쩌면 그것은 관리실과 가구점 주인과 쌀집 사내와 백화점 점원에게도 맨 먼저 하고 싶었던 말일 수도 있었다.

마침내 여자가 슬리퍼를 끌며 복도로 나왔다. 나를 보자 주춤하는 기색이었지만 이내 태연한 척 난간에 몸을 기댔다. 여섯 해 만에 한국에 돌아와 보니 텔레비전이나 주변에서 동남 아시아계뿐 아니라 피부색 다른 사람들을 자주 볼 수 있었다. 그들은 산업연수생으로 왔거나 결혼을 했거나 그것도 아니면 돈을 벌기 위한 불법체류자라고 했다. 그들은 저마다 자신의 말을 두고 한국에 올 수밖에 없었던 사연이 있었을 것이다.

천천히 여자에게 다가갔다. 온몸으로 낯선 문화와 부딪치고 있을 그녀를 생각하자 토니가 보고 싶었다. 토니가 그랬던 것처럼 이제는 내가 말을 걸 차례였다.

"안녕하세요."

매 음절 정성을 다했지만 내 말은 비단실처럼 매끄럽지 못했다. 오랫동안 가슴 밑바닥에 눌려 있던 말이 목구멍을 막았다. 콧날이 시큰거려 잠깐 먼 산을 보았다. 그러고는 크게 심호흡을 하며 여자 앞으로 한 걸음 다가섰다.

나는 비로소 갇혀 있던 말에서 풀려나고 있었다.

# 스테파니와 손을 잡다

—

입가로 가벼운 경련이 일며 스테파니에게 하지 못한 말이 생각
난다. 그 아이에게 내 딸이라고 하지 않은 게 아쉬운 한편
다행스럽기도 하다. 스테파니가 세라의 다른 이름이어서일까.
그래서 언니 집에 머무는 동안 끝내 전화를 걸지 않은 것일 수도 있다.

찜질방 출입문 앞에 전신 거울이 버티고 있다. 잔뜩 옷을 여민 거울 속 나는 뺨이 새빨갛고 머리카락이 헝클어진데다 눈물까지 그렁그렁하다. 막 광야를 건너온 듯 진저리를 친다. 서둘러 요금을 지불하는데 카운터 직원이 한 달 전 얼굴이 아니다. 거스름돈을 받으며 혹시, 입을 달싹이다 만다.

탈의실로 들어서자 훈기에 온몸이 허물어질 듯 피곤이 엄습한다. 옷을 갈아입고 휴게실 문을 열며 연신 내부를 휘둘러본다. 평일 오전이라 여자들이 삼삼오오 마주앉아 수다를 떨거나 텔레비전을 보는 중이다. 그 중에는 이곳에서 지난밤을 보냈거나 가족들을 내보내고 취미생활처럼 드나드는 이들도 많다. 찜질방 이름이 새겨진 연분홍색 반팔 티셔츠와 반바지를 입은 사람들을 살피다 눈이 마주치면 고개를 조금 숙인다.

불가마 방이라면 또 모른다. 문을 열자 후끈한 열기가 얼굴을 덮친다. 뜨거운 수건으로 입을 틀어막은 듯 숨이 막히는데다 바닥이 뜨거워 서 있기조차 힘들다. 목에 타월을 감고 땀을 닦거나 푸푸 거친 숨을 내뿜는 사람들을 살피지만 역시 찾는 얼굴은 없다. 큰 대자로 누운 사람들 사이에 엉덩이를 붙이자 연신 휘파람 같은 숨소리가 새나온다. 시원하다는 뜻인지 이를 악물고 열기를 견디는 것인지 가늠해본다. 엉덩이가 불에 덴 듯 따끔거려 황급히 불가마방을 뛰쳐 나온다. 여전히 찜질방 맛을 들이기 쉽지 않을 성싶다.

그래도 지난 한 달 동안 이곳을 지켜야 했던 걸까. 문득 그런 생각이 들지만 이제와 후회하지는 않는다. 한번쯤 다녀 와야 할 여행이었다. 휴게실 끝 식당으로 가자 한 테이블에 서 여자가 손을 치켜든다.

"미국 갔다더니 언제 왔어요?"

내가 미국에 간 건 어떻게 알았냐고 반문할 건 없다. 소문 은 바람보다 빠른 법이다. 어젯밤에 왔다고 하는데 몸이 움 츠러든다. 여자와 마주앉은 나머지 둘도 안면이 있다. 그들 이 세라 학기 중에 한 달씩 미국 여행을 갔다 왔냐며 수선 을 떤다. 부러움이든 비난이든 상관없다. 여자들이 아침 안 먹었으면 오라며 손짓을 하고 방석도 끌어다 놓는다. 호기심 가득 찬 눈빛을 향해 가볍게 웃어 보이고 커피 파는 곳으로 간다. 그들과 말을 섞어 좋을 게 없다고 여겨서만은 아니다. 성민 엄마가 궁금하지만 이미 돌아오기 틀렸다고 여기는 것 일 수도 있다.

커피를 들고 텔레비전 앞으로 간다. 나는 찜질방에서 시간 을 보내다 세라가 하교하면 함께 외출할 것이다. 명치를 어 루만지다 절레절레 고개를 젓는다. 사실, 여독은 아무것도 아니다.

스테파니…. 한숨처럼 그 이름이 새나온다. 정작 불러야 할 이름은 세라지만 앞으로도 나는 스테파니를 부를 수밖에 없을 것이다. 지난밤 잠을 이루지 못한데다 장시간 비행기를 탔던 피로까지 납처럼 전신에 뭉쳐 있다. 커피를 들고 수면 실로 들어간다. 조도 낮은 수면실은 금세 곯아떨어질 정도로 온도가 마침맞다. 누워 있는 사람들을 살피지만 성민 엄마가 아파트 코앞에 와 있을 턱이 없다. 집에 돌아오고 싶다면 또 모른다.

자리에 눕지만 의식은 또렷하다. 남편과 세라를 내보내고 잠을 청하다 결국 찜질방으로 달려 나왔다. 집안일도 손에 잡히지 않았고 시어머니에게 전화만 겨우 했다. 내가 집을 비운 동안 가사도우미와 함께 집안일을 돌봐주었던 그녀는 말을 꾹꾹 누르고 있었다. 아들이 바람을 피웠으니 별 수 없었다. 아무리 그래도 자식새끼 팽개치고 여행을 가다니, 세상 좋아졌다고 구시렁댈 것이다. 남편도 다 정리한다는데 애를 두고 무슨 여행이냐는 것이었다. 그를 단죄하기보다 내가 무슨 짓을 했는지 확인하기 위해 여행을 가야했다. 어젯밤, 그는 한 달간 여행을 허락했으니 자신의 잘못이 말끔하게 사라졌다는 듯 홀가분한 표정으로 나를 맞았다.

아침에 출근할 때는 콧노래를 흥얼거렸다. 집을 나서며 저녁에 세라랑 외식하자는 말에 소스라쳤다. 그가 딸아이 이름을 부를 때면 간혹 그랬다. 그는 내가 왜 그 이름을 지었는지 평생 모를 것이다. 사력을 다해 자궁에서 아이를 밀어낸 뒤, 꺽꺽 울던 내 모습이 떠올랐다. 세라 때문에 목이 아팠다. 그 뒤로 간간이 명치가 아프기 시작했다. 세라는 내가 버린 내 딸이었다. 비록 그랬어도 이름이라도 붙들어야 했다. 인간 세(世)에 비단 라(羅)라, 이름 좋은데. 세라(Serra)를 그렇게 해석한 남편이 연방 싱글거렸다.

자세를 고쳐 누운 나는 깊이 몸을 웅크린다. 불현듯 아침에 빨래를 하지 않아 다행이라는 생각이 든다. 어젯밤, 여행 가방을 연 나는 옷을 정리할 수 없었다. 옷가지마다 묻어 있던 스테파니의 손이 나를 놓지 않아 밤새 잠도 이루지 못했다. 두 손을 깍지 낀다. 눈을 감자 밀가루 반죽 같은 보드라운 감촉이 살아난다. 스테파니, 나를 떠민 건 결국 네 손이었어. 그렇다고 네 손을 놔 버린 건 아냐. 넌 내가 버린 딸이면서 다시 찾은 딸이기도 해. 엄만 미국 이모 집에도 가보고 정말 좋았겠다. 다음번엔 꼭 나랑 같이 가야 돼. 세라가 등교하면서 신신당부하던 말이 생생하다. 얼핏 천진해 보였지만 학교에서 돌아오면 또 내가 없을까봐 근심이 가득했다.

내가 왜 미국에 갔던지 다 아는 것 같아 눈을 마주 볼 수 없었다. 한숨과 함께 한쪽 팔을 이미 위로 올린다. 그러고 보니 언니에게 잘 도착했다는 전화를 하지 않았다. 다시 한 번 스테파니 잘 돌봐달라고 부탁도 해야 한다.

"아휴 참, 한숨에다 뒤척이는 소리 때문에 잠을 잘 수가 없네."

옆에 있던 여자가 발딱 일어나 앉는다. 죄송하다는 말이 채 끝나기도 전에 밖으로 나간다. 소리 죽여 드러눕자 간간이 낮게 코고는 소리가 이어진다. 찜질방을 드나들기 시작한 건 올 봄부터였고 몸이 무거우면 절절 끓는 불가마방에 앉아 이를 악물었다. 남편에게 다른 여자가 있는 걸 알았을 때 분노보다 두려움이 먼저 달려들었다.

찜질방을 찾았다 텔레비전 앞에 앉아 있는 성민 엄마를 보았다. 사업이 고전을 면치 못하는 남편의 폭력에 시달린다는 소문을 들은 나는 슬그머니 옆에 앉았다. 그녀는 드라마가 끝나도 일어날 줄 몰랐고 매번 먼저 가라고 했다. 하교 시간이 가깝거나 혼자 있는 세라 걱정에 간신히 몸을 일으키면서도 자꾸 뒤가 돌아다보였다. 곧 성민 엄마가 찜질방에서 자고 아침에 성민 아빠가 출근한 뒤 귀가해 아이를 등교 시킨다는 소리가 들렸다. 그녀가 집을 나가자 애인한테 미쳐 남편과 아들을 버렸다는 소문이 꼬리를 물었다. 씀씀이가 헤퍼 카드빚을 지고 도망갔다는 소리까지 가세했다.

그들 앞에서 흥분하는 대신 나는 여행 가방을 꾸렸다. 나에 대한 소문 또한 다르지 않겠지만 차라리 그 편이 나았다. 지난 한 달간 찜질방에서 땀만 뺄 수는 없었다. 다시 도망치지 않으려면 내가 한 짓을 봐야 했다.

새삼 여행을 시작할 때의 두려움이 엄습해 가슴을 누른다. 미국 동부 조지아주 애틀랜타 공항에 도착한 순간부터 줄곧 그랬다. 눈에 띄는 백인 여자아이들이 모조리 달려들 것 같았지만 이미 물러설 수 없었다. 언니 집에 머무는 동안 시카고에 다녀올 심산으로 나선 여행이었다. 먼발치에서 세라가 얼마나 컸는지 보고 싶었다.

며칠 뒤 언니를 따라 교회에 갈 때는 차창도 내다보지 않으려 안간힘을 썼다. 예배실로 들어가다 백인 여자아이와 눈이 마주쳤을 때도 마찬가지였다. 뚫어져라 나를 보는 시선을 피했지만 이내 마주 보았다. 에메랄드빛 바닷물이 고인 눈을 보는 순간, 마음이 출렁였다. 세라 눈도 저랬던가. 예배 후 친교실에서 도넛과 커피를 먹는데 놀이터로 통하는 문이 벌컥 열리며 아까 보았던 아이가 뛰어 들어왔다. My mom looks like you, she looks like…. 아이의 말을 따라 가슴이 쿵쿵거렸다. 까맣게 잊고 있던 말이 귓속으로 흘러 들어왔다. 엄마가 나처럼 생겼다고 중얼거린 뒤에도 눈을 떼지 않았다. 언니가 돌아보며 어깨를 으쓱했다.

집으로 돌아오는 길에 스테파니 참 불쌍한 애라는 언니 말에 입술을 앙다물었다. 스테파니는 교회 담임 목사 손녀였다. 존 목사의 며느리는 일본 여자였고 그녀가 아이를 두고 자기 나라로 가버렸다고 했다. 애를 팽개쳐 두고 간다고. 그러고도 네가 엄마야? 차창에 고개를 기대는데 하필 그 말이 떠올랐다. 업무적으로 가깝다보니 잠깐 흔들렸을 뿐이라고, 그저 스쳐가는 바람이었다며 그가 소리를 질렀다. 나는 여행이 아니라 집을 나가겠다고 말을 잘못한 것인지 스스로를 의심했다. 널 혼자 보낸 거 보니까 너희 신랑 참 마음도 좋다. 언니는 내 결혼식 후 그를 한 번 본 게 전부여서 늘 말끔한 새신랑으로 기억할 거였다. 십 년 만에 휴가 얻어보겠다고 시위 좀 했지 뭐. 또 언니도 보고 싶었고. 미리 준비하고 있던 말을 주절거렸다.

도저히 잠을 이룰 성싶지 않아 수면실을 빠져나간다. 휴게실 가장자리에 누워 텔레비전을 보면서도 연신 사람들을 둘러본다. 여자들의 두툼한 뱃살과 펑퍼짐한 엉덩이가 정직한 삶의 훈장 같아 보이기도 한다. 내게도 그런 시간이 올까.

내 몸은 가시 돋친 듯 날카롭다. 누군가 살집이 없는 나를 두고 하던 말이다. 혹, 가슴속 멍울과 한순간도 방기할 수 없는 죄의식 때문은 아닐까.

미국에서의 일이 머릿속 가득 차 있다. 두 번째 일요일이 가까워질 때까지 날마다 언니와 애틀랜타 시내를 구경했다. 근교 구릉을 따라 늘어선 고풍스러운 저택 단지를 지나며 이곳이 소설 '바람과 함께 사라지다'의 배경이라고 설명했지만 나는 심드렁한 표정으로 고개만 끄덕였다. 식료품점이나 쇼핑몰에 가면 어김없이 백인 여자아이들에게 눈이 갔다. 간간이 이제와 이 나라에 올 필요가 있었나 싶기도 했다. 조카들은 남자아이라 달리 마음이 흔들리지 않았다. 아침저녁으로 산책을 하며 시카고까지의 거리를 가늠하면서도 뭐라고 하고 다녀올지 엄두가 나지 않았다.

언니가 잠깐 옆집에 가거나 샤워를 할 때면 어김없이 전화기 앞으로 달려갔지만 수화기를 들지 못했다. 대신 손끝에 익은 번호를 눌렀다. 세라를 두고 도망친 뒤에 생긴 습관이었다. 결혼 후 세라를 낳고는 시도 때도 없이 눈물이 쏟아졌다. 하얀 얼굴에 쌍꺼풀 진 눈을 깜빡이던 아이가 어른거려 베란다나 문밖으로 달려 나갔다. 배가 고프거나 잠투정을 하는 세라를 옆으로 밀쳐놓기도 했다. 남편이 강제로 의사

앞에 데려갔지만 딸을 버렸다고 고백할 수 없었다. 나는 아이를 키울 자신이 없다고 둘러댔고 산후우울증이라고 진단한 의사는 남편에게 각별한 관심을 부탁했다. 그가 출근하고 세라가 잠이 들면 전화기 앞으로 달려갔지만 매번 끝까지 번호를 누르지 못했다.

세라를 찾아가려던 마음이 흔들렸다. 스테파니의 말이 명치에 걸려 더욱 그랬다. 나는 스테파니가 나처럼 생긴 여자가 낳았다는 것과 엄마에게서 버림받은 아이라는 건 더욱 믿기 어려웠다. 금발에 파란 눈을 가진 아이가 검은 머리와 갈색 눈동자를 가진 나에게서 엄마를 느끼다니, 안 될 일이었다.

쭈뼛거리며 또 교회에 갔다. 존 목사가 언니를 통해 이곳이 어떠냐고 하자 나에게 직접 물어보라고 했다. 무슨 소린지 모르겠다는 난감한 표정만 지을 뿐, 입을 열지 않았다. 그때 놀이터에서 뛰어 들어온 스테파니가 나를 빤히 보며 무척 보고 싶었다는 것이다. 존 목사가 언니에게 스테파니의 말을 전해달라고 했다. 내 표정을 살피던 언니가 못 알아든겠냐고 물었다. 쟤는 왜 날 보고 싶어 했대? 그게 언니기라도 한 것처럼 반문했다. 저 애 눈엔 그런 모양이지. 언니가 존 목사와 스테파니를 피해 나직이 말했다. 저 앤 엄마가 절

132

버렸다고 굉장히 미워하는데 참 별일이다. 어떻게 해, 언니? 스테파니가 나를 보고 싶어 했다는 말에 나는 어쩔 줄 몰랐다. 얘야, 나를 통해 엄마를 느끼다니 그건 안 될 일이란다. 아무도 그래선 안 돼. 집에서 놀았다고 영어 못 알아듣는 거냐고 물은 언니가 말도 안 된다며 고개를 저었다.

스테파니가 옆으로 다가왔다. 차라리 계속 못 알아듣는 척 하는 편이 나을 것 같았다. 언니 뒤에 바짝 붙어 서는데 별안간 아이가 손을 잡았다. 부드럽고 따뜻한 손이 심장으로 불쑥 밀고 들어왔다. 아이가 내 손을 이끌고 단숨에 시간 저편으로 달려갔다. 그러자 요람에 누워 손을 빠는 백인 아이가 보였다. 애써 잊었던 아이의 감촉이 손끝과 입술에서 뭉클 살아나며 코끝으로 후끈 단내도 끼쳤다. 스테파니가 손에 힘을 주어 간신히 요람 앞에서 빠져 나왔다. 나는 덩달아 손을 맞잡거나 뿌리칠 수도 없었다. 스테파니에게 끌려가면서도 구원을 요청하듯 다급하게 뒤돌아보았다. 언니가 어서 가보라고 눈짓을 했다. 같이 좀 놀아달라는 존 목사의 말이 들렸다. 스테파니랑…. 문이 닫히면서 언니 말이 잘렸다. 놀이터로 달려가며 몇 마디라도 입이 열렸으면 싶었지만 두려웠다. 내 입에서 영어가 나오는 즉시 시간이 거꾸로 돌아갈 것 같았지만 스테파니에게 난 네 엄마를 닮지 않았을 거란 말은 꼭 해주고 싶었다.

스테파니가 보란 듯이 그네를 굴러 허공으로 솟구쳤다. 그네를 따라 웃음소리도 높아졌다. 넌 왜 그걸 나에게 자랑하고 싶은 거지? 스테파니 반대방향으로 그네에 앉아 조금씩 몸을 굴렀다. 허공으로 날아오르기 위해 발을 구를 때마다 스테파니와 시선이 부딪혔다. 얘야, 난 너한테 아무 것도 해줄 수가 없어. 그건 너한테만이 아냐. My mom looks like you. She looks…. But she gone to Japan without me. I hate her…. 스테파니가 새된 음성으로 중얼거렸다. 그네를 구르지도 않았다. 차츰 속도가 떨어지자 스르르 주저앉았다. 얼굴이 굳어 더 이상 웃을 수도 없었다.

아침저녁 주택단지를 따라 걷다 기진맥진해서 돌아오면 언니가 문 앞에서 서성이고 있었다. 나는 기독교 신자도 아니었고 다음 주에는 교회에 가지 않을 생각이었다. 교회 갈 준비를 하는 언니에게 집에 있겠다고 했다. 혼자 남은 나는 텔레비전을 틀었지만 아무것도 귀에 들어오지 않았다. 커피 생각도 없었고 점심도 건너뛰었다. 남편과 세라에게 전화도 걸지 않았다. 이삼일 간격으로 전화를 건 세라가 언제 올 거냐고 물을 때마다 곧 간다고만 했다.

성민 엄마에게 전화를 했지만 전원이 꺼져 있었다. 수화기를 내리며 깊게 숨을 몰아쉬었다. 성민 엄마가 집을 나간 지 한 달이 넘자 이웃들은 앞다퉈 돌아오긴 틀렸다고 했다. 떠나는 전날 이웃에서 돈까지 빌린 모양이었다. 틀림없이 남자 때문이야. 그 남자가 얼마나 끝내 줬으면 자식까지 팽개쳤을까. 이웃들은 키득거리기 바빴다. 성민 엄마는 내게도 말 한 마디 비치지 않아 이웃들을 가로막거나 그녀 입장을 설명할 수도 없었다. 지금쯤 이웃들 사이에 또 다른 소문이 파다하고 내 여행이 성민 엄마의 가출과 다르지 않을 거였다.

나는 성민 엄마처럼 미안하다거나 애 잘 키워달라는 편지 따위는 쓰지 않았다. 비행기가 이륙할 때는 울컥 감정이 북받쳤다. 이제와 요람에 누워 손을 빨던 아이에게 애틋한 편지 한 장 남기지 않은 후회가 사무치기도 했다. 비행기에 앉아 내내 두 손을 모아 쥐고 가슴을 눌렀다. 일방적으로 말 몇 마디만 남기고 공항으로 도망치던 심장이 내 속에서 팔딱이고 있었다. 곧 아들이 마음을 돌릴 거라며 손을 잡던 백인 부부의 간절한 눈빛이 떠올랐다. 시간 저편의 나는 아이에게서 도망치기 위해 무조건 달려야 했다. 그러면 두려움에서 벗어날 수 있을 것 같았다. 그때의 나는 어렸다. 그런 나머지 무책임했고 용기나 애틋함조차 품지 못했다면 변명일까.

전화기 앞으로 바짝 다가앉았다. 손끝에 익은 번호를 되뇌며 지역번호부터 차근차근 눌렀다. 나는 세라에게 잘 있냐고, 잘 자라냐고 묻고 싶었다. 먼발치에서라도 볼 수 없다면 전화라도 걸어야 했다. 그러나 신호음이 울리는 동시에 떨어뜨리듯 수화기를 내렸다. 스테파니처럼 엄마를 미워한다는 말이 쏟아질지도 몰랐다. 이제와 전화를 거는 게 무슨 소용일까 싶기도 했다. 나에 대한 기억이 없는 아이를 혼란에 빠뜨려서는 안 될 것 같았다. 그리고 전화번호가 바뀌지 않았다는 보장도 없었다.

언니가 교회에서 돌아오자 애써 시선을 다른데 두었다. 형부와 두 조카가 농구공을 들고 뒷마당으로 나가자 전화벨이 울렸다. 전화를 받는 언니는 한국사람 같지 않았다. 통역 일을 하던 언니는 잠꼬대마저 영어로 하더니 미국 남자를 만나 결혼했다. 고개를 빼고 시간 저편을 건너다보았지만 내가 꾸었던 꿈의 파편 한 조각 떠오르지 않았다.

존 목산데 스테파니가 너 보고 싶다고 가자고 조른단다. 질끈 눈을 감자 이내 눈꺼풀이 뜨듯해졌다. 나도 스테파니가 보고 싶었던 걸까. 설령 그렇다 해도 나는 스테파니에게 아무 것도 해 줄 게 없었다. 교회에 가지 않기로 마음먹은 것도 그래서였다. 손 붙잡혀 놀이터로 달려 나가 잠깐 놀아 주는 게 대체 무슨 소용일까 싶었다. 대책 없이 그리움만 키운다는 생각에 덜컥 두려웠다. 그리움이 커지면 덩달아 미움이나 원망도 커지는 법이라던가. 나는 스테파니가 일본으로 가버린 엄마를 잊기를 바랐고 엄마를 닮은 내가 나타나지 않는 게 옳다고 여겼다.

이십여 분 뒤, 스테파니가 언니를 밀치며 현관으로 들어섰다. Why didn't you come to church? Even you didn't go back your country. You missed me, didn't you? 볼멘 언성이 사뭇 거칠었다. 나서려는 언니를 만류했다. 대신쟤 어떻게 하지, 소리만 거듭 나왔다. 엄마를 싫어한다면서 왜 나에게 집착하는 걸까. 얘야, 그러면 안 돼. 나는 스테파니를 붙들고 앉아 찬찬히 설명해 주고 싶었다. 차라리 깨끗이 잊어버려. 네가 어떻게 너희 엄마를 이해할 수 있겠니. 네자신을 위해서도 미움은 좋지 않아. 그러니 잊어야 할밖에 달리 무슨 도리가 있겠니.

스테파니가 내 손을 잡았다. 이러지 말라고 뿌리치고 싶었다. 넌 엄마를 미워한다면서? 그러면서 나한테 왜 이러는 거야. 엄마가 그리운 거니? 그렇담 미워하지도 마. 틀림없이 너희 엄마에게도 무슨 이유가 있었을 거야. 나는 스테파니 엄마를 대신해 변명하고 싶었지만 한마디도 할 수 없었다. 두어 시간 동안, 스테파니는 잠시도 내 손을 놓지 않았다. 나는 손을 붙들린 채 형부와 조카의 농구 경기를 구경하고 커피를 마시고 조카 방에서 컴퓨터 게임을 구경하고 심지어 화장실까지 함께 갔다. 나는 내내 간절하게 속엣 말을 했다. 스테파니, 제발 내 손을 놔. 그리고 세라 너도….

손을 뿌리치듯 하며 벌떡 일어난다. 휴게실은 사람들의 이야기와 텔레비전 소리가 한 데 엉겨 소란하다. 몸이 떨린다. 손을 어디다 둬야 할지 몰라 허둥댄다. 두 손을 맞잡지만 좀처럼 떨림이 멎지 않는다.

"세라 엄마, 여기 있었네."

아까 만났던 여자들이 조르르 달려와 내 주위에 둘러앉는다. 하나같이 눈빛이 빛난다. 혼자 있고 싶으니 가 달라고 하면 소문이 사실로 굳어질 것이다. 여자들이 어제 왔으면 피곤하겠다며 가볍게 어깨를 친다.

"자기 얌전한 줄 알았는데 정말 파격적이다."

"여행 이야기 좀 해줘. 남편하고 딸까지 두고 갔는데 특별한 사건 없어?"

은근한 목소리로 모두를 깜짝 놀라게 할 이야기를 털어놓으라고 종용한다. 솔직하게 비정한 모정을 고백하면 그들은 실망할까. 오히려 그렇게까지 해서 대체 뭘 숨기고 싶은 거냐고 더욱 집요하게 달려들 것이다.

"땀 좀 빼야겠어요. 같이 갈래요."

등 뒤에서는 여자들이 눈을 흘기고 입을 삐죽대는 게 느껴진다. 불가마방으로 들어서자 턱 끝에서 숨이 막힌다. 타월로 입을 막고 자리를 찾는다. 사람들이 바닥에 눕거나 앉아 열기를 견디고 있다. 그들도 땀과 함께 녹여내고 싶은 게 있는 모양이라고 여긴다.

미국에서도 찜질방이 간절했다. 스테파니가 돌아간 뒤부터 몸이 으슬으슬해 이불을 뒤집어쓰고 누웠다. 산책도 갈 수 없었다. 여행보다 찜질방을 지켰어야 했다는 생각이 들기도 했다. 쥐도 새도 모르는 일을 확인하자고 가방을 쌀 필요가 있었나 싶었다. 그러지 않았으면 스테파니를 만날 일도 없었다.

이대로 달려가면 성민 엄마가 찜질방에 있을 것 같기도 했다. 근처까지 왔지만 집으로 들어가지 못하고 서성이는 모습도 눈에 밟혔다. 아무리 구타 때문이라 해도 여자의 가출은 용서받기 어려웠다. 성민 아빠를 찾아갔지만 미안함은 찾아볼 수 없었고 가출한 성민 엄마를 향해 분노를 쏟았다. 남편에게 여행 가방을 싸는 나는 영락없이 가출하는 여자였다. 용서를 빌기를 바라지 않았다. 나에게는 그럴 자격이 없었고 다만 여행을 다녀오라는 배려면 충분했다. 나는 결혼 생활에 위기가 닥친 나머지 또다시 딸을 버릴까봐 두려웠다.

찜질방에서 성민 엄마를 마지막 본 날이 떠올랐다. 그녀가 둘러앉아 박장대소 하는 예닐곱의 여자들을 가리켰다. 이삼십 프로씩 할인해 주니까 아예 한 달 이용권 끊어놓고 찜질방에서 지내. 집을 나왔거든. 알고 보니까 목욕 문화가 업그레이드되면서 생긴 찜질방이 오갈 데 없는 여자들 숙식 해결하는 곳이더라구. 여관이나 모텔은 숙박료도 비싸고 남의 이목이 꺼려지잖아. 저 여자들 얼굴 반반하고 몸매 받쳐주면 끼 부리다 탈난 거고, 수더분하고 겁먹은 표정이면 수완 없어 돈 까먹고 도망중일 수 있어. 아니면 남편에게 시달리다 집 나왔거나 대충 사연들이 그래. 마지막 말에서 목소리가 잠겼다. 티셔츠와 반바지 밖으로 비어져 나온 멍을 보지 않으려 눈을 비꼈다. 어느 날 맞아서 죽게 될까봐 무서워. 다 내 잘못이야. 나가서 돈 척척 못 벌어오는 것도 남편 사업 잘 안 되는 것도 그래. 돈 해달라는 시집 식구들한테 빈손 내미는 것도 내 잘못인 줄 몰랐어. 입만 벙긋했다간 주먹부터 날아와. 그 사람한테 내가 사람이긴 한 걸까. 불가마방에서 땀 쪽 빼고 나면 한없이 너그러워졌으면 좋겠어. 땀을 빼고 또 빼면 나도 사람이 되겠지. 그럼 성민 아빠가 날 사람으로 봐 주겠지? 간절히 사람이 되기를 바라던 성민 엄마가 집을 나간 건 그로부터 며칠 뒤였다.

언니가 타이레놀과 물을 들고 왔다. 한참을 손바닥의 약을 들여다보았다. 근데 언제까지 여기 있을 거야. 너희 시어머니 화내시면 어쩌니. 언니 앞에서 얼마나 더 거짓말을 해야 진실을 말하게 될까. 한번 거짓말을 한 이상 가망 없는 일인지도 몰랐다. 내가 거짓말을 시작한 건 시카고에서 랭귀지 스쿨에 다닐 때부터였다. 둘째 아들을 출산한 언니가 애틀랜타로 학교를 옮기라고 해도 듣지 않았다. 언니 전화가 오면 나는 공부 열심히 하고 있다고 했다. 놀러 오라고 하면 시간이 없다며 손사랫짓을 하며 펄쩍 뛰었다.

한국으로 돌아와서는 가족들에게 공부가 적성에 맞지 않는다고 했다. 집에서 시집이나 가라며 선 자리를 갖다 댈 때는 약속 장소마다 나가 앉았다. 미국에서의 시간을 부정하기 위해 틈만 나면 운동을 했다. 배가 탄탄해지고 허리 라인이 살아나자 지난 시간이 지워졌다고 믿었다. 결혼 후 동네 아이들에게 영어를 가르치는 부업은 꿈도 꾸지 않았다. 사람들 앞에서 랭귀지 스쿨 이야기는 입도 벙긋하지 않았다. 십 년 결혼 생활 끝에 내겐 또다시 거짓말이 필요했다.

언니가 다음 주는 교회 갈 거냐고 물어 깊이 고개를 끄덕였다. 약속된 여행 시한이 가까워져 잠깐이라도 스테파니와 시간을 보내야 했다. 이대로 돌아가면 영영 스테파니를 버리는 셈이었다. 스테파니를 본 이상, 끝내 세라에게 갈 수가 없었다. 대신 애원하듯 혼잣말을 중얼거렸다. 애야, 네겐 할아버지 할머니가 있잖아. 그러니 엄마는 잊는 게 좋지 않겠니. 스테파니에게 하는 소리만은 아니었다.

마지막으로 교회에 가며 주변을 두리번거렸다. 신도들을 맞이하는 존 목사의 가운을 붙잡고 있던 스테파니가 나를 향해 쏜살같이 달려 나왔다. 언니와 형부의 인사도 아랑곳하지 않았고 두 조카도 어깨를 으쓱했다. 스테파니가 내 허리를 껴안으며 얼굴을 묻는 동시에 두 손이 깍지가 껴졌다. 네 손을 잡는 게 처음이구나. 언제나 넌 내 손을 잡고 있었지만, 정작 나는 잡혀 있는 것에 지나지 않았어. 다음 주부터는 널 볼 수가 없겠구나. 스테파니와 나란히 앉아 예배를 드렸다. 깍지 낀 손이 느슨해질 때마다 파르르 떨며 내 손을 거머쥐었다. 그때마다 가만가만 손을 토닥였다. 스테파니는 엄마가 그립다는 말을 역설적으로 표현하고 있었던 것이다. 스테파니, 넌 벌써 그런 걸 알아버렸니.

예배 후 곧장 놀이터로 달려 나갔다. 그네에 마주 보고 앉자 스테파니가 조금씩 몸을 구르기 시작했다. 나도 따라해

보았다. 그러자 그네와 그네가 서로 엇갈려가기 시작했다. My mom gone to Japan without me, without me! I hate her! 스테파니가 또다시 엄마가 밉다고 했다. 틀림없이 너희 엄마에게도 무슨 이유가 있을 거라고 말하고 싶었다. 어떻게든 변명을 해야 했다. 스테파니의 엄마를 위해서가 아니었다. 나는 속으로 변명거리를 찾기 바빴다. 그런데도 나에게서 엄마를 느끼고 싶어 하다니, 그건 안 될 일이었다.

혹, 스테파니가 세라를 버린 나를 알아챈 걸까. 세라 앞인 듯 몸을 움츠렸다. 엄마를 미워한다는 마지막 말이 심장에 걸렸는지 발끝까지 저렸다. 손바닥으로 명치를 꾹꾹 눌렀다.

스테파니, 너에게 고백할 수밖에 없구나. 세라를 버렸던 내가 잠시 또 다른 딸을 버릴 생각을 했었어. 그래서 여행을 왔어. 그 아이에게 전화 한통 걸지 못하지만 널 통해 내가 한 짓을 확인했어. 아직은 네가 결혼이나 신뢰 같은 걸 이해하기 힘들 거야. 너희 엄마도 그걸 회복할 자신이 없었을지도 몰라.

스테파니, 내 이야기를 더 하고 싶어. 시카고에서 랭귀지 스쿨을 다니던 나는 홈스테이를 하던 집의 아들과 짧은 사랑을 했단다. 독립해 살던 그 사람 도움을 받다 어느새 가까워지고 임신을 했어. 배가 불러오는데도 그 사람은 아무

말도 하지 않더구나. 출산하면 곧 결혼할 줄 알았는데 다른 주로 떠나버렸어. 몹시 화가 났어. 그것보다는 혼자 엄마가 되는 게 더 두려웠을 거야. 그래서 그의 부모님 집에 아이를 두고 나왔어. 이번에도 똑같은 생각을 했어. 남편에 대한 분노보다 혼자 엄마 노릇을 할까봐 두려웠어. 이젠 집으로 돌아가야겠어. 딸을 버린 과거와 남편 잘못을 상쇄하겠다는 건 아냐. 두 번 다시 딸아이를 버리지 않기 위해 돌아가는 거야.

My mom gone to Japan without me, without me! I hate her! 어쩌면 좋아. 저 앤 아직도 엄말 저렇게 미워하는구나. 아냐, 언니. 절대 미워하는 게 아냐. 스테파니, 정말 엄마를 미워하는 거니? 대답 좀 해 봐. 말 대신 목구멍을 찢을 듯한 덩어리가 솟구쳐 올랐다. 그네가 비껴가는데 아이 모습이 물위에 비친 그림자처럼 어른거렸다. 때문에 그게 정말 스테파닌지 분간할 수가 없었다.

나는 이미 스테파니가 세라의 다른 이름인 것을 알고 있었다. 스테파니를, 아니 세라를 보지 않으려고 눈을 감았다.

왜 그래, 왜 그러는 거야. 스테파니가 한 말이었던가. 아니면 세라던가. 찰랑찰랑 쇠사슬 줄 소리와 함께 작은 손이 내 얼굴을 어루만지고 있었다. 작고 따뜻한 그것을 감싸다가 와락 허리를 끌어안았다.

땀방울이 뚝뚝 떨어지고 가슴이 답답하다. 밖으로 뛰쳐나가고 싶어도 기운이라곤 없다. 땀이 들어간 눈은 상처가 난 듯 쓰리고 따갑다. 타월로 얼굴을 닦는다. 기어이 눈물이 흘러내린다. 스테파니… 마음속으로 그 이름을 되뇌자 더욱 뜨겁게 눈물이 솟구친다. 상체를 수그린 채 입술을 사려 문다. 옆 사람들이 힐끔거린다. 그렇게까지 참으며 땀을 뺄 게 뭐냐며 쯧쯧 혀를 찬다. 가슴을 문지른다.

"미련하게 굴다 큰일 나겠네. 그만 나가요."

누군가의 호통에 고개를 들자 사람들이 일제히 나를 보고 있다. 몇몇이 크게 숨을 몰아쉬며 밖으로 나간다. 천천히 일어서지만 다리가 후들거려 곧 허물어질 것만 같다. 겨우 문을 열고 나와 그 자리에 주저앉는다. 땀과 함께 여독은 녹겠지만 가슴 속 멍울은 영영 풀리지 않을 것이다. 허겁지겁 걸음을 옮긴다. 갈증이 심해 입안이 쩍쩍 갈라진다. 숨도 쉬지 않고 물을 들이킨다. 남은 물을 마저 마시고 나자 겨우 가슴이 뚫린다. 등골로 소름이 쭉 끼친다.

샤워를 마치고 나가는데 몸이 공중에 떠 있는 것처럼 무게를 느낄 수 없다. 발끝에 힘을 주며 옷을 입는다. 탈의실 거울 앞에 붙어선 여자 중 하나가 아는 체를 한다. 함께 있던 두 여자는 보이지 않는다. 거울속의 눈이 속옷 차림의 나를 훑어본다. 물을 들고 의자에 앉아 머리를 만지고 화장하는 여자들을 지켜본다. 그들 손끝에 정성이 가득하다. 거울에 바짝 붙어서 눈썹과 아이라인을 그리며 눈을 치뜨거나 내리뜨는 모습이 우스꽝스럽다. 그러다 한순간 턱을 치켜드는 표정이 사뭇 도발적이기까지 하다.

"세라 엄마도 와서 화장해."

여자가 펼쳐놓은 기초 화장품부터 바른다. 꼼꼼하게 파운데이션을 바르고 콤팩트로 얼굴을 두드린다. 거울 앞으로 바짝 다가서 옅은 색 아이세도우를 눈두덩 위에 펴 바른 다음 짙은 색으로 마무리한다. 꼬리를 치켜 올려 아이라인까지 그리자 눈에 깊은 그림자가 드리운다. 립스틱은 내가 쓰는 것보다 훨씬 붉다. 망설이다 립스틱을 바르자 옆에 있던 여자가 딴사람 같다며 눈을 치뜬다.

"혹시 성민 엄마 소식 알아요?"

여자가 고개를 저으며 둘만 모였다 하면 입방아를 찧더니 어느새 다들 까맣게 잊은 것 같다고 한다. 살다 자식새끼 팽개치고 싶을 때가 누군들 없었겠냐는 말도 덧붙인다. 남의 가정사로 찧고 까불지만 속으로 흠칫거릴 사람이 왜 없겠냐는 것이다. 아까 호기심으로 눈이 반짝일 때와 달리 표정이 진지하다. 이제는 성민 엄마에 대한 생각을 정리해야 할 듯 싶다. 그녀는 자식을 버리고 가출한 게 아니다. 나는 그녀가 한 인간으로 서는 날을 믿고 기다릴 것이다. 그러다보면 엄마의 자리를 회복하는 날도 오리라.

여행도 갈무리해야 한다. 나에게는 딸이 하나지만 둘이면서 또 셋이기도 하다. 그 생각을 하자 억척같이 딸자식을 품어온 어미처럼 불끈 뚝심이 솟구친다. 사실 남편의 외도는 심각할 것 없다. 사람이 사람에게 기우는 마음을 매도하고 싶지도 않다. 그는 생에서 다시 오지 않을지도 모를 사랑을 버리고도 앞으로 그런 일 없다고 다짐까지 했다. 자신의 사랑에 당당할 수 없었다면 죄책감이나 후회도 다 그의 몫이다. 나는 짐짓 약점 하나 잡았다고 여기며 살 수도 있다.

저녁에 식사할 때는 평온하면서도 너그러운 표정을 지어야 한다. 그는 가정으로 돌아와 준 나에게 새삼 감격할까. 내 여행이 남편에게는 허튼짓 하지 말라는 경고로 보였더라도 나쁠 건 없다. 거기다 내가 한 짓까지 보고 왔으니 여행 성과는 썩 훌륭하다.

입가로 가벼운 경련이 일며 스테파니에게 하지 못한 말이 생각난다. 그 아이에게 내 딸이라고 하지 않은 게 아쉬운 한편 다행스럽기도 하다. 스테파니가 세라의 다른 이름이어서

일까. 그래서 언니 집에 머무는 동안 끝내 전화를 걸지 않은 것일 수도 있다.

나는 딸 하나를 지키기 위해 둘을 버렸다. 그 둘에게 용서를 빌면서 살다보면 가슴속 멍울이 조금은 풀어질까.

탈의실을 나서는데 가방에 넣어두었던 휴대전화가 진동한다. 액정에 '우리집'이라고 떠 있다. 세라가 벌써 하교한 모양이다.

카운터 앞 거울 속에서 진하게 화장한 얼굴이 나를 쏘아보고 있다. 고개를 돌리며 재빨리 액정을 터치한다.

"스테파니…."

# 숨은 새

—

엘리베이터 문이 닫히는 걸 보고 집 안으로 들어섰다.
한결 몸이 가뿐했다. 식탁을 치우다 말고 전화기 앞으로 갔다.
엄마에게 낡고 불편한 집 팔고 아파트에서 편하게 살아보라고
할 거였다. 다락방에서 풀려나야 하는 건 나만이 아니었다.

이야기를 해야 할 때가 왔다. 다락방에 대해.

다락방이 있는 아파트를 구경하고 돌아오는 길에 그걸 깨달았다. 아파트에 다락방이라니, 난생 처음 보는 구조에 어리벙벙했다.

오후 햇살이 모여 앉은 다락방으로 올라서는 순간, 내가 알던 이미지가 뒤집히고 있었다. 부엌 옆 계단을 타고 올라가는 다락방은 아이들 놀이 공간이나 창가에 모여앉아 밤하늘을 보며 담소를 나누는 가족실로 제격일 성싶었지만 두 단어의 조합이 낯설었다. 잡동사니 사이로 시꺼먼 쥐가 날카로운 앞니를 드러내고 있거나 한 집안의 비밀이 고스란히 유폐되어 있을 것 같은 음울한 공간. 내게 다락방은 그런 곳이었다.

그런 공간이 아파트 속에 들어오다니, 혼란스러웠다. 전세 계약 종료일이 석 달 앞으로 다가와 집을 보러 나온 길이었다. 미친 전세금이라는 말이 나올 정도로 나날이 가격이 치솟아 차라리 집을 사야 하나 싶었다. 부동산 사무소 실장이 다락방이 있는 아파트 최상층은 매물이 나오기 바쁘게 계약이 된다며 설레발을 쳤다. 몇 집 더 구경했지만 딱히 눈에 들어오지 않았다. 가족들과 상의한 후 연락하겠다고 했다. 출근이나 등교하기 나쁘지 않은 위치였다.

집으로 돌아오는 길에 내가 속절없이 다락방에 틀어박혀 있다는 사실을 알았다. 두 단어의 괴리감을 좁히지 못하는 한, 아니 다락방에서 벗어나지 못하는 한 이사를 결정하긴 쉽지 않았다. 남편은 출장 중이었고 예리에게는 말하지 못했다.

그리고 예리가 숨어버린 것도 알았다. 그걸 안 이상, 더욱 다락방에서 비켜갈 수 없었다. 부끄러울 것도 없었고 광장에서 나를 벗을 수도 있었다. 이야기도 타이밍이 필요했다. 한 번쯤 해야 할 이야기였고 그게 지금인 것을 직감하고 있었다. 또 다락방에 숨은 새에 대해서도. 그것이야말로 해야 할 이야기였고 그 이야기는 곧 내 자신이었다. 지금껏 일절 내색하지 않았고 때로 평화로운 삶이 겨운 듯 가볍게 진저리치는 시늉을 하며 살았다. 시치미를 떼고 외면한 것도 모자라 부정하려 안간힘을 쓴 것일지도 몰랐다. 그것은 내게 비밀이나 금기사항 이상이었다. 아무리 그래봤자 벗어나기는커녕 속수무책으로 휘둘려왔다. 내 목에는 늘 가시가 걸려 있어 꽃이 흐드러져도 웃을 줄 몰랐다.

사실 그 이야기는 별 것 아닐 수도 있었다. 혼자 필사적으로 끌어안고 있던 비밀을 털어놓으면 왜, 그게 뭐 어때서, 하며 대수롭지 않게 받아들여 한순간 부끄러움과 허탈함에 나동그라질지도 몰랐다. 비밀을 안고 사느라 얼마나 힘들었 냐고, 그까짓 거 아무것도 아니라고 나를 토닥여주길 기대 하는 건 아니었다. 어렵게 털어놔줘서 고맙다는 말에 인생의 그림자가 말끔히 걷히기를 바라지도 않았다. 스스로의 용기 를 대견해하고 묶여있던 비밀에서 풀려나겠다고 작심한 것 도 아니었다. 예리만 끌어낼 수 있다면 그런 것은 아무래도 좋았다.

예리가 휴대전화 안으로 숨어버렸다.


줄곧 목을 누르던 불안의 정체와 맞닥뜨린 나는 가슴이 들먹거리도록 한숨을 쉬었다. 물론 통과의례일 거였고 또 그 래야 했다. 밤낮 휴대전화만 붙들고 있는 예리를 생각하자 머리가 지끈거렸다. 그곳은 내 손이 닿지 않는 세계였다. 지 금 예리에게 무슨 일이 일어나고 있을까. 성마르게 버튼을 눌렀다. 우선 통화부터 해야 했지만 또다시 전원이 꺼져 있 다는 음성 메시지에 발을 탕탕 굴렀다. 예리를 어떻게 휴대 전화에서 끌어낼지 막막했다.

집전화가 울렸다. 발신번호를 확인할 것도 없었다. 한번 울 기 시작한 벨은 좀처럼 그칠 줄 모르고 그악스럽게 악을 썼 다. 연신 거실을 서성이던 나는 아랑곳하지 않고 휴대전화를 들여다보았다. 잠깐 집어던질 듯 팔을 치켜 올렸지만 이내 기도하듯 두 손으로 감쌌다. 벨 소리에 종래 벽마다 균열이 일어날지도 모른다는 조바심마저 일었다.

휴대전화를 가진 뒤부터 예리는 집전화로 연락하는 법이 없었다. 내가 외출이 잦지 않은데도 그랬다. 남편이나 다른 가족들도 마찬가지였다. 굳이 집전화가 필요치 않았지만 없애지도 못했다. 주물로 만든 시계추가 태연하게 흔들렸다. 막 정오가 넘어서고 있었다. 장식장 위 전화기를 쏘아보는데 한순간 달려들어 코드를 뽑아버리고 싶은 충동이 발끈, 일어섰다. 아침 여덟시를 시작으로 벨이 한 시간 간격으로 울렸다. 지쳐 소파에 주저앉은 나는 바른손으로 휴대전화를 잡았다. 손바닥에 땀이 배어나 끈적거렸다.

휴대전화 안에서 예리는 안전할까.

초등학교 4학년 무렵 예리에게 휴대전화를 사주었다. 친구들은 다 있다고 떼를 쓰는 바람에 사주긴 했지만 큰 문제는 없었다. 하지만 중학생이 되면서부터 달랐다. 올해 중학교 2학년인 예리는 책상에 앉아서도 휴대전화를 놓을 줄 몰랐다. 공부할 때는 휴대전화 좀 내려놓으라고 해도 소용없었다. 제 몸의 일부인 듯 식탁이나 화장실에 갈 때 뿐 아니라 잠자리에서도 손에서 놓지 않았다. 심지어 수업 시간에 휴대전화를 빼앗긴 적도 있었다. 담임의 연락에 연신 죄송하다고, 잘 타이르겠다고 했다. 전화를 끊는데 예전 급우들이 떠올랐다. 수업 중 아이들은 선생님 눈을 피해가며 바통 터치를 하듯 쪽지를 전달했다. 그런 낌새를 느낄 때마다 긴장이 되었지만 아무도 내 등을 두드리지 않았다. 오지 않는 쪽지가 부러웠던 걸까. 나는 수업 시간에 조심하라고만 할 뿐 달리 나무랄 수가 없었다. 친구와 소통하고 있다는 생각에 한편으로는 안도했다.

예리 휴대전화가 꺼진 건 지난밤부터였다. 더구나 허락 없이 외박까지 했다. 겨우 열다섯 살짜리가 싶을 때는 어이가 없었다. 계속 통화 버튼을 누르다 문자 메시지를 보냈다. 휴대전화 케이스를 열었다 닫았다 했다. 조바심이 나 입이 바싹 말라들었다. 겨울 방학이니 친구 집에서 하루쯤 잘 수 있다고 여기려 해도 마음이 진정되지 않았다.

어제 함께 집을 나설 때만 해도 아무 말도 없었다. 예리는 학원에 가는 길이었고 나는 부동산 사무실과 약속이 되어 있었다. 잔뜩 목 티를 끌어올리고 외투 위로 목도리를 감은 예리는 잘 갔다 오라고 해도 대꾸 없이 휭하니 가버렸다.

학원에서 돌아올 시간이 지났을 때도 그저 좀 늦나보다고 여겼다. 민아네서 자고 온다는 문자 메시지를 확인하는데 하, 소리가 절로 나왔다. 중학교에 입학하면서부터 둘이 단짝이었지만 이런 일은 처음이었다. 득달같이 전화를 했지만 전원이 꺼져 있었다. 민아도 마찬가지였다. 예리가 반항한다는 생각에 관자놀이가 욱신거렸다. 엄마는 나한테 관심도 없지. 간혹 그런 소리를 할 때마다 펄쩍 뛰거나 짐짓 장난을 치는 여유도 보이지 못했다. 원망스럽게 쏘아보던 서늘한 눈빛이 살아나 목을 움츠렸다.

베란다 너머 아파트 단지를 내다보았다. 촘촘하게 들어 선 이십 층 건물이 블록을 쌓아올린 것처럼 보였다. 집이 집을 이고 있다는 생각에 허리가 뻐근했다. 도시를 점령한 아파트에도 집의 추억이 있을까. 결혼 후 나는 줄곧 아파트에서 살았다. 남의 머리 위에 올라앉아 사는 아파트가 무슨 집이냐던 엄마도 낡은 집 팔고 편하게 살아볼까 생각 중이라고 했다.

목이 쉰 나머지 갈라지는 소리를 내던 벨이 멎자 집안에 적요가 감돌았다. 집전화로 연락하는 사람은 엄마뿐이다시피 했다. 나는 아침이면 남편과 예리를 배웅하기 바쁘게 전화기 앞으로 달려갔다. 엄마는 사흘이 멀다 하고 전화로 아침은 먹었는지 묻고 사위와 외손녀 안부를 살폈다. 피곤해 잠깐 눈을 붙이거나 성가셔 전화를 받지 않으면 한 시간 간격으로 벨이 울렸다. 지금은 엄마를 상대하고 싶지 않았다. 예리가 외박도 모자라 연락이 되지 않는다는 소리는 더욱 할 수 없었다. 친정집 이사도 대수가 아니었다.

두통과 함께 어지럼증이 몰려와 소파에 드러누웠다. 예리가 정말 민아네서 잤을까. 지난밤부터 시달리던 불안에 부르르 일어나 앉았다. 혹 남자친구가 있는 건 아닐까. 솜털이 보송보송한 소녀들이 거리를 쏘다니는 모습이 눈앞에 어른거려 가슴이 졸아들었다. 미성년자가 나이 든 남자와 원조교제를 하고 여중생 둘이 동반 투신 했다던 뉴스가 떠올라 피가 거꾸로 솟는 것 같았다. 방정맞은 생각에 밤새 집 안을 왔다 갔다 하고 아파트 앞으로 달려 나가면서도 설마하니 내 딸이 그럴 리 없다고 다독였다. 미쳐 날뛰지 않으려면 그럴 만큼 철부지가 아니라고 믿어야 했다.

엄마야말로 지병처럼 불안을 안고 살아왔다. 나와는 비교할 수도 없었다. 엄마는 내가 눈만 내리깔아도 목소리가 흔들렸다. 친구였던 옆집 미란이가 죽은 후 더했다. 조금만 하교가 늦어도 골목에서 목을 늘였고 무심코 미란이네 집을 쳐다보기만 해도 그쪽으로는 고개도 돌리지 말라며 야단을 쳤다. 그 일이 아니었으면 다락방에 자물쇠를 채우지도 않았으리라는 생각과 함께 졸음이 몰려왔다.

전화기 앞에 오도카니 앉아 있는 엄마가 어른거렸다. 그런데 언니는 왜 그렇게 친정집을 싫어해? 동생 목소리가 끼어들자 발끈하듯 소파에 있던 무릎 담요를 뒤집어썼다.

누가 S 못 봤어? 그 소리에 불이 일 듯 화르르 눈을 치떴다. 소파를 더듬어 휴대전화를 거머쥐었다. 그것이 예리와 나를 연결하는 유일한 끈인 듯 안타깝고 초조했다. 몸이 공중으로 떠오르는 것 같으면서도 머리는 돌덩이처럼 무거웠다.

누가 S 못 봤냐니까. 눈까풀이 덮이며 또 소리가 들렸다. 빠르게 필름이 되감기면서 한순간 상자 곽처럼 좁고 어두컴컴한 공간으로 돌아갔다. 주위에는 온갖 잡동사니와 그릇과 광주리 같은 가재도구들이 차곡차곡 쌓여 있었고 그 사이에 웅크린 나는 숨소리도 내지 않았다. 몸을 일으키면 지붕을 뚫을 듯 천정이 코앞까지 내려와 있었다. 내가 소인국에 들어왔는지도 모른다는 생각과 동시에 다락방임을 알았다. 의식이 혼몽한 가운데서도 그곳에서 빠져 나오려 몸을 버둥거렸다. 친정집을 떠나 아파트에서 살지만 내 속에는 여전히 다락방이 똬리를 틀고 있었다. 예리 역시 아무도 침범하지 못하는 의식 안에 웅크리고 있는 것이리라.

다락방 바닥에 귀를 대듯 모로 돌아누웠다. 소라 주둥이보다 크게 열린 귀로 시간 저편의 부엌에서 소리가 올라오고 있었다. 걔는 대체 어디 간 거야? 잘 달군 프라이팬에 반죽한 국자를 떠놓은 듯 지글대는 소리가 천장을 타고 올라왔다. 나는 명절 준비에 필요한 가재도구를 꺼내기 위해 다락방이 열린 틈을 놓치지 않았다. 여태 코빼기도 못 본 걸. 지난 추석에도 그러더니 대체 어딜 간 거야. 또 다른 소리가 냉큼 꼬리를 물었다. 설음식을 준비하는 숙모들의 쑥덕임이 은밀하지만 활기찼다. 종일 이야기보따리를 풀어놓아 슬슬 심심하던 참이기도 했다.

잡동사니 속에 웅크린 내 앞머리가 함부로 자란 잡초처럼 콧방울까지 내려와 있었다. 걔도 이제 자기 상태를 알겠지. 반편이가 아닌 다음에야 어떻게 모르겠어. 숙모들 목소리에는 참기름을 바른 듯 반지르르 윤기가 돌았다. 얼핏 안도하는 기색도 느껴졌다. 나는 조그맣게 고개를 주억거렸다. 엄마가 재산은 몰라도 형제끼리도 자식 경쟁은 하는 법이라고 그랬다. 걔가 사춘기를 무사히 넘길라나. 누군가 새치름하게 말했다.

손바닥만 한 다락방 창문 앞에 서녘 해가 길게 늘어져 있었다. 손을 내밀고 휘휘 저으면 물레 가득 불그스름한 실이

158

감길 것 같았다. 골목에서 아이들 함성이 와와 터지고 그때마다 귀가 곤두섰다. 앉은걸음으로 창문 가까이 다가앉았지만 온 종일 다락방에 웅크리고 있던 나는 눈을 찡그렸다. 막 동굴에서 기어 나온 듯 초점이 맞지 않아 골목에서 노는 아이들을 알아볼 수 없었다. 창문을 연 나는 지붕 사이로 비켜드는 햇살을 만지려는 듯 손을 뻗었다. 햇살이 아니라 골목을 향한 손짓인지도 몰랐다.

동네 조무래기들과 설을 쇠러 온 사촌들이 편을 갈라 노는 소리가 팽팽하게 대치하고 있었다. 슬금슬금 꼬리를 사리던 서녘 해가 그대로 스러지기 아쉬웠던지 반짝 마지막 열기를 뿜었다. 그러다 저녁 먹으라는 엄마의 채근에 달려가는 아이처럼 한순간 지붕 사이로 꼬리를 감추며 줄행랑쳤다. 고개를 빼자 창문틀에 몸이 걸렸다. 앞머리가 콧방울까지 내려온 나는 눈을 찡그린 채 골목을 누비고 다니는 아이들을 좇았다. 막 얼음 땡 놀이를 시작한 아이들 동작이 우스꽝스러웠다. 찬물 한바가지 뒤집어쓴 듯 꼿꼿하게 얼어붙고 잎 진 나뭇가지처럼 팔을 치켜들거나 위태하게 한쪽 다리로 버티기도 했다.

창문틀에 턱을 괸 채 물끄러미 그 광경을 내다보았다. 미란이가 죽은 후 나는 다락방 열쇠를 찾아 온 집을 뒤지기 일쑤였다. 어디든 가야했지만 달리 갈 데가 없었다. 친척들이 모이면 더욱 그랬다. 거기는 미란이가 죽은 데라고 시뻘겋게 핏발 선 눈으로 못을 탕탕 박아도 상관없었다. 나는 다락방 창문에 끼여 날아가지 못하는 새처럼 하염없이 고개를 늘였다.

기분이 개운치 않았다. 예리 때문만은 아니었다. 친정집을 떠난 지 십오 년이 지났지만 나는 여전히 다락방에서 자유롭지 못했다.

또 집전화가 울렸다. 벽시계를 보자 아직 한 시간이 지나기 전이었다. 전화를 받지 않아도 엄마는 휴대전화로 연락하는 법이 없었다. 엄마에게 따질 것처럼 팔짱을 끼고 전화기 앞으로 갔다. 내가 지금 한가하게 전화나 받고 있을 땐줄 아냐고 쏘아붙일 듯 입술을 앙다물었다. 전화기 액정에 동생 번호가 떠 있었다.

"언니 전화 안 받는다고 엄마 완전 초죽음이야."

외출했다 막 들어왔다고 얼버무렸다.

"엄마 취미가 자식들한테 전화 거는 건데 어쩌겠어. 이사 의논도 하고 싶은 모양이야."

동생이 나를 구슬렸다.

"집이 낡아 외풍도 심하고 수리비도 많이 든다면서 나한테 허락받아야 해? 마음대로 하라고 해."

엄마에게 퍼붓듯 퉁명스러웠다.

"친정집 싫은 심정 이해 못하는 건 아냐. 언니 외국에 나가 사는 것도 아닌데 자주 안 온다고 엄마가 서운한 모양이더라."

이사 가면 자주 가겠다고 했다. 그만 끊자고 하자 다음 주가 아버지 생일이라는 거였다. 엄마가 예리랑 하루 자고 갔으면 한다는데 대답이 나오지 않았다. 다시 끊자고 하자 동생이 목소리를 깔며 대체 왜 그러냐고 물었다. 목이 잠겨 예리가 속을 썩인다는 말조차 나오지 않았다.

거실을 서성이는데 남편이 예리와 내 어깨를 감싸 안은 가족사진이 눈에 들어왔다. 예리와 나는 은밀한 이야기라도 나누는 것처럼 고개를 맞대고 있었다. 목 티를 올려 입은 초등학교 5학년 무렵의 예리는 볼이 부어 보였고 나는 카메라 렌즈를 피하듯 자세가 비스듬했다. 중학생이 되면서부터 곧잘 사진 좀 떼버리라고 신경질을 부렸다. 부끄러운 줄도 모른다는 것이었다. 누구에게 하는 소린지 분명치 않았다. 아무 것도 안 보이는데 어떠냐고 하면 눈을 흘겼다. 움찔했다. 가족사진을 떼라는 건 자신 때문만은 아닐 거였다.

예리는 중학생이 되면서부터 나와 눈을 마주치지 않았다. 그때마다 가슴이 덜컥 내려앉곤 했다. 내 앞에서 눈을 치 뜨 거나 뒤집으며 달아나던 어릴 적 동네 아이들이 생각났다. 아예 시선을 피하기나 세상이 어떻게 보이냐며 호기심 가득 한 눈으로 빤히 들여다보던 아이들도 있었다. 그때마다 나는 앞머리를 쓸어내리며 고개를 처박았다.

다음 주가 아버지 생일인 줄은 까맣게 모르고 있었다. 엄 마 아버지 생일은 매번 동생 전화를 통해 들이닥쳤고 일 년 에 두 번 고향집으로 소환하는 통보기도 했다. 명절에는 교 통이 혼잡하다는 핑계를 댔고 그때가 아니면 친정에 가지 않았다. 나는 친정집에서 멀리 도망치기 위해 다른 지방 남 자를 만난 것인지도 몰랐다. 동생은 제부가 출장만 가도 엎 어지면 코 닿는 친정집으로 달려갔고 명절에도 꼭 하룻밤 잔다고 했다. 낡아 빠진 집에서 잠이 오더냐고 하면 친정이 푸근하다는 거였다. 푸근하다니, 한편 부럽기도 했다. 친정 집은 내게 그립기보다 피하고 싶은 기억이었다. 동생이 추억 의 양지를 차지하고 있다면 음지는 온전히 내 몫이었다. 애 초에 다락방이 없는 집이었다면 달랐을지 궁금했다. 그랬어 도 나는 어떤 식으로든 다락방을 만들어 그 안에 숨었을 것 이다. 이제라도 아파트로 이사를 간다면 잘된 일이었다. 그러면 그 안에 유폐된 기억과 미란이가 지워질까.

여전히 예리 휴대전화 전원이 꺼져 있었다. 다시 문자 메시지를 보냈다. 어젯밤부터 우선 통화부터 하자고, 민아 어디 아프냐고, 무슨 일 있냐고, 어서 집에 오라는 메시지를 보냈다.

휴대전화를 닫고 냉장고를 열었다. 물 한 모금 제대로 먹지 못해 기운이라곤 없었다. 반찬을 꺼내고 밥을 물에 말아 한 숟가락 떴지만 목이 저릿하니 아팠다. 또 한 숟가락 뜨는데 스멀스멀 눈물이 배어났다. 예리는 가출한 게 아니었다. 단지 내 손이 닿지 않는 곳에 숨었을 뿐이었다. 그런데도 눈물이 멎지 않았다.

다 점 때문이었다. 그까짓 게 뭐라고. 아니었다. 그까짓 게 아니었다. 미란이의 죽음을 아는 나는 그렇게 말할 수 없었다. 콜타르를 이겨놓은 듯 손바닥만 한 목덜미의 점이 예리를 쥐고 흔들었다. 예리는 자라면서 하필 보이는데 이런 게 있냐고 울상을 지었고 그때마다 크면 깨끗하게 없애주겠다고 약속했다. 아침이면 거울 앞에서 교복 깃을 세우고 목을 움츠리며 왜 이렇게 낳았냐고 신경질을 부렸다. 임신해서 뭘 잘 못 먹은 게 아니냐고도 했다. 그건 그냥 점일 뿐 장애나 병이 아니라고 해도 소용없었다. 그래도 동복을 입을 때는 목 티로 가릴 수 있어 나았다. 춘추복과 하복을 입는 동안은 아침마다 달래서 등교시키느라 진땀을 뺐다. 예리는 더운 것은 상관없으니 교복 블라우스 대신 목 티를 입을 수 있도록 학교에 허락을 받아 달라고 했다. 남편은 아무리 외모에 신경 쓸 나이지만 왜 그렇게 민감하게 구냐고 내게 물었다.

나는 예리가 높고 견고한 벽에 갇히지 않고 무사히 사춘기를 넘기길 바랐다. 그런데도 조바심을 이기지 못해 예리를 가르치기 바빴다. 점을 가릴 때마다 당당하게 보일 줄 알아야 한다고 매번 똑같은 말로 타일렀다. 예리가 사정없이 눈을 흘겼지만 멈출 수 없었다. 샤워할 때도 때밀이 타월로 심하게 문질러 딱지가 앉았고 바디 로션을 발라주면 내 손을 뿌리치거나 발딱 일어서기도 했다.

결국 점을 이기지 못하고 숨다니, 가슴이 먹먹했다. 한숨과 함께 예리를 낳고 탯줄도 자르지 않은 핏덩이를 가슴에 안고 울던 기억이 살아났다. 분만실에서 나는 이미 훗날을 예감했던 걸까. 한순간 아득해진 의식을 가다듬고 가슴에 엎드린 아이를 보려고 상체를 드는데 점이 훅 달려들었다. 아이 얼굴을 받쳐 든 나는 어떻게, 어떻게 소릴 하며 울먹였다. 의사와 간호사가 나무랐지만 몸속에 고여 있던 뜨거운 것이 마그마처럼 꾸역꾸역 흘러내렸다. 다 내 탓인 것 같아 가슴이 미어졌다. 점은 점일 뿐이라고 자책하지 않으려 해도 소용없었다. 더 잘 가르쳤으면 점은 아무 것도 아닐 수도 있었을지, 또 나를 원망하지 않았을지 궁금했다.

입에 문 밥이 찝찌름했다.


도어락 버튼 소리에 현관으로 달려 나갔다. 집 안으로 들어서는 예리를 보자 발칵, 화가 치밀었다. 등짝이라도 한 대 후려칠 것 같아 단단히 팔짱을 꼈다. 약간 피곤한 기색이지만 예리는 집 앞 편의점에 다녀온 듯 태연했다. 허탈한 것도 잠시, 가슴속에 고여 있던 덩어리가 터져 나왔다.

"전화 왜 껐어. 어떻게 달랑 문자만 보내고 외박을 해?"

예리가 눈을 내리깔고 있었다. 손발이 떨리며 예리를 감당하기 버거우리라는 불안이 발바닥을 타고 올라왔다.

"민아 지금 심각하단 말야."

촛불이 사그라지는 것처럼 예리가 풀이 죽었다.

"전화 왜 꺼놨냐니까."

말을 할수록 부아가 치밀어 올랐다.

"엄마는 그것만 중요해?"

예리가 발을 탕탕 구르며 제 방으로 들어가 버렸다.

"거기 서. 쪼끄만 게 어디 겁도 없이 외박을 해?"

"민아넨데 뭐 어때."

"내가 언제 허락하든?"

"문자 보냈잖아."

"일방적으로 통보하면 되는 거야?"

방으로 따라 들어가 예리 팔을 낚아챘다. 손아귀에 우악스럽게 힘이 들어갔다. 팔을 뿌리치던 예리가 얼굴을 찡그렸다.

"민아랑 같이 있어줘야 했단 말야. 말해봤자 당장 들어오라고 난리 칠 게 뻔하잖아."

"허락안할 거라고 어떻게 단정 지어? 무슨 일인지 설명부터 했어야지."

"나가 줘. 혼자 있고 싶어."

예리가 신경질적으로 소리를 높였다. 문자메시지 도착음에 냉큼 침대 위로 올라앉아 손가락을 움직였다. 예리는 좀처럼 고개를 들지 않았고 하도 표정이 진지해 끼어들 수도 없었다. 그 모습을 보자 더욱 예리가 휴대전화 안에 숨었다는 실감이 났다. 예리가 문자메시지로 나누는 대화가 궁금했다. 나랑 이야기 좀 하자고 하면 입을 열긴 할까. 나는 예리가 무슨 생각을 하는지 알고 싶었고 그래야 마음이 놓일 것 같았다. 한참 만에 머리맡에 휴대전화를 내려놓으며 이불을 뒤집어썼다. 일어나보라고 하자 이불을 홱 걷었다.

"나가 줘. 피곤하단 말야."

예리가 인상을 썼다. 그렇게 피곤한데 문자메시지는 어떻게 주고받았냐는 소리가 목구멍을 차고 올랐지만 애써 눌렀다. 커튼을 쳐주고 방을 나왔다.

안방으로 들어가자 삽시간에 홍수에 불어난 계곡물처럼 졸음이 쏟아졌다. 나는 곧 속수무책으로 계곡 아래로 떠내려갈 것이다. 침대에 드러누웠다. 그제야 민아에게 무슨 일 있냐고 묻지 못한 게 생각났다. 나는 민아보다 예리가 무슨 생각을 하는지 알지 못해 더 불안했다. 나처럼 다락방 창문에 끼어서 날지 못할까봐 두려웠다. 질근 눈을 감은 채 절레절레 고개를 저었다. 그래도 혼자 다락방에 숨지 않은 걸 다행으로 여겨야 하나 생각하다 까무룩 잠이 들었다.

S는 대체 어딜 간 거야. 그 소리와 함께 시간의 저편으로 훌쩍 건너갔다. 다락방에는 검은 물감을 풀어놓은 듯 어둠이 빼곡히 들어차 있었다. 숨을 쉬면 코와 입으로 검은 물이 쿨렁쿨렁 빨려들 것 같았다. 그러면 미란이를 만날 수 있을까. 나는 미란이를 만나야 했다. 그래야 다락방에서 빠져나갈 수 있었다. 주문을 외듯 미란이를 되뇌며 검은 물을

들이마시고 또 들이마셨다.

　얼마나 지났을까. 콧방울까지 머리가 내려온 미란이가 눈앞에서 어른거렸다. 왜 그랬어, 왜. 꼭 한번 물어야 할 말이었지만 입술만 달싹일 뿐이었다. 나한테 왜 아무 말 안했냐고. 못내 원망스러워 눈을 흘겼다. 미란이가 흰 이를 드러냈지만 눈까지 웃는지는 알 수 없었다. 혼자 화덕 들고 다락방 올라간다고 얼마나 힘들었니. 연탄불도 같이 피우고 화덕도 둘이 같이 들었어야지. 동네 아이들과 학교 친구들에게 사팔뜨기와 붕어라고 같이 놀림 받았는데 왜 혼자만 가냐구. 기어이 미란이를 한 대 때리기라도 할 듯 주먹을 그러쥐었다. 미란이는 눈이 툭 튀어나왔다고 붕어라고 놀림 당했다. 붕어 소리도 듣기 싫은데 넌 오죽하겠냐며 미란이가 내 앞에서 눈물을 뚝뚝 흘렸다. 그런데 너희 집에서는 왜 널 내버려 두는 거야. 가만히 있지 말고 병원에 가자고 해 봐. 나는 고개를 저으며 할아버지 할머니부터 삼촌 고모까지 식구들이 너무 많아서 내가 안 보이는 모양이라고 했다. S야, 사람 눈에는 영혼이 들어있대. 우리 눈에도 영혼이 들어 있을까. 우리 영혼은 어떤 모양일까. 다른 친구가 없는 미란이와 나는 팔짱을 끼고 고개를 수그린 채 등하교 했다.

방학하면 병원에 가 볼 거야. 그때는 그게 무슨 뜻인지 알 아듣지 못했다. 방학이 되자 미란이가 보이지 않았고 문을 두드려도 기척이 없었다. 방학이 끝날 무렵에야 미란이가 쌍 까풀 수술을 한 걸 알았다. 하지만 수술로 더욱 눈이 튀어 나와 보여 방에서 꼼짝하지 않는다는 것이었다. 개학날 아 침 일찌감치 골목으로 나가 미란이를 기다렸다. 문을 나서 던 미란이가 황급히 앞머리를 쓸어내렸다. 학교까지 가면서 도 한마디도 물을 수 없었다. 아이들은 너도나도 줄을 긋고 나니까 정말 붕어가 됐다고 키득거렸고 물속에 고개를 박고 이야기를 나눠도 되겠다고 했다. 입 달린 동네 사람들도 그 냥 지나가지 않았다. 미란이는 일체 반응하지 않았다. 수업 시간에도 고개를 들지 않았고 늘 땅만 보고 다녔다. 전처럼 함께 등하교 했지만 미란이는 거리를 두고 걷거나 휑하니 먼 저 가버리기 일쑤였다.

그러던 일요일, 장사를 마치고 돌아온 미란이 엄마의 비명 이 저녁 공기를 찢었고 이웃들이 숨을 멈췄다. 본능적으로 소스라친 엄마가 숟가락을 던지고 달려 나갔다. 미란이 엄 마는 이미 실신한 뒤였고 이웃들은 아이고, 이게 무슨 일이 냐며 발만 구를 뿐 누구도 선뜻 다락방으로 올라가려하지 않았다. 파랗게 질린 엄마가 입술을 앙다문 채 다락방으로 올라가 미란이를 끌고 내려왔다. 부엌방에 미란이를 눕히고 넋이 빠진 엄마가 그길로 집에 있던 화덕을 번쩍 들고 내리쳤다.

미안해, 미안해. 온몸이 부들부들 떨렸나. 어둠 속에 엎드려 있던 잡동사니와 가재도구들이 야수같이 구부리고 있던 등을 펴는 것 같았다. 금방이라도 시커먼 그림자가 달려들 것 같아 턱이 덜덜 떨렸다. 필사적으로 무릎을 끌어안고 등을 구부렸다.

누가 S 심부름 보냈어? 다락방 아래 집 안이 술렁였다. 코빼기도 안보였는데 어떻게 심부름을 보내. 나는 배를 감싸안고 연신 입술을 사려 물었다. 숙모들은 종일 부침개를 부치고 나물을 무치고 생선을 쪘고 다락방을 가득 메운 냄새와 훈기가 속을 긁었다. 뒤틀리던 배에서 내장이 모조리 빠져나갔는지 허리가 접혔다. 허기에 지친 나머지 졸음이 몰려왔다.

S야, 너 여기서 뭐해. 누군가 벼락같이 호통을 쳤다. 놀라 눈을 뜨다 찡그렸다. 다락방이 대낮처럼 환했다. 소쿠리 가지러 왔더니 자고 있지 뭐예요. 아휴, 이 웬수. 다락방에 올라가지 말라고 했어, 안했어. 복장을 치던 엄마가 어깨를 쥐고 흔들었다. 다락방이 무섭지도 않아. 다락 계단을 오르는

170

발소리가 쿵쿵 어지러웠다. 숙모들이 차례대로 목을 빼고 올라왔다. 얼굴을 가리고 울음을 터뜨렸다. 날개가 꺾인 나는 부끄러웠다. 날 수 없는 새에게는 세상에서 피할 안전한 장소가 필요했다. 이게 뭐하는 짓이야. 왜 이렇게 복장을 뒤집어, 뒤집길. 숙모들이 뜯어말려도 엄마가 연신 내 등짝을 패고 머리를 짓찧었다. 부엌방으로 끌려 내려와서도 훌쩍거림은 잦아들듯 하다 한순간 격한 흐느낌으로 치달았다. 저녁상을 내온 숙모가 숟가락을 쥐어주었지만 콧방울까지 머리가 쏟아져 내려와 상이 보이지 않았다.

재 좀 어떻게 해 봐요. 아무리 사는 게 힘들어도 그렇지 언제까지 저렇게 내버려 둘 거냐고요. 누군가 있는 대로 목청을 돋웠다. 그 소리에 들고 있던 수저를 떨어뜨리며 흐느꼈다. 동네 아이들과 친구들의 놀림이 되살아나면서 미란이가 보고 싶었다. 입술을 깨물었지만 흐느낌은 멎을 줄 몰랐다.

전화벨 소리에 눈을 떴다. 머리가 지끈거리고 진땀도 났다. 화장대 위 알람시계가 다섯 시 반을 가리키고 있었다. 목이 잠겨 답답했다. 잠이 덜 깨 몽롱한데다 놀라 그럴 것이다. 거실로 나가자 낯선 번호가 찍혀 있었다. 지금쯤 엄마는 저녁 준비로 분주할 것이다. 저녁 어스름과 함께 된장찌개와 생선 굽는 냄새가 다락방을 채우리라. 저녁을 먹고 나면 자석에 이끌리듯 전화기 앞으로 다가앉을 것이다.

문을 열자 예리가 침대에 엎드린 채 손가락을 움직이고 있었다. 소리부터 올라갔지만 예리는 아랑곳하지 않았다. 한참 만에 고개를 든 예리가 왜 소리부터 지르냐고 항의했다. 휴대전화만 들고 있지 말고 무슨 일인지 말해보라고 다그쳤다. 예리가 민아한테 가봐야 할 것 같다며 발딱 일어났다. 가출 통보라도 받은 듯 어안이 벙벙했다.

"민아가 죽고 싶대. 병원 가야겠다는데 따라가야 할 것 같아."

무슨 일이냐고 묻자 민아가 쌍까풀 수술을 했다는 것이다. 그 말에 침대를 짚으며 주저앉았다. 자기가 보기엔 괜찮은데 울고불고 난리라며 입술을 삐죽거렸다. 병원에 가려해도 재혼한 엄마에게 연락할 수도 없고 일 귀신 아빠는 시간을 낼 수 없다는 소리에 아연할 뿐이었다. 수술하던 날 병원에 데려간 고모는 여행 중이어서 같이 갈 사람이 없다는 것이었다. 눈두덩이 조금 부어 보이긴 해도 귀염성 있는 민아 얼굴을 떠올렸다. 어린 나이에 벌써 성형수술을 하다니, 쯧쯧 혀를 찼다. 미란이 생각에 두 손을 맞잡았다. 민아는 쌍

까풀을 만들어 더 예뻐지고 싶었을 것이다. 반듯한 외모로도 만족하지 못하는 마음이 안타까웠다. 예리 마음도 궁금했다.

민아를 지켜보면서 어떤 생각을 궁굴렸을까. 예리는 목 티를 추켜올릴 때마다 내가 원망스러울 것이다. 어려서부터 점만 들먹이면 의사와 상담한 이야기를 해주었다. 피부과에 데려간 적도 있었다. 여러 차례 레이저 시술과 피부 이식 수술이 필요할 수 있다고 설명한 의사는 성장을 마친 후의 일이라고 단서를 달았다. 어려서부터 예리 손바닥만 하던 점은 지금도 그 정도였다. 나는 곧잘 으스러지도록 예리 손을 잡았다 놓곤 했다. 손과 함께 점이 성장을 멈추길 바랐다.

또 한참을 메시지를 주고받았다. 시간이 늦어 병원은 내일 아침 가기로 했지만 민아한테 잠깐 가봐야겠다고 했다. 민아한테는 나뿐이라는 거였다. 내가 미란이의 말을 알아들었거나 입을 열지 않아도 계속 말을 시켰더라면 어땠을까. 떨치지 못한 죄책감에 못내 목이 멨다. 병원은 내일 나랑 같이 가자고 했다. 민아가 아무한테도 말하지 말라고 했다고 펄쩍 뛰면서도 이내 수긍해졌다.

"배고파."

예리가 기운이라곤 없었다. 아침부터 냉장실에 내려놓았

던 치즈 돈가스 튀길 준비를 하며 밑반찬을 꺼냈다. 돈가스에 소스를 뿌리며 예리를 불렀다. 허겁지겁 밥을 먹는 예리를 물끄러미 바라보았다. 여전히 목 티가 귀 밑까지 올라와 있었다. 그까짓 점 아무것도 아니라고 가르치거나 조바심을 낼 일이 아니다 싶었다. 예리는 휴대전화 안에 숨은 게 아니라 그 안에서 성장의 아픔을 겪는 중이라는 생각이 잃었던 식욕처럼 고물거렸다. 밥을 떠 자리에 앉았다. 돈가스를 한 입 베어 물자 빵가루가 바싹하게 씹혔다.

"예리야, 점 말야."

시선을 비낀 나는 조심스럽게 입을 열었다.

"왜 나 안 쳐다 봐. 얘기를 하려면 상대방을 똑바로 쳐다 봐야지."

볼을 씰룩이며 조금 웃어보였다. 예리가 내 두려움을 아는 걸까. 오랫동안 숨어있던 다락방에서 나가야 한다는 생각에 적잖이 긴장이 되었다. 사시였던 한쪽 시력은 초점을 맞추려 안간힘 쓰다 약해졌지만 교정 수술로 눈동자가 따로 놀지는 않았다. 하지만 수술 후에도 나는 사람들과 눈을 맞추지 못했다. 대학을 졸업하고 직장 생활을 하다 본사에서 파견 온 남자를 만났고 그는 자신을 마주보지 않는 시선을 붙잡으려 애를 태웠다. 결혼과 함께 다락방이 있는 고향집을 떠난 내게는 친구나 가까운 이웃이 없었다. 집안에 앉아 예리를 키우는 것 외에는 별다른 관심도 두지 않았다. 그러면 나는 안전하다고 믿었다. 집안은 또 다른 다락방이었다.

"엄마가 민아 병원 같이 갈까?"

예리가 목도리를 감으며 물어보겠다고 했다. 현관으로 따라 나가 등을 토닥였다. 잘 갔다 오라는 뜻보다 다른 말을 하고 싶은 것이리라. 간혹 목의 점이 예리를 흔드는 날도 있을 것이다. 예리는 부쩍 외모에 관심을 가지기 시작했고 립그로스나 색조 화장품도 하나 둘 샀다. 등교 준비를 하고 방에서 나올 때는 입술과 뺨이 발그레하고 아이메이크업으로 눈매가 또렷한 날도 있었다. 그런데도 자연스럽게 받아들이지 못하고 지레 두려움에 떨었다. 예리의 다락방은 나의 그것과는 달랐고 세상과의 거리를 가늠하는 둥지였다. 자칫 고립되거나 틀어박히지 않기를 바랐다. 내려놓을 수 없는 마지막 근심을 달래듯 나직나직 심호흡을 했다.

엘리베이터 문이 닫히는 걸 보고 집 안으로 들어섰다. 한결 몸이 가뿐했다. 식탁을 치우다 말고 전화기 앞으로 갔다. 엄마에게 낡고 불편한 집 팔고 아파트에서 편하게 살아보라고 할 거였다. 다락방에서 풀려나야 하는 건 나만이 아니었다.

마침내 수화기를 들었다.

내일은 바쁠 것 같았다. 병원부터 갔다 온 다음 예리 학원이 끝나는 대로 다락방이 있는 아파트를 보러 갈 생각이었다.

# 애벌레

—

지하철 흔들림에 몸을 맡긴 나는 남자를 보고 싱긋 웃었다.

그때 나뭇가지에 붙은 애벌레 한마리가 보였다.

나는 막 배밀이를 시작하는 아이처럼 상체를 곧추 세웠다.

막 배밀이를 시작하는 아이처럼 애벌레가 상체를 곧추 세우고 있었다. 손을 뻗으려다 반사적으로 주먹을 그러쥐었다. 검지만한 몸통을 건드리기만 해도 연둣빛 물이 들고 그것이 손을 타고 오를 것 같았다. 선명하게 잡힌 주름 아래로 오종종한 발들이 일제히 녀석을 떠받치고 있었다.

급기야, 애벌레가 움직인 걸까. 팔뚝이며 등으로 스멀대는 기운이 번졌다. 나도 모르게 진저리를 쳤다. 오줌이 찔끔 나올 것 같았지만 책을 밀어내기는커녕 바짝 끌어당겼다.

『곤충도감』의 애벌레 편을 보기 시작한지 한 달이 가까웠다. 나는 알에서 깨어난 애벌레가 성장하여 나비가 되는 과정을 좇는 중이었다. 나비는 애벌레 시절을 알고 애벌레는 나비가 될 자신을 상상할까. 저녁 내도록 배를 깔고 누워 『곤충도감』을 보던 나는 나뭇가지에 붙은 애벌레처럼 고개를 쳐들고 아아, 하품을 했다. 눈물이 나면서 등허리로 소름이 훑고 내려갔다.

『곤충도감』에 집중하면서 알게 되었다. 나는 애벌레였다. 주름을 움직여 꾸물꾸물 기어가는 애벌레 위에 내 모습이 중첩되었다. 느려 터진 나는 번데기를 지어 월동할 시기를 놓치고 말았다. 그러니 나비가 되기는 다 틀린 일이었다. 그렇더라도 내게도 열여덟 시간이 필요했다.

천장을 보고 누워 열여덟까지 숫자를 셌다. 연필심에 침을 묻혀 꾹꾹 눌러 쓰듯 숫자 하나하나를 간절하게 발음했다. 결코 서두르지 않았다. 열여덟 시간은 나비가 번데기를 뚫고 나오는데 걸리는 고통과 인내의 과정이었다.

『곤충도감』을 주운 것은 골목 입구 재활용 쓰레기 더미에서였다. 첫 출근을 한 며칠 뒤 퇴근길이었다. 책은 말짱했다. 누가 이런 걸 버렸나 싶어 표지를 넘기자 만년필 글씨가 빼곡하게 나타났다. 필체가 반듯했다. 누군가 그의 딸에게 열여덟 시간의 의미를 설명하고 있었다. 나는 그것이 버려진 사연을 짐작해 보았다. 별 수 없었다. 책을 들고 창자처럼 구부러진 골목길을 따라 집으로 가며 어느새 열여덟까지 숫자를 세고 있었다. 개똥과 하수구 냄새가 엉겨 붙어 목에 핏대를 세우고 과자 봉지와 쓰레기 따위가 불량배처럼 뒹구는 골목길에서 시간의 의미를 곱씹었다.

진작 알았다면 남편과 딸에게 필요한 사람이 되었을지 생각해 보았다. 지금이라도 고통과 인내의 시간을 감내한다면 완전해질 수 있을지 궁금했다. 주문한 음식과 지하철을 기다리거나 오지 않는 잠을 청하면서도 숫자를 셌다. 조바심을 누르며 나비가 되기를 소망했다. 낡은 형광등 갓을 보고 누워 어디서 그 시간을 끌어낼까 궁리도 해보았다. 어쩌면 내게는 그보다 훨씬 많은 시간이 필요한지도 몰랐다.

"딸아, 네 힘으로 나오너라."

잠자리에 누워 나직이 중얼거렸다. 딱히 딸에게만 하는 말은 아니었다. 그 여자 좀 이상해. 키득거리던 딸아이의 말이 생각났다. 뭐가 그렇게 우습냐고 해도 계속 종알거렸다. 딸아이는 새엄마에게 아무런 호칭도 사용하지 않는다고 했다. 자기 보고 아줌마라고 불러도 상관없대. 괜히 반항하거나 삐딱하게 굴지도 말래. 자기는 화도 안 내고 나를 구박하지도 않는대. 나를 잘 키우는 게 자기가 할 일 중 하나래. 그 여자는 자기가 천산 줄 아는 모양이지만 그렇지는 않아. 그 말을 하던 딸아이가 한껏 목소리를 낮췄다.

엄마, 싱크대에 앉아서 자는 천사 봤어? 무슨 말이냐고 묻자 그 여자가 싱크대에 앉아서 잔다는 것이었다. 네 아빠랑 자야지 왜 거기서 자냐고 물었지만 여러 번 봤다는 소리만 했다. 수화기 저편에서 딸이 또다시 키득거렸다.

그 여자가 천사인지는 알 수 없으나 웃음이 나오지 않았다. 어쨌든 그녀는 표독하거나 심술궂은 새엄마는 아닌 성싶었다. 다행이었지만 마음이 놓이지 않았다. 딸아이를 빼앗길지 모른다는 불안은 아니었다.

딸아, 네 힘으로 나오너라. 자장가를 부르다 까무룩 잠들었다 깨기를 반복하듯 저녁 내도록 중얼거렸다.

양쪽 귀에 머리를 끼우며 거울 앞에 섰다. 터틀넥 니트에 검정색 반코트를 입은 거울 속 여자 눈이 동굴처럼 퀭했다. 직장 생활을 시작한 지 한 달이 가깝지만 나는 아직 옷을 챙겨 입고 출퇴근하는 생활이 어색했다. 거울 속 여자에게 는 출근하는 사람다운 긴장감도 느껴지지 않았다. 왜 이런 옷을 입고 섰는지 몰라 어리둥절한 표정이었다. 거울을 비켜 스커트 아래의 종아리를 내려다보았다. 몇 번 심호흡을 한 뒤 집을 나섰다.

마을버스에서 내려 지하철역으로 들어서자 사람들이 종 종걸음으로 개찰구를 빠져나가고 있었다. 그들은 작전을 수 행하는 군인들처럼 민첩했다. 계단을 내려가자 지하철이 들 어온다는 안내 방송이 나왔다. 사람들이 일제히 뛰기 시작 했다. 홍수처럼 거침없었다. 익사할지도 모른다는 위기감에 계단 가장자리로 비켜섰다. 어깨에 매달려 있던 가방을 팔 에 걸자 제법 묵직했다. 한동안 계단에서는 말발굽 소리가 이어졌다. 젊은 청년 몇이 달려가지만 막 지하철 문이 닫혔 다. 그들이 안타까운 탄성을 터뜨리거나 발을 굴렀다.

출근하면서부터 목격한 도시와 이동의 물결은 내게 동의

어가 되었다. 그런데도 나는 서두르기는커녕, 아침마다 도시가 거대한 물결에 휩쓸려가는 모습을 관조할 뿐이었다. 사람들의 몸부림은 영락없이 개미떼가 도시를 떠메고 가는 것처럼 보였지만 다음날 보면 어김없이 그 자리를 지키고 있었다. 도시는 언젠가 가야할 곳을 동경하지만 커다란 덩치 탓에 한 발짝도 움직이지 못하고 헛된 꿈에 목을 늘이고 있는 것 같았다. 한동안 난간을 붙잡고 서 있었다. 내 머리에서 지하철역에 나온 이유가 쑥 빠져 나가고 없었다.

그러게 진작 남들처럼 살지 그랬어. 죽자고 뛰어도 시원찮은 세상에 너처럼 느려 터져가지고 어떻게 살아. 새삼 나를 나무라던 음성이 되살아났다. 고양이가 파헤쳐놓은 쓰레기 종량제 봉투가 뒹굴고 전날 밤 취객이 게워놓은 토사물이 눌러 붙은 누추한 골목을 돌아 내 방을 찾아온 선배는 기가 막혀 하, 실소부터 터트렸다. 이사한지 달포 남짓 지난 뒤였다. 방으로 들어선 선배가 행거에 걸린 옷가지와 서랍장을 외면했다. 대신 책상과 컴퓨터를 보고 쯧쯧 혀를 찼다. 내가 그것 때문에 이혼했다고 생각하는 모양이었다. 나는 이혼 전부터 화장대는 없어도 책상은 가지고 있었다. 다시 실소한 선배는 결국 이럴 줄 알았다고 했다.

나는 아주 느렸다. 애초에 그렇게 생겨먹었거나 책상 앞에 앉아 소설을 쓰는 동안 점점 속도가 느려졌는지도 몰랐다. 나는 느려서 혼자가 되었다. 내게는 내 속도가 있었지만 세상과 보조를 맞추기 어려웠다. 남편은 내 속도를 문제 삼아 이혼을 요구했다. 나는 딸아이와 남편과 셋이 하던 생활을 툴툴 털어냈다. 남은 건 단칸방이 전부였다. 생을 들여다보려 애쓰고 사람과 사람 관계를 생각한다고 내 삶의 태도가 노련해지는 것은 아니었다. 오히려 더욱 느렸다.

선배는 당장 선배 회사에 출근하라고 호통을 치고 갔다. 호통을 친 건 선배만이 아니었다. 주변 사람들이 앞 다퉈 한마디씩 보탰다. 이제 뭐 먹고 살래, 그러게 소설은 무슨 얼어 죽을 소설, 차라리 돈 벌 궁리를 했어야지, 네가 뭐 믿을 게 있다고 덜렁 이혼을 해 주니, 그래도 한 가지 잘한 건 딸 키우겠다고 우기지 않은 거야, 네 주제에 애까지 맡았으면 어쩔 뻔 했니, 돈 많고 명 짧은 남자 골라 재혼이나 하라는 소리가 드센 동네 여편네들처럼 함부로 귀를 드나들었다.

길게 늘어 선 줄 뒤로 가 섰다. 목을 늘인 사람들이 휴대전화로 시간을 확인하거나 달려갈 준비를 하듯 제자리걸음을 하기도 했다. 잠시 뒤 전조등을 밝힌 지하철이 들어오고 있었다. 환승역인 다음 역에 도착하자 사람들이 탈출하는 피난민처럼 필사적으로 쏟아져 내렸다. 물결에 휩쓸리지 않으려 다리에 힘을 주고 버텼다. 대퇴부에서부터 무릎 아래로 뻐근한 통증이 번졌다. 차창 밖 사람들이 격한 물결로 흘러가고 있었다. 도시의 허리춤을 잡고 있던 그들이 어느 순간 손을 놓고 제각각 흩어져갔다. 그 사이 새로운 사람들이 지하철 가득 밀고 들어왔다.

주위를 두리번거렸다. 나는 애벌레를 찾고 있었다. 그것은 『곤충도감』에만 있는 게 아니었다. 출근을 시작한 얼마 후, 지하철에서 애벌레를 만났다. 사람들 틈에 낀 나는 아침마다 『곤충도감』의 애벌레 편을 보고 있었다. 주변의 눈들이 책과 나를 번갈아 가며 힐끔거렸다. 자기개발서나 인생 성공 스토리도 아니고 뭐 저런 걸 보냐는 듯 노골적으로 피식거리는 소리도 들렸다. 그때, 애벌레가 빨판을 이용해 내 허리를 덥석 껴안았다. 아침마다 주위를 배회하던 그것이 기어이 허리를 껴안은 것이다. 놀라지 말라는 듯 그것이 허리를 다독이고 있었다. 책을 덮었다.

애벌레가 빠져나온 걸까. 혼잡한 지하철 안에서 겪던 흔한 부대낌이 아니었다. 저, 『곤충도감』 계속 볼 수 있을까요? 옆에 선 남자가 애원하듯 내 눈을 들여다보았다. 낮고 떨리는 음성이 정중했고 물기 어린 눈이 흔들렸다. 나는 서둘러 양손으로 책을 폈다. 허리에는 여전히 손이 감겨 있었다. 몸을 떠나 있던 신체의 일부가 비로소 제 자리를 찾은 안도감이 느껴졌다. 안내 방송이 흘렀다.

'승객 여러분께 안내 말씀드립니다. 출입문에 종이나 볼펜 같은 이물질이 끼여 종종 고장을 일으키는 경우가 있습니다. 고장을 일으키는 일이 없도록 승객 여러분의 협조 부탁드립니다. 또한 차내에서는 상대방에게 불쾌감이나 혐오감을 줄 수 있는 행동을 삼가 주시기 바랍니다. 경우에 따라 법에 의해 처벌받을 수 있습니다.'

다음날도 애벌레에게 허리를 내주었다. 내 자신을 방기하거나 남자를 부추기는 행위는 아니었다. 남자는 느린 내 눈에 처음으로 들어온 사람이었다. 사람들은 지하철에서도 책에 눈을 박고 있거나 휴대전화를 들여다보며 하루를 준비했다. 그 속에서 남자와 나는 『곤충도감』을 보았다.

애벌레에게 허리를 맡긴 나는 몇 해 전 같이 일해 보자던 선배 말을 떠올렸다. 팬시문구회사를 시작하던 선배 뜻을 따랐다면 혼자 남지 않고 세상 속도를 맞출 수 있었을지 궁금했다. 내가 집을 지키는 사이 선배 회사는 제법 모양을 갖췄다. 생계를 해결하기 위해 선배 회사 사무실 살림을 맡았지만, 따로 사람을 두지 않아도 되는 자리였다. 사무실에 들어서면 직원들이 나를 흘깃거렸다. 겨우 출근 시간을 맞추는 내게서 삶의 탄력을 읽을 수 없어 답답하다는 표정이었다. 그들은 헬스클럽이나 학원을 거쳐 출근한다고 했다. 나는 종일 허리에 애벌레를 붙이고 있었지만 알아채는 사람은 없었다. 누군가도 느려 터졌다는 게 위안이 되었다.

얼마 전의 일이었다. 지하철이 두 번째 정차 후 막 출발하자 나는 조바심이 났다. 남자가 옆에 서자마자 허리 뒤로 팔을 둘렀다. 계속 허리를 맡겨 둘 수만은 없었고 무엇보다 그가 궁금했다. 긴장된 숨을 몰아쉬는 남자 복부의 가파른 움직임과 갈비뼈의 떨림이 확연하게 전해졌다. 허벅지 쪽에서도 떨림이 올라오고 있었다. 눈과 입이 벌어진 남자는 진동의 진원지조차 모르는 것 같았다. 한참 만에 휴대전화를 꺼내자마자 고함 소리가 터져 나왔다. 지금 어디야. 이런 날은 새벽부터 대기해야 하는 거 몰라. 죄송합니다, 곧 가겠습니다. 안절부절못하던 남자의 고개가 푹 꺾였다. 허리를 두른 팔에 힘을 주었다. 남자를 위로해야 했다. 그가 내려야 할 역에 도착할 때까지 팔을 거두지 않았다. 내가 그를 추행했더라도 하는 수 없었다. 나는 남자를 샅샅이 뒤집어보고 싶었다. 이혼을 하고 밥벌이를 위해 세상에 나가다 성추행을 당하는 것으로 내 삶이 추락하도록 내버려둘 수 없었다. 나는 바닥으로 가라앉기로 작정했다. 몸에 힘을 빼고 부력에 의지하기로 마음먹었다.

남자가 이용하는 역으로 지하철이 들어섰다. 요 며칠 남자
가 보이지 않았다. 남자는 불쾌했던 걸까. 또 당황한 나머지
출근 시간을 바꿨거나 다른 칸을 이용하는 것일 수도 있었
다. 남자가 궁금한 마음이 엄마 떨어지기 싫은 아이처럼 종
일 칭얼대며 따라다녔다. 그는 내 행동을 적극적인 대처로
받아들였을 수도 있었다. 나는 외로운 나머지 나를 추행한
남자에게 의지하고 싶었던 거였나. 아니었다. 그도 애벌레임
을 알아 본 이상, 외면할 수 없었다는 게 옳았다. 남자는 나
에게 성추행을 한 게 아니었다. 나를 알아 본 그가 나에게
의지한 것이다.

오늘따라 사무실이 한가했다. 은행이나 우체국에 가거나
인쇄소 심부름뿐 아니라 사무실 비품을 살 일도 없었다. 직
원들이 마실 차 종류와 간식거리를 사온 게 고작이었다. 그
들은 내게 잔심부름을 시키며 미안해하지 않았다. 내가 사
장의 대학 후배라는 것도 개의치 않았다. 결혼 후 심심해서
백일장에 나갔다 덜컥 상을 받고 난 뒤부터 소설을 쓰기로
작정한 것은 더욱 상관할 리 없었다.

"요즘도 늦게까지 안 자?"

같이 아침 운동을 하자고 한 선배가 물었다. 이맛살을 찌

푸린 다음, 부지런히 몸을 움직이면 마음이 밝아진다고 했다. 사람이든 물이든 고여 있으면 썩기 마련이라는 말에서 단호함이 느껴졌다. 팬시문구회사 디자이너로 경험을 쌓은 선배가 사업을 일으킨 힘의 원천을 짐작할 수 있었다. 그런 선배가 내 생활 스타일을 꼬집는 눈치였다. 왜 그렇게 사냐고, 네가 어디 올빼미냐고, 소설이 준 게 뭐냐고 묻고 싶을 것이다.

혼자된 뒤로 나는 더욱 잠을 못 잤다. 소설을 쓰느라 그런 건 아니었다. 남편과 딸을 놓친 회한도 아니었다. 내가 이혼했다는 소식을 들은 선배는 출근하면 전화부터 했다. 새벽녘에야 간신히 잠이 들면 휴대전화가 목이 터져라 울었다. 겨우 통화 버튼을 누르지만 나는 물에 빠진 사람처럼 허우적댔다. 시간 맞춰 일어나야 할 이유가 없어 더했다. 중천에 뜬 햇살 한 줄기가 반지하방 창문을 통해 간짓대처럼 눈을 찔러도 아랑곳하지 않았다. 선배가 내 집을 찾아온 뒤로 그 시간이면 출근해 자리를 지키지만 눈꺼풀이 내려오거나 정신이 몽롱해지기도 했다. 느려터지지 않았다면 남편이 넌더리를 내지 않았을지 궁금하지만, 이제 소용없었다.

조금 더 빨리 바깥세상을 알았다면 속도가 더디지 않았을지 궁금했다. 진작 선배 회사 일을 배웠다면 나는 지금 누구보다 빠르게 살고 있을지도 몰랐다. 그러면 집안 경제에도 도움이 되었을 것이고 살림뿐 아니라 사회생활까지 하는 나를 남편이 얼마나 대견해 했을까. 한심하다 못해 노여움에 찬 얼굴이 벌떡 일어서 고개를 저었다. 월급 받으면 꼬박꼬박 적금이나 넣을 줄 알았지 나는 주변머리도 없고 수완도 없었다. 사람들 사이를 기웃거리며 세상 돌아가는 정보 하나 얻어들을 줄 몰랐다. 남편은 누구네는 주식 투자를 해 짭짤하게 재미를 봤느니, 전세 끼고 산 아파트가 얼마가 올랐느니, 재개발 아파트에 투자해 시세차익을 남겼느니, 퇴직하고 농사나 지으려고 산 땅으로 도로가 뚫리는 바람에 몇 배를 뻥튀기 했느니 하며 부러워했다. 하여간 재주 있는 여자 만난 놈들은 대체 무슨 복을 타고 난 거야. 그는 노골적으로 나를 못마땅해 했다. 요즘 같은 정보 사회에서 남들이 어떻게 사는지 안 보이냐는 것이었다. 혼자 뛰어서 대체 언제 보란 듯이 살겠어. 제발 돈 안 되는 짓 좀 때려 치워. 꿈은 무슨 얼어 죽을 꿈이야. 잘 살면 됐지 어디 꿈이 별 거냐고 했다. 그의 얼굴 위로 새카만 먹구름이 덮이던 게 떠올랐다. 그에게 내 꿈은 그런 것이었다. 현실 감각이 제로인 여자와 사는 그의 신세 한탄은 장타령처럼 멎을 줄 몰랐다. 내가 더욱 입을 열 수 없는 것은 그런 문제가 아니었다.

"늦게까지 안 자고 뭐하세요?"

디자이너가 컴퓨터에 눈을 박은 채 툭 뱉었다. 그녀의 질문은 자신이 납득할 수 없는 것에 대한 항의와 비난일 뿐 호기심이 아니었다. 무슨 대답을 해도 독설이 날아와 목을 뎅겅 날릴 것 같았다.

오후가 되면서 사무실이 분주해졌다. 인쇄소에서 무슨 일을 잘못했느니, 일하던 사람이 다쳤느니, 이러다 신학기를 겨냥한 제품 출시 날짜에 차질이 생기겠다는 소리들이 긴박하게 오갔다. 판촉 행사를 위한 아르바이트생 모집도 끝났으니 서두르자며 직원들은 제각각 전화와 컴퓨터에 매달렸다. 서로가 서로의 가속 페달을 밟아가며 그들은 팽팽한 긴장을 유지했다. 그들 근처에서 얼쩡거리다가는 부딪혀 튕겨 나갈 것 같았다. 사무실에 그만 나와야 한다는 생각이 들었다. 언제까지나 선배에게 자선을 강요하고 싶지 않았다.

직원들이 인쇄소와 거래처로 갈 준비를 했다. 선배가 전화 잘 받아두라는 말을 남기고 사무실을 나갔다. 사무실은 순식간에 물밑으로 가라앉았다. 직원들 대신 사무실 집기들이 모조리 눈을 부라리는 것 같았다. 그것들에게서 벗어날 수 없는 나는 의자에 붙박였다. 도망칠 생각도 할 수 없었다.

선배가 요구한 것이 사무실 지키는 일만은 아닐 것이다. 낮에 일하고 밤에 자는 생활 리듬을 익히라는 뜻과 함께 나의 생활 방식을 수정해주고 싶어 하는 걸 모르지 않았다. 내 방은 점점 곪아 들어가는 번데기여서 거기서는 썩는 것 외엔 아무 일도 일어나지 않는다고 단정 지은 게 틀림없었다.

혹, 남자가 해고라도 당한 걸까. 그날 이후 휴대전화에 대고 안절부절못하던 모습이 떠나지 않았다. 자리에서 일어선 나는 사무실을 왔다 갔다 했다. 남자가 나를 피하는 것일 수 있다는 생각도 들었다. 나는 남자의 행동에 화답했을 뿐이었다. 언제까지 묵묵부답으로 지내고 싶지 않았다. 남자 마음에 죄책감이 있다면 덜어주고 싶기도 했다. 그런데 남자는 당황한 기색과 돌이킬 수 없는 충격을 끝내 안으로 끌어안았던 거였나. 나는 분명 남자 눈에서 반가움이 어른거리는 걸 보았다. 놀라움은 잠시였고 동그랗게 벌어진 눈이 감격에 겨워하던 걸 놓치지 않았던 나는 계속 남자 등에 가슴과 배를 붙이고 한쪽 손으로는 허리를 두르고 있었다. 누가 보면 남자와 나는 만성 피로에 시달리는 몸을 의지한 연인으로 이해되었을 것이다. 어김없이 차내 안내 방송이 흐르고 있었고 남자를 마주보았다. 허리를 두른 팔에 힘을 주기라도 하면 감격한 나머지 울음을 터뜨릴 것 같았다. 지하철이 흔들리자 사람들이 비명을 쏟았다. 그 바람에 남자의 옆구리와 골반을 바짝 옥죄었다. 사무실 밀집 지역이 가까워지고 있었다. 남자가 내리기 싫은 듯 주춤거렸다. 우린 분명 아는 사이죠, 오늘 하루도 잘 지내요, 소박한 말 몇 마디라도 건네고 싶었지만 입안이 바스락거렸다. 지하철이 멎자 사람들이 앞다퉈 달려 나갔다. 남자가 내리자 곧 문이 닫혔고 그가 물끄러미 지하철을 응시하고 있었다. 그는 잘못 내려오도 가도 못하는 사람 같았다. 남자가 이 도시에서 나비로 탈바꿈하기는 다 틀린 일이었다.

책상 서랍을 열었다. 서랍 가득 선배 회사에서 디자인한 노트와 수첩과 연필 같은 문구류가 넘쳤다. 그것들을 모조리 꺼냈다. 사무실에 배치된 샘플이 예쁘다고 하자 선배가 쓰라고 한 것과 멋대로 서랍에 넣은 것도 있었다. 사무실 옆 창고에서 빈 박스를 골라 책상 위 물건을 담았다. 신학기에 초등학교 사학년이 되는 딸아이는 몇 달 만에 취향이 달라졌을 수도 있었다. 그렇더라도 준비한 것을 보내야 했다. 박스 안의 문구류는 그간 내가 해 줄 수 없었던 밥과 빗겨줄 수 없었던 머리와 살펴줄 수 없었던 잠자리와 다정하게 나눌 수 없었던 대화와 어루만지고 끌어안을 수 없었던 내 마음이었다.

나는 딸아이에게도 느려 터진 엄마였다. 학교 끝나고 집에 돌아오면 딸아이가 좋아하는 피아노 학원에나 보낼 뿐, 다른 아이들의 빡빡한 방과 후 스케줄은 개의치 않았다. 딸아이는 책을 읽거나 텔레비전을 보며 놀았다. 나는 그 시간에 책상 앞에 있었다. 왜 이렇게 애를 방치해 두는 거야. 격앙된 소리가 살아나 움찔거렸다. 나는 남편 말을 알아듣지 못해 말갛게 쳐다볼 뿐이었다. 요즘 아이들이 얼마나 바쁜 줄 알아. 그런데 얘는 뭐야. 날마다 빈둥거리잖아. 나는 더욱 그의 말을 알아듣지 못했다. 책상만 지키면 다야. 그러면 우리 모두 행복해져? 남들은 뭐 하나라도 더 가르치겠다고 안달이야. 엄마들이 나서서 좋은 학원 알아보고 좋은 선생 찾아내서 애를 최고로 만들겠다고 혈안인 거 몰라. 그런데 넌 뭐야. 넌 애를 텔레비전 앞에만 앉혀 놓잖아. 텔레비전이 선생이라도 돼? 다른 엄마들처럼 정보가 빨라야 자식 교육도 잘 시키는 법인데 저렇게 느려 터져 가지고 원. 부쩍 그 소리가 잦았지만 나는 한마디도 하지 못했다. 남편의 귀가가 늦어지더니 휴일에도 얼굴을 볼 수 없었다. 남편의 타박이 없어 안도했지만 곧 이혼하자는 소리가 날아왔다. 나는 내가 재테크도 못하고 자식 교육도 못 시켜서 그런 줄 알았지만 남편은 다른 여자가 있다고 했다. 최고의 아내이자 최고의 엄마가 될 사람이라는 자부심이 보였다. 당연히 이혼의 상처도 없었다. 그간의 불만을 조목조목 짚으며 느려 터진 나 때문임을 분명히 했다.

가방을 열었다. 누가 이렇게 멀쩡한 걸 내다버렸담. 『곤충도감』을 쓰다듬으며 책장을 넘겼다. 공부를 하다보면 이런 책도 필요할 것 같았다. 그간 딸아이의 책꽂이는 새로운 책들이 찼을 것이다. 내게는 전 남편이 된 그의 새 아내는 빠른 속도로 살림을 불리고 온갖 정보를 동원해 딸아이를 교육시킬 거였다. 『곤충도감』도 최신 버전을 구입한 뒤여서 내가 보낸 책은 다시 재활용 쓰레기장에 나앉을 수도 있었다.

늘 보던 페이지를 열었다. 포스트잇을 붙여놓고 딸아이에게 편지를 썼다. '엄마는 이 페이지가 참 좋구나. 네 힘으로 나와 나비가 되어라. 그리고 훨훨 날아가거라.' 메모지를 구긴 나는 책표지를 열고 안쪽의 글을 읽었다. 딸에게 또박또박 글을 쓰던 마음이 변했으면 어쩌나 걱정이 되었다. 딸이 『곤충도감』이 필요하지 않을 만큼 자라 재활용 쓰레기로 내놓은 것이라고 애써 생각을 돌렸다. 소리 내 글을 읽기 시작했다.

"파브르가 번데기에서 나비가 나오는 걸 관찰하고 있었대. 그런데 나비의 고통과 인내가 이만저만한 게 아니었나 봐.

처음엔 입에서 액을 조금씩 분비한 나비가 조그마한 구멍을 내놓았어. 그런 뒤 몇 시간에 걸쳐 그 구멍을 확장시킨 후 드디어 머리가 나올만한 구멍을 만들더래. 이후부터는 더 이상 구멍을 크게 하지 않고 그 좁은 곳으로 빠져 나오려고 무진장 애를 쓰더라는 거야. 고생 끝에 열여덟 시간이 걸려서야 구멍에서 빠져 나왔는데, 나와서는 완전히 기진맥진해서 날지도 못 하더래. 그때 또 다른 나비도 번데기에서 나오려고 애를 쓰고 있었대. 이번엔 파브르가 가위로 위엣 부분에 큼직한 구멍을 내줬대. 그 나비는 나오자마자 훨훨 날면서 파브르에게 고맙다는 듯 머리 위로 빙빙 돌더래. 신이 이것만은 실수했구나! 파브르는 그렇게 생각했어. 내가 꺼내주니 쉽게 나올 수 있는데 왜 그토록 혼자 어렵게 나오도록 했단 말인가 하고 중얼거렸대. 한참 후에 보니까 훨훨 잘 날던 나비가 한 구석에 떨어져 있고 처음 힘들게 나왔던 나비는 원기를 회복해서 잘 날고 있더래. 다음날이었어. 파브르가 실험실에 가보니 스스로 나온 나비는 잘 나는데 비해 꺼내준 나비는 더 이상 날지 못하고 서서히 죽어 갔대. 깜짝 놀란 파브르가 연구를 해보았지. 힘들게 나왔던 나비는 나오려고 안간힘을 쓸 때에 날갯죽지의 지방분을 모두 태워서 강한 근육이 되는 거였대. 반면에 인위적으로 꺼낸 나비는 날갯죽지의 지방 덩어리가 그냥 붙어 있어 근육이 생기지 못했기에 더 이상 날 수 없게 된 것을 발견했대. 그러니 딸아, 네 힘으로 나오너라."

『곤충도감』을 넣고 박스를 포장했다. 딸아이가 알려준 주소를 적은 다음 사무실을 나섰다. 왕복 이십 분이면 우체국에 갔다 올 수 있었다. 박스를 들고 종종걸음을 쳤다. 숨을 할딱이며 우체국으로 들어선 나는 저울에 박스를 올리며 빠른우편이라고 했다. 직원이 내 얼굴을 힐끔 쳐다보았다.

돌아오는 길에는 우편물 영수증을 쥐고 도로를 보고 서 있기도 했다. 오후의 거리는 만성 체증에 시달리고 있었다. 온 산과 들의 갑충들이 떼로 기어 내려와 엎드린 듯 거리를 메운 자동차들이 꼼짝달싹 못했다. 그것들이 갈 길이 바쁘다며 서로 비키라고 악을 써댔다. 현기증이 일었다. 자동차들이 인도로 기어 올라와 나를 뭉갤 것 같았다. 막히고 정체된 도시는 일시에 혈관이 터질 듯 위태로웠다. 터지기 직전의 팽팽한 위기에 몰린 나는 걸음을 재촉했다.

사무실에 선배가 와 있었다. 일은 해결되었고 다친 사람은 입원 시켰다고 했다. 다음은 신제품이 출시될 할인 매장에 들려 판촉 행사 준비를 점검할 차례라는 선배의 말이 통통 튀었다. 내일부터 행사에 들어가 무척 바쁘다며 호흡을 가다듬었다. 선배가 함께 가서 일하는 것도 둘러보고 저녁을 먹자고 했다. 나는 그동안 고마웠다고, 그만 나오는 게 옳다고 했다.

"너 아직 먹고 살 게 있는 모양이다."

선배가 피식 웃었다. 놀라거나 아쉬워하는 기색은 없었다.

"너 아직도 어정거릴 시간 있어? 여기서 스스로 일거리를 찾아봐. 살다보면 금세 전세금 올라. 겨우 방 한 칸 보증금 빼서 뻥튀기 과자처럼 야금야금 뜯어 먹고 살래? 그거 침만 닿으면 금방 녹아."

대꾸할 말이 없었다. 선배의 한마디 한마디가 화살처럼 가슴에 박혔다.

"아니면 소설 써서 먹고 살래?"

나는 지난 몇 년 세월을 늦게까지 자지 않았다. 함께 잠자리에 들지 못해도 남편은 나를 이해했다. 재테크에 관심을 두지 않고 딸아이에게 소홀한 것도 어쩔 수 없다고 여겼고 식탁이 부실해도 너그럽게 봐주었다. 내 꿈을 격려하던 남편이 어느 때부턴가 불평을 늘어놓더니 급기야 두 손 두 발을 들고 말았다.

"나랑 같이 아침 운동부터 하자. 하루를 빨리 시작해야 남들보다 앞서가는 거야."

선배가 어서 열여덟 시간을 넘기라고 재촉했다. 번데기에서 빠져나와 나비가 되라는 것이다. 내가 아직 애벌레란 걸 모르는 모양이었다.

나를 재촉하는 건 선배뿐이 아니었다. 지난밤, 저녁내 우는 휴대전화 벨소리를 견디다 못해 통화 버튼을 눌렀다. 어제오늘 일이 아니었다. 엄마가 또 재혼하라고 성화였다. 내가 보란 듯이 살기 전에는 입에 들어가는 게 밥이 아니라 모래라고 했다. 애들도 얼추 자란데다 생활도 안정된 사람이라며 설득하는 엄마의 애간장이 끊어지고 있었다. 애물단지인 나는 엄마 말이 끝나기 전에 전화를 끊었다. 전원도 껐다.

선배는 좋은 팬시문구를 만드는 꿈을 따라왔다. 열여덟 시간에 걸쳐 번데기를 뚫고 나온 선배는 화려하게 탈바꿈한 나비였다. 하지만 모두가 빠를 수 없다는 걸, 빠르면 이룰 수 없는 꿈도 있다는 걸 선배는 알까. 느리고 또 느려야 비로소 가까워지는 꿈도 엄연히 존재하는 법이었다. 나는 내 방이라도 뜯어 먹으면서 살아야 했다. 알에서 갓 깨어난 애벌레가 영양분이 충분히 들어있는 껍질을 먹듯 방을 먹어치울 것이다. 무럭무럭 자라 허물을 벗고 또 벗다보면 번데기를 짓고 그 속에 누울 날이 오리라.

선배가 할인 매장에는 혼자 가겠다고 했다. 대신 일찍 자고 일찍 일어나라며 등을 토닥였다. 그 손이 내일 또 하루를 시작할 기대에 부풀어 리드미컬했다.

고마운 마음에 선배를 향해 미소 지었다. 선배 얼굴에서는 보일 듯 말 듯 잘게 근심이 부서지고 있었다. 무슨 말이든 해야 했지만 그동안 고마웠다는 인사조차 나오지 않았다. 대신 속으로 중얼거렸다.

파브르 씨, 그냥 내버려두세요.


바람을 가르며 지하철이 들어오고 있었다. 단발머리가 고무줄놀이 하는 계집아이 치마처럼 팔랑 뒤집어졌다. 사람들에게 떠밀려 지하철을 탔다. 열여덟 시간을 넘겨야 하는 나는 출근 물결에 파묻혔다. 전에 없이 마음이 급했다. 지하철은 뽑아주지 않은 콩나물시루처럼 발 디딜 틈 없었다.

두 번째로 정차했던 지하철이 출발했다. 사람들 사이에서 밀지 말라는 소리가 비명처럼 터졌다. 고개를 돌릴 건 없었다. 나는 애벌레가 사람들에게 밟히지 않고 무사히 도착할 때까지 기다렸다. 그러고는 남자의 허리에 팔을 두르고 몸을 기댔다.

나는 선배가 아침 운동을 하자고 한 다음날부터 출근하지 않았다. 그래도 아침이면 옷을 챙겨 입고 시간 맞춰 지하철을 탔다. 남자를 보기 위해서였다. 출근길에 만날 수 없었던 며칠 동안 어디를 어떻게 헤맸는지 호흡이 거칠었다. 차츰 잦아드는 호흡을 확인하며 아침마다 차내 안내 방송을 들었다. 나는 출입문에 종이나 볼펜 같은 이물질을 밀어 넣지 않을 것이다. 남자에게 불쾌감이나 혐오감을 준 게 아니니 개의치 않았다. 남자는 여전히 잘못 내린 사람처럼 우두커니 서 있었다. 며칠째 남자가 내린 다음 역에서 하차해 집으로 돌아왔다.

남자가 내릴 역이 가까워지고 있었다. 당신 누구시죠, 우리 아는 사인가요? 내가 눈으로 했던 말을 남자가 따라 하고 있었다. 남자의 목울대가 꿈틀거렸다. 많은 말들이 목구멍을 차고 오르려 발버둥치는 것 같았다. 조금이라도 일찍 내리려는 사람들로 벌써 문 앞이 복잡했다.

지하철이 멎자 그들이 돌격 명령을 받은 군인처럼 총부리를 겨눈 채 일제히 달려 나갔다. 잘못 걸리면 아무에게나 대고 총질을 해댈 기세였다. 그들이 빠져나가고 발을 꼼지락거리던 남자가 더 이상 움직일 기미가 없었다. 새로운 승객들이 밀고 들어오자 지하철이 출발했다. 그제야 고개를 든 남자가 가슴이 들먹이도록 크게 숨을 몰아쉬었다.

오늘은 어디로 가는 거죠? 눈으로 물은 다음 남자 손을 보았다. 그에겐 총 한 자루 들려 있지 않았다. 하긴 애벌레에게 총이 어울릴 리 없었다. 잘못 내린 사람처럼 늘 불안해하던 눈을 보지 않아 다행이었다. 남자가 꾸물꾸물 기어가느라 얼마나 고단할까 싶어 차마 똑바로 보지 못하고 곤혹스러워하지 않아도 되었다.

남자와 내가 비친 검은 차창을 뚫어져라 응시했다. 음울한 무채색이 남자와 나를 둘러싸고 있었다. 유리창이 남자와 내가 들어가 있는 액자 같았다. 지하철이 흔들릴 때는 남자와 내가 액자를 빠져나갔다 제자리로 돌아오곤 했다.

잠깐 선배 생각을 했다. 엄마도 떠올랐다.

지하철이 교태를 부리듯 긴 몸을 흔들며 움직였다. 서로 언제 내리냐고 묻지 않았다. 남자와 나는 종일 꾸물거리며 기어가리라. 손만 뻗으면 닿을 거리지만 애벌레에게는 애벌레만의 속도가 있었다.

어제 딸아이에게서 전화가 왔다. 우선 『곤충도감』에 적혀 있는 글이 마음에 든다고 했다. 무슨 말을 하고 싶은지 안다고 할 때는 제법 의젓했다. 파브르가 성급했지만 나비의 중요한 비밀을 알게 되었으니 꼭 잘못한 일만은 아니란다. 새엄마 이야기도 빠지지 않았다. 아빠가 그녀를 마음에 들어한다고 할 때는 여전히 명랑했다. 새엄마가 나쁘지 않다는 말도 덧붙였다. 그녀가 딸아이의 현재를 진단해 학습 처방을 내렸다고 할 때는 말없이 듣고 있었다. 취미와 장래 희망, 좋아하고 싫어하는 과목을 참고하고 그동안 새엄마가 관찰한 결과도 반영되었다고 했다. 딸아이는 영어와 수학 과학 학원은 물론 두뇌개발 프로그램과 부족한 감성을 살리기 위한 미술학원에도 간다고 알려주었다. 아빠의 수입과 지출 세부 항목을 따지고 철저한 전망 분석에 의한 투자처를 물색하는 것도 새엄마 일이라고 했다. 몇 년 뒤에는 더 좋은 집으로 이사를 갈 것이라는 계획도 말해 주었다. 새엄마는 아빠가 꼭 필요로 하는 맞춤형 아내라고 했다.

새엄마의 비밀을 알고 있다고 할 때는 잔뜩 목소리를 낮췄다. 그녀는 지치거나 피곤해하지도 않으며 늘 상냥하다는 것이다. 아빠와 싸움이나 말다툼도 하지 않는 새엄마는 싱크대에 앉아 잠을 잔다고 했다. 목이 말라 잠이 깬 딸아이는 아빠가 새엄마를 안고 나오는 걸 보았다는 것이다. 처음에는 새엄마가 너무 사랑스러워 다 큰 어른을 안고 다니는 모양이라고 여겼다. 아빠가 새엄마를 싱크대에 앉히고는 엉덩이에 손을 집어넣을 때는 더 이상 봐서는 안 될 것 같아 고개를 돌리려 했다. 그런데 그때 새엄마 엉덩이에서 선이 딸려 나왔고 끝에는 플러그가 달려 있더라는 말과 함께 히힛, 웃었

202

다. 싱크대 옆 콘센트에 플러그를 꽂은 아빠가 새엄마 볼에 입을 맞추고 방으로 들어갔다고 할 때는 시니컬한 구석도 있었다. 마지막으로 딸아이는 새엄마 사이보그가 있으니 걱정할 것 없다고 했다. 나에게 하는 말인지 정확하지 않았다.

딸아이의 상상력이 재미있었지만 웃지 않았다. 새엄마 사이보그는 전 남편과 딸아이의 소망일 수도 있었다. 한편으로는 정말 그런 게 있을지 모른다는 생각도 들었다. 전 남편이 입에 올리던 여자들이 떠올랐다. 그녀들 모두가 사이보그 아내인지도 몰랐다. 그녀들처럼 되지 못한 나는 딸아이가 무사히 열여덟 시간을 통과하기를 바랄 뿐이었다. 그러면서도 새엄마 사이보그가 친절한 파브르 씨일 수도 있다는 근심을 내려놓을 수 없었다.

도심에서 멀어질수록 지하철이 한산했다. 엉덩이를 등받이에 바짝 붙였다. 남자가 손을 넣을 틈을 주면 안 되었다. 왜 엉덩이에 플러그가 없냐고 물으면 곤란했다. 그럴 리 없었다. 남자는 나와 다르지 않았다.

지하철 흔들림에 몸을 맡긴 나는 남자를 보고 싱긋 웃었다. 그때 나뭇가지에 붙은 애벌레 한마리가 보였다. 나는 막 배밀이를 시작하는 아이처럼 상체를 곧추 세웠다.

# 고치 속에서

–

언제까지나 장롱을 비워둘 수 없다. 언제까지나 애원만 할 수도
없는 일이다. 앉은 자세로 문을 당기자 앞이 캄캄하다.
자세를 편히 하려고 몸을 움직이자 머리에 봉이 부딪힌다.
곧 장롱 속이 아늑하다.

잠을 깨면서 알람시계가 죽은 걸 알았다. 놀라거나 허둥
댈 건 없다. 다만 이 집에서 시간을 봉인한 물건이 하나 더
늘었을 뿐이다. 그것들은 몽이 지난 생에서 외면당한 증거
다. 죽은 시계들을 깨울 강력한 배터리가 있다면 어떨까. 그
러면 일시에 방 안 가득 째깍째깍 소리가 넘치고 덩달아 몽
도 벌떡 일어나리라.

화장대 쪽으로 곁눈질을 한다. 시계 바늘이 네 시 구 분에
서 멎어 있다. 눈을 슴벅이며 방을 한 바퀴 돌아본다. 가운
데 퀸 사이즈 침대를 중심으로 한쪽에 장롱과 반대편에는
삼단 서랍장 두 개가 나란히 놓여 있다. 그 중 하나는 거울
을 붙여 화장대로 사용한다. 이불과 커튼과 창문 아래 책상
까지도 온통 화이트 톤이다. 몽이 신혼집을 꾸민지도 벌써
육 개월이 넘었지만 장롱이나 서랍에는 여전히 빈 공간이
많다. 그것보다 이 집에서 결정적으로 빠진 게 있다. 짧게 머
리를 흔든다. 그렇다고 신혼집을 포기할 수는 없다.

간유리창이 환하다. 도시 상공으로 떠오르다 무심코 눈길
한번 주듯 지붕 사이를 비집고 들어온 해가 폭포수처럼 쏟
아진다. 반지하 방으로 반사된 해가 유리 파편처럼 눈에 박
힌다. 낮지만 깊게 한숨을 쉰다. 절망인지 안도인지 가늠할
수 없다. 밤새 끈덕지게 발목을 잡는 꿈에 시달리기라도 했

느지 등에서 땀이 배나온다. 눈이 부신 나머지 잠깐 정신이 아득하다. 커튼을 닫지 않은 창 너머에서 햇살에 겨운 나뭇가지가 흔들린다. 그것이 진저리났던 간밤 악몽처럼 눈앞으로 다가들었다 물러난다. 이어 송아지만한 주인집 개가 창문에 코를 대고 킁킁거린다. 녀석이 짖기라도 할까 조바심이 난다. 숨도 쉬지 않자 그림자가 비켜간다. 하루 중 몽의 방이 가장 밝은 시간이다. 하지만 해가 비켜 가면 방은 동굴보다 어둠침침하다. 몽은 사방에 도사린 발밑 낭떠러지를 두려워하듯 조심스럽게 걸음을 떼야 한다.

침대에 누워 햇볕을 쏘이는 몽이 어항 속 물고기 같다. 그러고 보면 방은 어항과 다르지 않다. 몽에게는 세계의 전부여서 방을 떠나서는 살 수 없다. 시계가 죽었으니 나도 멈추게 될까. 기어이 그런 생각을 한다. 그게 돌아가는 동안은 굼뜨게라도 움직였지만 이제는 영영 그럴 수 없는지도 모른다. 사실 시계가 멈추기 전부터 몽의 집에서 시간은 무의미했다. 애써 시간에서 풀려난 것이라고 생각을 돌리다 고개를 젓는다. 가차 없이 밀려 나 시간이 존재하지 않는 지대에 유폐되었다는 생각이 명치를 치고 올라온다. 몽은 눈에 유리 파편이 박힌 채 박재가 되는 중인지도 모른다.

그 순간, 창문 아래 책상 앞으로 간다. 컴퓨터가 부팅 되

는 동안 발을 동동거린다. 신랑 신부가 활짝 웃는 바탕화면
이 나타난다. 톱스타 부부 결혼사진이다. 누가 더 활짝 웃는
지 내기라도 하는 것 같다.

몽이 이용하는 인터넷 포털 사이트는 미래다. 재빨리 이
메일로 들어가 수신 확인을 클릭한다. 지난밤 보낸 이메일
이 아직 수신하지 않은 상태다. 컴퓨터 아랫부분에 표시된
시간을 확인한다. 일찍 출근했다면 현이 메일을 체크할 수
도 있다. 현은 몽이 결혼하려던 남자다. 결혼은 깨졌지만 몽
은 결혼생활의 꿈을 단념할 수 없다. 그 뒤부터 블로그를
방문해 현을 내조하는 꿈을 펼쳤다. 블로그가 폐쇄된 뒤로
이메일을 썼다. 건강을 염려하고 명절이나 무슨 때에 맞춰
인사 챙겨야 할 곳과 직장인으로 성공하는 비결을 귀띔했
다. 현이 몇 차례 경고를 했지만 아랑곳하지 않았다. 마우스
를 쥐지만 손가락이 움직여지지 않는다. 몽은 한밤중이면
메일을 보내고 전날 밤 썼던 연애편지를 찢듯 아침이면 발
송취소 버튼을 누른다. 현이 출근하기 전이나 자다 말고 컴
퓨터를 켤 리 없다고 믿고 있다. 설령 그런다 해도 상관없
다. 메일을 연다.

'내일의 당신 의상을 코디해봤어. 당신이 좋아하는 감색
슈트 대신 은색 스트라이프 정장을 입는 게 어때? 그리고

깨끗한 와이셔츠에다 양복과 같은 계열의 넥타이를 매면 아주 고급스럽겠어. 살짝 연둣빛이 나는 타이로 포인트를 주는 것도 좋고. 바야흐로 봄이잖아. 그리고 내일 아침 메뉴로 냉이 된장국 어때? 잔뿌리 하나까지 정성을 다해 손질한 상큼한 냉이 향으로 마음까지 채우고 출근하는 당신의 하루, 멋지겠는걸.'

미래의 메인 사이트로 나온다. 코를 훌쩍이며 날씨와 기온을 확인한다. 아침 기온 4.5도 낮 기온 8도, 날씨는 맑다. 주요 뉴스의 제목을 훑어나간다. 텔레비전이 없는 몽은 미래를 통해 뉴스를 보고 쇼핑을 하고 카페 활동을 한다. 유선전화도 없고 휴대전화도 팽개쳐두고 있다. 미래는 몽을 세상과 연결해 주는 통로다. 주요 뉴스에서 톱 탤런트 부부의 협의 이혼 기사가 눈에 들어온다. 몽의 컴퓨터 바탕화면을 지키는 부부다. 믿을 수 없어 인터넷 창을 내리고 결혼사진을 본다. 불화설은커녕 선행에 앞장선 부부로 유명하다.

하지만 세상에 갑작스럽게 벌어지는 일이란 없다. 수면 아랫부분이 깊을수록 파장이 큰 법이다. 기사를 열고 들어가자 댓글이 꼬리를 물고 있다. 이 무슨 황당한 시추에이션, 오늘 만우절인가, 혹시 오보 아닌가요, 아무도 모르는 그들만의 성적 차이가 있었나요 등의 글을 하나하나 읽어 내려간다. 주변에 여자 많고 스캔들 무성했는데 결혼했다면 처음부터 계산이 있었던 것, 얼마나 수지맞았을지 궁금하다, 위자료를 공개하라고 의견란에 글을 쓴다. 몽은 흥미 있는 기사를 읽고 나면 네티즌 의견란을 지나치지 않는다. 집안에서 마땅히 할 일이 없기도 하다. 머리가 아프다. 다른 기사를 보고 돌아와 보니 정말 처음부터 위자료 노린 결혼인가요, 충분히 그럴 수 있겠다는 의견이 줄줄이 달려 있다.

인터넷 카페에 들어간다. 메인 페이지에는 벚꽃이 활짝 피어 있다. 몽은 이혼한 여자들을 뜻하는 돌아온 싱글들의 모임인 '돌싱' 회원이다. 사는 이야기 코너에 새로운 글이 올라와 있다. 닉네임이 쥐약인 회원 글이다. 쥐약은 이혼의 충격 때문인지 바깥출입을 하기 싫다고 한다. 집안에만 있는데도 답답하기는커녕 오히려 편안하다는 것이다. 카페에 들어와 회원들을 만나는 것이 큰 위안이라며 외롭지도 않다고 한다. 몽은 자주 만나자는 글을 남긴다. 카페에는 회원들을 위한 유용한 정보도 많다. 혼자 밥 먹기 좋은 식당을 소개하는 코너를 시작으로 혼자 먹는 식사에서 결핍되기 쉬운 영양 만점 요리, 화려한 싱글의 탱탱 피부 손질법, 연하 총각 낚아 재혼하는 법, 임대차 보호법을 비롯해 집에 문제가 생겼을 때 해결하는 방법 같은 생활의 지혜로 채워진 공간이 인기가 많다.

회원이 되려면 반드시 이혼 사연을 고백하는 코너를 거쳐야 한다. 새로운 글이 올라오면 회원들은 앞 다퉈 아픔을 공감하고 어루만진다. 몽은 잠자리 요구가 잦은 남편을 피하게 되었고 그가 눈을 돌렸다고 했다. 회원들은 문제가 있는 것 같으니 전문가 도움을 받으라는 조언을 아끼지 않았다.

"이 아가씨는 죽었나 살았나. 창문만 아니면 사람 사는 덴 줄도 모르겠네."

간유리창으로 그림자가 다가온다. 엉겁결에 모니터를 끈다. 주인집 여자가 쪼그려 앉아 몽의 방을 기웃거린다. 그 옆으로 개가 쿵쿵대며 다가온다. 여자가 개를 쓰다듬고 개가 여자를 핥는 모습이 어른거린다. 책상 앞에 앉은 채 빤히 창문을 올려다본다.

얼마 전, 몽은 여자에게 회사를 그만두었다고 했다. 갑갑해 잠깐 창문을 열어놓았던 참이다. 자식이 다 결혼했다는 여자는 하루하루 무료한 것 같았다. 아니면 습관적으로 중얼거릴 수도 있다.

몽도 나이 육십이 넘으면 반지하 방에서 벗어날 수 있을지 궁금하다. 여자처럼 일층을 살림집으로 쓰고 반 지하와 이층은 세를 줄 정도까지는 바라지도 않는다는 생각과 함께 쓴웃음이 난다.

창문이 없다면 몽의 집은 주인집 마당에서 볼 때는 땅속이다. 몽의 집 현관에서는 분명 일층이지만 주인집 마당에서 볼 때는 지하다. 그 모양이 악당들에 의해 목만 내놓고 사막에 파묻힌 영화 속 인물 같아 마음이 짠하다. 드나드는 문도 따로 나 있는 도시 골목길의 흔한 다가구 주택이다. 잠을 자려고 침대에 누워 있으면 마당 시멘트를 턱 끝까지 끌어다 덮은 것 같아 숨이 막힐 때가 있다. 몽은 문득 옆집과 맨 안집 사람도 같은 생각을 하는지 물어보고 싶다. 마당을 내려다볼 수 있는 이층으로 올라가지 못한 이유가 전세금 때문인지도 궁금하다. 몽은 그들 중 누구와도 안면이 없다. 그래도 그들은 둘이 살고 있고 설령 결혼을 하지 않았어도 혼자 사는 것보다 낫다. 간혹 말다툼이나 싸우는 소리가 들리면 부럽기도 하다.

주인집 여자와도 얼굴을 볼 일은 거의 없다. 집안에 들어앉으면서부터 그림자와 중얼거리는 소리로 그녀를 확인할 뿐이다. 창문을 열지 않는 한 그녀가 몽을 확인할 길은 없다. 반지하지만 몽에게도 삶이 있다. 몽은 인터넷 요금은 물론 도시가스와 전기세와 수도요금도 결제한다. 그러나 곧 카드 대금이 빠져나가는 은행 잔고가 바닥 날 것이다. 사라졌던 개가 다시 창 앞으로 돌아온다. 쿵쿵대는 소리와 함께 녀석이 한쪽 다리를 든다. 창문으로 잠깐 사선이 지나간다.

죽은 알람시계가 눈에 잡힌다. 받침대에 몽이 근무하던 학습지 회사 이름이 새겨져 있다. 신규 회원을 위한 사은품인 그것은 마감 처리가 허술한 장난감 같다. 바늘이 움직일 때도 시간이 미덥지 않았다. 어쨌거나 그것은 아침 여섯시 반에 알람을 울리려 발버둥치긴 했을 것이다. 아니면 시나브로 꺼져가는 제 목숨을 서러워하다 숨을 거뒀을 수도 있다. 세 번째로 죽은 알람시계를 보면서도 동요는 일지 않는다. 회사를 그만 둬 사무실에서 시계를 들고 올 수도 없고 시간 맞춰 일어날 필요도 없게 되었다. 죽은 시계를 들고 있자니 제 소임을 마친 그것이 때가 되어 떠났다는 생각이 든다. 몽은 이미 그것의 죽음을 예감하고 있었다. 건전지를 바꾼 지 얼마 되지 않아 시계 바늘을 돌린 게 한두 번이 아니다. 그러면 바늘은 잠깐 한눈 판 게 미안했던지 비척비척 움직이곤 했다.

"점심에 같이 수제비 해 먹으면 좋을 텐데."

그런데 여자는 왜 저렇게 중얼거릴까. 창을 열면 당장 방으로 들어올 것이다. 엄마도 살아 있다면 볼과 턱이 쳐지고 눈과 입가로 생의 상처인 듯 굵은 주름이 잡혔을지 궁금하다. 엄마는 일찌감치 시간 저편으로 줄행랑쳤다. 그렇지 않았다면 문을 열었을까.

모든 게 엄마 때문일 수도 있다. 살아서 몽을 지켜주고 꿈꾸는 법을 가르쳐 주었어야 했지만 손을 놔버렸다. 엄마는 몽이 꿈을 잘 꾼다고 몽이라고 불렀다. 몽은 늘 턱을 괴고 조잘댔고 엄마는 말없이 바라보았다. 다가올 날을 그리다 가슴이 부풀어 콧노래를 흥얼거릴 때도 지켜보기만 했다. 혼자서는 밀어 줄 힘이 없다거나 꿈도 꾸지 말라는 소리도 하지 않았다. 다만 가정이 온전했으면 몽이 날개를 달 수 있었다고 중얼거리는 정도였다. 시간을 돌이킬 수 없다는 절망에 엄마는 나날이 야위었다. 엄마를 잃은 몽은 미숙아로 세상에 팽개쳐졌다.

알람시계 때문에 사직을 했다면 사람들이 믿을까. 아무래도 상관없다. 회사에서 나온 사은품이 아니라 진작 좋은 시계를 샀으면 그런 일이 일어나지 않았을지 궁금하다. 몽은 가정 방문 교사들을 관리하는 부서에서 일했다. 시계가 정상이 아님을 알려준 사람은 과장이다. 지각인 줄도 모르고 사무실로 들어서자 눈을 부라리며 삿대질을 했다. 차라리 회사를 그만 두라는 것이었다. 월급이나 날름날름 받아먹는 것보다 그 편이 양심적이라는 말을 수긍했다. 지각이 반복되면서 그의 눈알이 튀어나올지 모른다는 불안에 시달렸다.

사직서를 쓰면서도 시계를 살 생각은 하지 않았다. 어쨌든 그것이 어기적거리며 움직였고 자신만의 걸음걸이를 주장하는 것 같아 외면할 수 없었다. 출근을 하지 않아도 잠자리에 들기 전에는 알람 스위치를 켰다. 급기야 간밤에 죽은 물고기처럼 바늘 세 개가 빳빳하게 굳어 있었다.

몽의 집에서 그런 일이 벌어진 건 어제오늘 일이 아니다. 문제는 집이 아니다. 미숙아인 몽은 시간의 행패를 제어할 힘이 없다. 더 이상 살아 있는 시계가 없지만 필요치도 않다. 이메일 수신을 확인하는 일이 아니면 서둘러 일어날 필요도 없다.

머리를 감고 방으로 돌아온다. 속옷 차림으로 거울 앞에 앉는다. 스킨로션을 바른 뒤 우두커니 앉아 있다. 바깥출입을 하지 않아 얼굴이 창백하다. 파운데이션과 콤팩트와 색조 화장품을 만지작거리는데 코끝이 찡하다.

면 추리닝을 입다 화이트 톤 장롱을 어루만진다. 웨딩드레스를 입은 텔레비전 광고 속 톱 탤런트처럼 잔뜩 입꼬리를 끌어올린다. 몽은 그녀가 선전하는 가구를 사 행복해지고 싶었다. 결혼식을 올릴 수 없다는 걸 알면서도 장롱과 다른 혼수품을 들였다. 계약을 취소하는 대신 배달 주소를 바꿨다. 결혼식이 취소되었다고 꿈을 산산조각 내다니, 있을 수 없었다. 몽은 그런 법을 알지 못했다. 꿈은 망가뜨리는 게 아니라 가꾸는 것이었다. 하여 허접한 살림살이를 들어내고 신혼집을 꾸몄다. 기다리면 현이 돌아온다고 믿었다.

장롱 문을 연다. 혼자 쓰는 옷장은 내장이 빠진 듯 휑하다. 아래 칸에 몽의 옷을 걸고도 여유가 많다. 위 칸과 서랍도 마찬가지다. 빈 공간을 볼 때마다 새삼 가슴이 무너진다. 머리를 기댄다. 현에게 그의 양복과 와이셔츠와 넥타이로 장롱을 채워달라고 애원하고 싶다. 그래야 비로소 신혼집이 완성된다.

알람시계를 든다. 이제 문을 차례다. 부엌으로 나가다 멈칫 한다. 새삼 숨이 막힌다. 싱크대 끝에 버티고 선 양문형 냉장고가 앞을 가로막는다. 좁은 부엌에 비해 턱없이 커 움직일 때마다 곧잘 부딪친다. 몽은 혼수품인 냉장고에 제철 식재료를 준비해 놓고 요리하고 싶다. 반대편 벽에는 싱크대와 정사각형의 이인용 식탁이 놓여 있다. 부엌에 들어서면 사방으로 포위된 기분이다. 모서리에 흠집이 난 식탁은 다리 균형이 어긋나 있다. 툭 치면 쓰러질 듯 위태롭다. 그것은 제 기능 한번 하지 못했다. 그 역시 혼수품이었지만 몽이 떠다밀고 뒤집는 바람에 그렇게 되었다. 결혼식 날짜가 지나고 현을 만나고 돌아온 뒤의 일이다. 몽은 한껏 신혼집 자랑을 늘어놓았었다. 해맑게 웃으며 짐을 들고 와 장롱이랑 서랍을 채우면 된다고 했다. 현이 몽에게 미쳤다고 이죽거렸다. 식탁 옆에 세워놓은 접이식 테이블을 펴고 식사를 하던 어느 날, 젓가락을 내리고 방으로 달려갔다. 그러고는 서랍 속에서 죽은 시계를 들고 나왔다.

식탁 앞에 선다. 제단 앞 사제가 된 기분이지만 비장함을 과장하지 않는다. 식탁 위에는 그동안 죽은 시계들이 모여 있다. 뒤로 반원과 고양이 모양 알람시계가 있고 학습지 회사 이름이 새겨진 것도 옆에 두 개 있다. 현을 만나기 전에 사용하던 반원 모양의 그것은 색이 누렇다. 몽은 그 시계에 맞춰 일어나 밥을 먹고 학교에 갔으며 아르바이트를 하고 취직 준비를 했다. 갑자기 혼자 남은 두려움에 시침과 분침처럼 한 순간도 쉬지 않았다. 몇 년간 죽도록 움직인 그것이 점점 어깃장을 부렸다. 새 건전지도 소용없었다.

처음 학습지 회사 이름이 새겨진 알람시계를 집으로 들고 올 무렵, 현을 만났다. 몽은 그를 상대로 새로운 꿈을 꾸기 시작했다. 그것이 굼뜬 걸 알았을 때는 건전지를 바꿨고, 결국 죽었을 때는 새것을 들고 왔다. 또다시 그런 일이 생겼지만 지각 같은 건 하지 않았고 사직서를 쓸 이유도 없었다.

고양이 모양 시계는 혼수품이다. 몽은 고양이처럼 조용히 일어나 현의 아침밥을 짓고 싶었지만 부서지고 금이 갔다.

그 앞으로 손목시계 두 개가 길게 누워 있다. 하트 모양 체인이 거무튀튀한 시계는 엄마 손목을 감고 있을 때부터 도금이 벗겨지기 시작했다. 버리고 새로 사라고 하면 가당찮다며 눈을 흘겼다. 아버지가 준 마지막 선물이라고 할 때는 살짝 미소 지었다. 그게 정표나 되는지 손목을 어루만지며 다시 행복한 가정을 꾸릴 날을 기다리는 것 같았다. 아버지가 젊은 부인이랑 깨소금 맛을 풍긴다는 소리가 들려올 때는 눈이 떨렸다. 교통사고로 엄마 손목시계도 죽었다. 엄마가 살아 있을 때 시계가 움직였는지 알 수는 없었다. 갑작스럽게 뛰어들었다는 운전자 말로 미루어 정말 사고였는지 의심이 들었다. 유품을 정리하면서도 시계를 버릴 수 없었다. 간간이 쪼그리고 앉아 하트 모양 체인을 쓰다듬었다.

몽에게 시계는 지난 생의 증거였다. 때문에 죽었다고 버릴 수 없었다. 몽은 엄마 시계 옆의 유리가 깨진 시계를 내려다본다. 손목시계는 몽과 현의 결혼 예물이다. 그걸 볼 때마다 부엌 바닥에서 울리던 망치 소리가 쟁쟁 운다. 몽은 시계를 가지겠다고 했다. 현이 좋을 대로 하라며 손사래를 쳤다. 세차게 도리질을 한다. 현에게 준 시계가 어떻게 처리되었는지 궁금해 할 필요는 없다.

뒷줄에 알람시계를 내린다. 어쩌면 몽은 세 번째로 들고 온 알람시계가 신통찮은 걸 알면서도 짐짓 눈을 감았는지도 모른다. 그것이 가리키는 시간을 따르고 싶었으리라. 직장 생활이 버거웠을 수도 있다. 동료들이 언제 다시 결혼식을 하냐고 물을 때마다 곧 한다고 대답했다. 그럴 때마다 몽은 웃었다. 사표를 쓸 때는 전업주부로 사는 게 꿈이었다며 더욱 해사하게 웃었다.

전세계약 기간이 끝나가고 있다. 주인은 전세금을 올려달라고 할 것이다. 몽은 육 개월 전에 하지 못한 결혼식을 기다리고 있다. 그리고 준비해 놓은 혼수품으로 현의 집에다 신혼집을 꾸밀 날은 기다린다. 우두커니 서 있다 고양이 모양 시계에서 눈을 비킨다. 표정이 허허롭다. 한편으로는 당연하다는 듯 고개를 주억거린다. 시계가 모조리 조잡한 물건이라 그랬을 수도 있다. 하나라도 좋은 시계를 가졌더라면 직장 생활을 계속할 수도 있었을 것이다. 가볍게 진저리를 치며 집 안을 한 바퀴 둘러본다. 설령 그랬어도 속수무책이었을 수도 있다. 어디서 시계를 죽이고 시간의 질서를 파괴하는 기운이 뿜어 나오기라도 하는 걸까. 몽은 불에 그슬린 나일론처럼 동그랗게 웅크린다.

자리를 박차고 일어선다. 제각각의 시간을 들이미는 시계가 한 눈에 들어온다. 고장 난 시계에 포위된 몽은 현재가 아닌 과거에 붙들려 있다. 그것들이 뻔뻔하다고 눈을 흘길 건 없다. 시계 탓은 아니다. 다만 몽은 미래가 있을까 싶어 한숨이 나온다. 몽 역시 고장 난 시계와 다를 바 없다. 네 시 구 분을 가리키는 시계가 눈에 들어온다. 그것 역시 눈썹 하나 까딱하지 않는다.

몽은 민첩하게 방으로 들어간다. 아무리 그래도 집에서 한 발짝도 달아날 수 없다. 다시 컴퓨터 앞에 앉는다. 인터넷 창을 내리고 바탕 화면에서 스파이더 게임 아이콘을 클릭한다. 난이도를 선택할 필요 없이 확인을 누른다. 초급은 단순하고 고급은 어렵다. 몽은 늘 붉은 색 하트와 검은색 스페이드를 사용하는 두 짝 패의 중급 게임을 시작한다. 열개의 슬롯에 카드가 한 장씩 뒤집어지며 빠르게 풀어진다. 같은 그림끼리 앞뒤로 연결되는 숫자가 하나도 없다. 처음부터 꼬일 조짐이다. 오른쪽 아래에 쌓여있는 새 패를 클릭하자 슬롯마다 카드가 한 장씩 풀어진다. 컴퓨터가 손의 움직임을 포착하기 어려운 노련한 딜러 같다. 카드는 쉽게 풀어지지 않는다. 몽은 맨 아래 케이를 깔아놓고 큐 제이에서 십 구 팔 칠의 순으로 숫자가 내려가다 마지막에 일이 붙으면서 자동으로 모니터 왼쪽 아래로 풀어지는 순간을 좋아한다. 더욱 즐거운 순간은 각각 네 벌씩인 하트와 스페이드 카드가 모두 다 풀어지면서 축포가 터질 때다. 그러나 마지막 패까지 사용하고도 번번이 다른 카드에 막히거나 숫자가 맞춰지지 않는다.

새 게임을 시작한다. 조바심을 내거나 짜증을 부려서는 안 된다. 게임을 거듭할수록 머릿속은 빗자루로 쓴 마당처럼 티끌 하나 없다. 게임을 성공하지 못해도 상관없다. 마우스를 쥐고 카드에 집중되는 순간, 그것이면 족하다.

방이 저물녘 깊은 골목 같다. 창을 올려다보는데 헛웃음이 난다. 방에서 비켜간 생의 짧은 절정이 가물가물하다.

허리를 펴며 인터넷 창을 띄운다. 쇼핑몰에는 봄기운이 넘실거린다. 그린과 분홍색의 화사한 여성 의류가 쇼핑몰을 차지하고 있다. 몽은 올 봄 유행을 예고하는 하늘거리는 분홍색 시폰 블라우스를 장바구니에 담는다. 그걸 입으면 나비가 될 것 같다. 기본적인 색상인 흰색도 한 장 고른다. 천을 쭈글쭈글하게 가공한 치마도 마음에 든다. 봄을 맞이하려면 구두와 핸드백도 필요하다. 어제 골라놓은 것까지 장바구니가 가득 찼다. 정장 투피스와 화장품도 있다. 결재만하면 하루 이틀이나 이삼일 내로 택배 회사에서 배달할 것이다. 결재하기 아이콘이 도드라지지만 마우스를 잡을 수 없다.

방 안에 들어앉은 게 얼마나 되었는지 어림하다 그만둔다. 이미 시간과 날짜가 무의미하다. 시계가 죽기 전부터 몽은 시간의 제약에서 멀어지고 있었다. 직장 생활의 의미를 찾을 수 없어 더했다. 일은 밥을 해결하기 위한 수단일 뿐이었다. 열심히 일하고 연애하는 사람들이 부럽기도 했지만 둘 다 먼 이야기였다. 남자와 눈만 마주쳐도 몸부터 사렸다. 애초 몽에게 결혼하고 가정을 꾸리는 삶이 불가능한지도 몰랐다.

고장 난 시계들은 몽이 삶에서 외면당했다는 증거다. 발버둥 쳐봤자 또 고장 나리라는 두려움을 떨치지 못한다. 그걸 아는 몸은 삶의 의욕이 빠져나간 빈 쭉정이였다. 그러니 지각을 하면서도 고장 걱정 없는 시계를 살 생각을 하지 못했다. 이미 시간의 규칙에서 몇 발 벗어나 있어 소용이 없었다. 엄마가 죽은 뒤부터 그랬다. 그 전부터였지만 몰랐을 수도 있다.

몽은 자신 속에 시간을 빨아들이는 블랙홀이 도사리고 있는 것 같아 두렵다. 현이 그 때문에 떠난 것 같아 머리를 흔든다. 몽에게 시계는 전조등과 흡사했다. 이미 엄마의 손목시계가 그랬던 걸 보았다. 교통사고를 당하고도 말짱했는데도 시간이 멎어 있었다. 바로 전날까지 움직이던 것이었다. 엄마가 출근할 때마다 찼으므로 그렇게 믿었다. 그것은 선물이면서 행복했던 시간을 봉인한 물건이었다. 몽에게는 고양이 모양 알람시계와 손목시계가 그랬다.

"실례합니다."

상냥한 음성과 함께 문 두드리는 소리가 난다. 종일 잠잠할 때도 있지만 어떤 날은 하루에도 몇 번씩 사람들이 찾아온다. 그들은 우유를 배달해 주겠다거나 천국의 귀한 말씀을 들고 왔다고 했다. 음이 소거된 집안 가득 차고 눅눅한 기운이 내려앉는다.

"이봐, 집에 없어? 있으면 수제비 먹으러 와."

곧 시커먼 그림자가 간유리창에 붙어 어른거린다. 상체를 수그린 주인집 여자가 방을 들여다보려 안간힘 쓰고 있다. 침대 발치에 주저앉아 움직이지 않는다. 여자가 다시 창문을 두드린다. 그때 주인집 대문을 밀며 실례합니다, 소리가 난다. 조금 전 몽의 집 문을 두드리던 목소리다. 개가 컹컹 짖지만 소리가 순하다. 또 왔냐고, 대체 무슨 구원을 받으라는 거냐고 주인집 여자가 짐짓 언성을 높인다. 성가셔하기는커녕, 화들짝 반기는 기색이다. 주인집 여자가 수제비 생각 있으면 들어오라고 한다.

배가 뒤틀린다. 왕소금 한 움큼 뿌리고 내장을 바락바락 치대는 것 같다. 그제야 아침에 일어나 물 한 모금 먹지 않았다는 것을 안다. 회사를 그만 두면서 식사 챙기는 일이 안중에 없다. 집 안에서만 고물거려 식욕도 없다. 뭐든 먹어야 했지만 냉장고를 열고 싶지도 않다. 이제와 주인집으로 갈 만큼 넉살이 좋지도 못하다.

부엌으로 나간다. 막막하던 심정이 냉장고를 열자 더하다. 한동안 쪼그리고 앉아 반찬통이 있는 칸을 들여다본다. 그것들은 군내 나는 배추김치와 깻잎 절임과 멸치 볶음 같은 밑반찬이다. 어느 것 하나 입맛이 당기지 않는다. 위 칸은 된장과 고추장이 덜렁 앉아 있고 맨 위는 비어 있다. 야채 칸에서는 감자나 양파 당근 같은 것이 시들고 있다. 과일 칸은 채워본 기억이 없다. 몽의 냉장고는 남아도는 방이 많아 썰렁하다.

싱크대 찬장에서 라면을 꺼낸다. 라면과 스프와 김치를 넣은 냄비에서 김이 오르자 속이 울렁거린다. 접이식 테이블을 펴고 앉지만 잘 넘어가지 않는다. 오히려 속이 더 볶인다. 국물을 몇 모금 마신다. 속이 화끈거린다. 우두커니 앉아있다 고개를 드는데 식탁 위 시계들이 잡힌다. 시계 숫자대로 몸이 분리되는 기분이다. 한참 만에 퉁퉁 분 면발을 입에 문다. 어떻게든 공복감을 달래야 한다. 목구멍에 걸린 면을 삼킬 때마다 눈물이 찔끔 난다.

책상 앞으로 가 인터넷 카페에 들어간다. 사는 이야기 코너에 직장을 그만 둔 뒤 인터넷에 몰두해 있는 생활을 공개한다. 몽에게는 그것 외에 생활이 없지만 불편하거나 답답할 것도 없다. 그러다 보니 누가 문을 두드리면 다른 세계에서 보내는 신호 같아 응답할 용기가 나지 않는다. 카페를 나가려다 접속자 창을 본다. 쥐약과 마녀가 들어와 있다. 쥐약 회원에게 채팅을 신청하려는데 갑자기 시야가 어두워진다. 한 떼의 먹장구름이 창문에 붙어 있다.

"이봐, 집에 없어? 이상하네, 분명히 집에 있는 것 같은데 왜 대답이 없지?"

그림자가 더욱 바짝 다가든다.

"기분이 영 이상하네."

여자가 중얼거리며 물러난다. 무슨 생각을 하는지 알 것 같지만 웃음이 나지 않는다. 그렇다고 창문을 열고 안심시켜 줄 생각도 없다.

포털 사이트 연예 기사 면으로 들어간다. 정치나 사회면은 잘 보지 않는다. 공연히 인상 쓰고 싶지 않다. 심심할 때는 연예 기사를 보는 게 최고다. 연예인들의 사생활 기사는 화

수분처럼 쏟아진다. 여배우 결혼 기사를 클릭한다. 네티즌 의견란으로 들어간다. 축하보다 지난 스캔들을 거론하며 결혼생활을 얼마나 유지할지 의문이라는 글이 대부분이다. 그녀가 활동을 쉬었던 몇 해 전에는 모 재벌의 아이를 출산했다는 루머가 돌았다. 아이 앞세워 재벌가로 들어가려던 계획 포기했냐고, 결혼할거면 아이 데리고 가라는 글을 의견란에 올린다. 남자 탤런트가 오토바이를 타고 가다 추돌 사고로 크게 다쳤다는 기사가 막 올라와 있다. 오토바이 사고로 크게 다쳤다면 곧 죽음을 의미한다고, 그는 이미 죽었다는 글을 남긴다.

졸음이 몰려온다. 모니터에서 시간을 확인한다. 직장 다닐 때는 점심 먹고 난 뒤 졸음을 견디느라 안간힘 쓰던 시간이다. 모니터에 집중한 탓인지 눈이 침침하다. 방이 어두워 더할 것이다. 침대에 엎드리자 까무룩 잠이 든다.

잠이 어지럽다. 발아래 낭떠러지가 입을 벌리고 있고 벗어나려 해도 팔다리가 움직이지 않는다. 허우적거리다 영영 바닥으로 가라앉기 직전, 의식 저편에서 두런거리는 소리가 들린다. 그것이 생의 마지막 구조 신호라고 여겼던지 아득하게 멀어져가던 정신을 가다듬는다. 무거운 기운을 가셔내려 눈을 슴벅인다.

얼마나 잤는지 알 수 없다. 두런거림과 함께 문 두드리는 소리가 난다. 몸을 일으킨다. 부엌으로 고개를 빼자 현관 간 유리에 그림자 두 개가 붙어 있다. 밖에서 열쇠 공을 불러야겠다는 소리가 들린다. 경찰에 신고부터 하자는 소리가 달달 떤다. 주인집 여자와 천국 말씀을 들고 온 목소리다. 상황을 알 것 같다. 아까 주인집 여자가 창문 앞에서 중얼거리던 소리가 생각난다. 불쾌할 건 없다.

책상 앞으로 돌아간다. 인터넷 카페 위에 쪽지가 떠 있다. 쥐약이 보낸 것이다.

'시계무덤지기님, 무덤 잘 지키고 계신가요? 설마 또 시계가 죽은 건 아니겠죠? 저와 비슷한 생활을 하는 분이 있다니 위안을 받아야 하는지 잘 모르겠어요. 그런데 우리 같은 사이버 코쿤 족은 고치 속에서 나비가 되기를 기다리는 걸까요. 과연 그럴 수 있기나 한 걸까요. 우리가 시대를 앞서가는지 아니면 퇴행인지 잘 모르겠군요. 어쨌든 시계무덤지기님 집에서 시계 하나쯤 살아 있길 바랍니다. 그래야 당신 심장이 째깍째깍 움직일 테니까요.'

눈이 부셔 잠깐 모니터를 외면한다. 의자를 돌려 방을 한 바퀴 돌아본다. 창밖으로 어스름이 내리지만 불은 켜지 않는다. 모니터에서는 쏟아지는 차고 푸른빛에 눈을 찡그리면서도 바짝 다가앉는다. 그것이 생을 비춰주는 모닥불이기라도 한 듯 몸을 웅크린다.

다시 인터넷 기사를 읽는다. 모니터를 향해 고개를 끄덕인다. 입까지 벌린 몽은 끊임없이 실을 토해내 견고한 고치를 짓는 중인지도 모른다. 그걸 완성하기까지는 멈출 수 없을 것이다.

미래의 메인 사이트로 나오자 이메일이 와 있다. 현에게서 온 것이다. 메일 제목에 너 스토커냐고 쓰여 있다. 몽은 메일을 열 엄두가 나지 않는다. 나직하게 한숨을 몰아쉰다.

마우스를 쥐고 있던 몽은 쇼핑몰로 들어간다. 농산물 코너에서 토마토를 한 박스 주문한다. 주소를 입력하고 받는 사람은 '김문자'라고 쓴다. 전세 계약할 때 기억해 두었던 이름이다. 몽은 자신이 살아있다는 것을 확인해 준 감사의 선물을 하고 싶다. 카드 결제를 마친다. 은행 잔고는 생각하지 않는다.

몽은 이미 단단한 고치 속에 들어앉은 것일까. 그렇다고 머지않아 나비가 된다는 확신은 없다. 밖이 어두워질수록 모니터는 더욱 찬 빛을 쏜다. 이메일을 확인해야 하지만 손가락이 움직여지지 않는다. 시계가 죽은 방에서 몽도 영영 작동을 멈춘 것인지도 모른다.

"실례합니다. 이경민 씨 계십니까?"

우렁찬 남자 목소리에 어깨를 움츠린다. 귀는 더욱 활짝
열린다.

"경찰 아저씨가 웬일이세요? 그렇지 않아도 경찰에 신고를
할까 했는데."

주인 여자가 의아해하는 한편 안도하는 기색이다. 경찰이
무슨 일이냐고 묻는다. 여자가 아무래도 이 안에 무슨 일이
있는 것 같다고 한다. 그러고는 문을 따보려고 열쇠공을 불
러왔다는 말을 덧붙인다. 걸걸한 목소리가 마침 경찰도 왔으
니 문을 따겠다고 한다. 곧 현관문에서 달그락거리는 소리가
난다.

"그런데 경찰 아저씨가 어쩐 일이세요?"

여자가 말꼬리를 올린다. 몽 역시 무슨 일인지 궁금하던
참이다. 경찰이 주인 여자에게 여기가 이경민 씨 집이 맞는
지 확인한다.

"이경민 씨가 고소를 당했습니다."

"고소요? 무슨 일로 고소를 당했대요?"

주인 여자 음성이 졸아든다. 컴퓨터 앞에 앉아 있던 몽이
몸을 일으킨다. 벽에 몸을 붙인 채 부엌으로 나가 식탁 위
시계들을 든다. 알람시계 다섯 개는 가슴에 싸안고 손목시

계 두 개는 손으로 거머쥔다.

"자, 문 열렸습니다."

"경찰 아저씨가 먼저 들어가세요."

몽이 장롱 앞으로 간다. 한 손으로 텔레비전 광고 속 모델처럼 장롱을 쓰다듬다 손잡이를 당긴다. 일체의 서두름도 없이 옷장 아래 칸에 옴짝 들어가 앉는다.

언제까지나 장롱을 비워둘 수 없다. 언제까지나 애원만 할 수도 없는 일이다. 앉은 자세로 문을 당기자 앞이 캄캄하다. 자세를 편히 하려고 몸을 움직이자 머리에 봉이 부딪힌다. 곧 장롱 속이 아늑하다.

밖에서는 무슨 일로 고소당했냐는 채근에 이어 사이버모욕죄라는 대답이 아련하게 들린다.

비로소 장롱을 채웠다는 안도와 함께 눈꺼풀이 내려온다. 벽에 몸을 기댄다. 몽은 죽은 시계들을 바짝 끌어안는다.

# 황금총을 가진 사나이

—

나에게는 총이 있었다. 구십만 원이나 주고 샀다.

내가 가진 유일한 총이었다.

스프레이를 사 꼼꼼하게 뿌릴 생각이었다.

나는 황금총을 가진 사나이가 될 것이다.

영화에서처럼 악당의 무기는 필요치 않았다.

호신용이면 충분했고 그 정도는 꼭 하나 가지고 싶었다.

의자에 널브러져 있다 모니터 앞으로 다가앉았다. 인터넷 신문을 읽던 중이었다. 금도금도 모자라 총에 에르메스, 프라다, 샤넬, 돌체 같은 유명 패션 브랜드 로고까지 붙였다니, 흥미로웠다. 스스로를 대중 예술가라 칭하는 피터 그론 퀴스트는 자신의 작업을 패러디로 봐달라고 주문하고 있었다. 어떤 상품도 명품 로고를 붙이면 잘 팔리는 명품 선호에 대한 비아냥거림이었다. 실제로 총이 비싼 값에 팔렸다는 대목에서 기분이 씁쓸했다.

나에게도 명품 로고를 붙이면 팔릴까.

나는 한 달 전 직장을 잃었다. 그날 밤에는 민주가 결혼한다고 선언했다. 날까지 잡았다는 그녀는 눈썹 하나 까딱하지 않았다. 그녀 오피스텔 침대에 누운 나는 몸 어딘가가 번데기처럼 쪼그라드는 걸 느꼈다. 상황 한번 절묘했다. 그녀가 치명타를 입힐 타이밍을 노린 것 같았다.

그 생각을 하다 이를 앙다물었다. 인상도 찡그렸다. 누군가 몽둥이로 목과 어깨를 내리친 듯 통증이 몰려왔다.

어딘가 총이 숨어있을까. 엎드려 있던 호기심이 끓어올랐다. 총에 관한 기사를 읽으면 어김없었다.

즐겨찾기에서 '황금총을 가진 사나이'로 들어갔다. 총에 관한 기사를 모아놓은 폴더였다. 나는 총을 찾고 있었다.

××××년 4월, 부산에서 있었던 총격 사건 이후부터였다. 그 일로 러시아 마피아와의 마찰로 도피 중이던 러시아인이 사망하고 경호원이 중상을 입었다. 기사를 읽고 모니터 앞으로 다가앉던 내 모습이 오버랩 되었다. 우리나라에서도 총격이 벌어지다니, 놀라웠다. 마피아 조직원으로 추정되는 용의자가 사용한 총은 소음기가 달린 바이칼 권총과 사제 권총이었고 총은 범행 현장에 버려졌다. 러시아 마피아의 전형적인 수법이었다. 그 후 어딘가에 총이 숨어 있을지도 모른다는 궁금증이 일었다. 길을 가다 외국인을 보면 신문지나 누런 종이봉투에 싼 총을 내 손에 쥐어주는 장면이 언뜻 지나가곤 했다.

자리를 박차고 일어나 침대에 걸터앉았다. 베개 밑을 더듬거리던 나는 한쪽 팔을 쭉 뻗으며 일어섰다. 내 손에는 황금색 권총이 들려 있었다. 실연당한 뒤, 수시로 총을 빼들었다. 그날 밤의 내 모습이 보일 때마다 가차 없이 방아쇠를 당겼다.

"목 아프다면서…."

낮고 음울한 음성이 등 뒤에서 소스라쳤다. 엄마는 비명은 고사하고 그것 좀 치우라고 소리 한번 지르지 않았다. 고등학생이던 내가 패싸움으로 응급실에 실려 갔을 때도 소리를 죽이고 울었다. 등짝 한 대 후려치지도 않았다.

엄마와 나는 반지하 방에서 살았다. 해가 들지 않는 부엌 겸 거실 한쪽에는 늘 화분이 두어 개 있었다. 손바닥만 한 창문 아래 싱크대와 출입문과 텔레비전 옆으로 자리를 옮겨 다니지만 점점 시들했다. 가꾼다는 말이 무색할 징도로 계단 위 대문 옆에 내놓고 햇볕을 보여주지도 않았다. 그러다 죽으면 멱살을 틀어쥐듯 줄기를 잡고 쑥 뽑아냈다. 집에는 곧 새로운 식물이 들어왔다.

여전히 황금총을 들고 있었다. 배 안 고프냐고 물어도 들은 척 만 척했다. 금도금도 모자라 명품 로고를 붙인 총에 관한 기사를 즐겨찾기에 추가했다.

통증 때문에 더 앉아 있기 힘들었다. 마우스를 클릭할 때는 전기에 감전된 듯 팔이 저렸다. 인터넷 검색 결과 내 증상은 틀림없는 목 디스크였다. 의사를 찾아갈 엄두도 나지 않았다. 통증이 시작된 건 반지하 계단을 올라가다 무릎이 꺾인 뒤부터였다. 실직 며칠 뒤 편의점에 가던 길이었다. 누군가 시멘트 계단을 빼들고 목과 어깨를 내리쳤다고 느끼는 순간, 눌린 마음이 무너졌다. 눈시울이 뜨듯해지면서 민주가 보고 싶었다.

집에 들어앉은 지 한 달이었다. 통장도 바닥이 보일 것이다. 엄마는 내 월급으로 주택청약저축과 적금을 넣었다. 나머지로 생활비와 용돈을 쓰기 빠듯했다. 내가 가진 통장에도 약간의 예금이 있었지만 그건 따로 쓸 데가 있었다.

부엌에서 수돗물 소리가 낮게 이어졌다. 진저리가 났다. 평생 엄마에게서 벗어날 수 없을지도 모른다는 두려움이 엄습했다. 나는 결혼하고 싶었지만 다시 여자를 만날 수 있을 것 같지 않았다. 어떤 여자가 홀어머니와 반지하에서 사는 나를 좋아할까 싶었다. 민주를 탓할 수만은 없었다. 왜 진작 이별을 통보하지 않았냐고 묻자 결혼은 결혼이고 연애는 연애라고 했다. 서른네 평 아파트에서 신혼살림을 시작한다는 그녀 얼굴에 흡족한 미소가 번졌다.

그 생각을 하자 또 가슴이 옥죄었다. 총을 자세히 들여다보았다. 펄이 들어가 황금처럼 빛이 났다. 손이 떨렸다. 당장 그녀에게 달려갈 듯 엉덩이가 들썩였다. 아무리 그래도 이건 시꺼먼 플라스틱 총에 황금색 스프레이를 뿌린 가짜였다. 엄마가 놀라지 않았다면 그러지 않았을 것이다. 나는 007 영화 악당처럼 진짜 황금총을 가지고 싶었다.

윗도리를 낚아챘다. 저녁 다 됐는데 어디 가냐는 소리가 따라왔지만 대꾸하지 않았다.

골목 담벼락에 붙어 섰다. 고개를 숙이기 힘들어 휴대전화를 눈높이로 올렸다. 친구들에게 소주 한잔 하자고 메시지를 보냈다. 하루하루 집에 있는 시간이 버거웠다. 생활 습관도 무너졌다. 날마다 영화를 보거나 인터넷을 하느라 밤을 샜다. 점심때가 넘도록 자고 있으면 엄마가 들여다보는 기척이 느껴지곤 했다.

민주에게 전화도 몇 번 걸었다. 그때마다 쿨 하지 못하게 는적거리지 말라는 소리만 돌아왔다. 가정이 무너지지 않았다면 내 인생도 달랐을까. 그때마다 원망이 살아났다. 엄마와 둘이 살기 시작한 고등학교 1학년 때부터 나는 줄곧 그 의식에 시달렸다. 무기력감도 따라다녔다. 그 나이의 나는 아버지를 붙잡지 못했고 엄마를 지킬 힘도 없었다.

"꼴이 그게 뭐냐."

자라처럼 목을 빼고 태호와 규식을 맞았다. 의사가 목 디스크 진단을 내렸다고 했다. 그러자 온몸이 장작처럼 뻣뻣해졌다. 실직과 실연의 아픔을 떠벌이고 싶지 않았다. 차라리 잘 됐다 싶었다. 이럴 때 몸이라도 아픈 게 다행이었다.

태호가 잔을 채워주며 아픈 놈이 무슨 술타령이냐고 했다. 술이 몇 잔 들어가자 푸념이 쏟아졌다. 몸 멀쩡해도 일 못하는 사람이 넘치는 세상이니 우선 목부터 고치라고 했다. 민주가 그 사실을 아냐고 묻는 규식의 표정이 심각해 보였다. 절대 알리지 말고 귀신도 모르게 다시 취직하라고 했다. 그런 재주도 없는데다 민주가 결혼한다는 말을 할 수 없는 나는 거푸 잔을 비웠다. 술기운이 오르자 목과 어깨 통증도 느낄 수 없었다. 혀가 꼬인 채 총 이야기를 꺼냈다.

"난 말이야, 총을 갖고 싶어, 총을."

또 본병이 도졌다고 생각하는지 둘이 동시에 미친놈이라고 했다.

"난 칼을 가지고 싶어. 티슈를 떨어뜨리면 반으로 쩍 갈라질 정도로 칼날이 예리했으면 좋겠어."

두 손을 벌리고 눈을 부릅뜬 태호의 폼이 바위도 가르고 남을 기세였다.

"다 소용이겠어. 그냥 나무 한 그루로 살아."

규식의 초연한 표정을 보면서 내 말만 지껄였다.

"본드걸의 총이면 딱 좋겠어."

태호와 규식이 눈을 빛냈다. 007 영화에서 본드걸이 옆선이 터진 드레스 자락을 들치고 허연 허벅지에서 꺼내던 총을 설명했다. 주머니나 손바닥 안에 쏙 들어가는 총을 그렇게 부른다는 말도 덧붙였다. 본드걸의 총은 무기의 느낌보다 매혹적인 카리스마를 발산하고 있었다. 나는 악당의 황금총뿐

아니라 본드걸의 총을 가지고 싶기도 했다. 태호가 총보다
다른데 관심을 두는 게 옳다며 키득거렸다.

"이왕이면 헤밍웨이가 옆구리에 끼고 있던 폼 나는 엽총이
나 한꺼번에 드르륵 갈길 수 있는 AK소총 같은 게 더 좋잖
아."

"그냥 사격장이나 가서 몇 발 쏴 봐. 그게 제일 안전해."

규식의 말에 입술을 비틀며 웃었다.

"목이 그 모양인데 총 쏠 수 있겠어?"

엄지와 검지로 턱을 만지작거리는 태호를 외면했다. 그는
내가 총을 쏘고 싶어 하는 이유를 짐작해보는 중일 것이다.

"우리 언제 사격장 갈까?"

"사격장 갔다 오면 칼을 쓰고 그 다음에는 나무가 되는 게
순서겠네."

집으로 돌아오는 길에 사격 선수가 되고 싶었던 기억을 더
듬었다. 선수보다 총을 쏘고 싶었다는 게 정확했다. 고등학
교 1학년 때였다. 새로운 사격 부원을 뽑는다는 교내 방송
을 들은 뒤부터 총을 쏘고 싶다는 소리를 달고 다녔다. 급우
가 오전 수업만 하고 교실에서 사라지고 싶으냐고 물었다.

사격장으로 찾아가자 코치가 위아래를 훑어보았다. 방과
후 사격 연습장에 모두 여섯 명이 모였다. 코치가 여섯을 세

워놓고 다짜고짜 모래주머니를 하나씩 들라고 했다. 한 손은 차렷 자세를 하고 다른 손으로 모래주머니를 들었다. 꼭 권총을 겨눈 자세 같아 기분이 짜릿했다. 그것도 잠깐, 팔이 떨리면서 점점 아래로 처졌다. 다섯은 정말 총을 겨눈 것처럼 당당했다. 이를 악물었다. 테스트를 통과하기 위해, 아니 총을 쏘기 위해 안간힘을 다했다.

진땀과 함께 눈앞이 어질어질할 때쯤, 팔을 내리라는 소리가 떨어졌다. 여섯 앞을 왔다 갔다 하던 코치가 내 앞에 섰다. 넌 기본 체력이 약한 것 같다. 아닙니다. 전 총을 잘 쏠수 있습니다. 확신에 차 소리쳤다. 너, 왜 총을 쏘고 싶은 거냐. 코치가 나를 유심히 들여다보았다. 움찔하면서 뒷머리가 바짝 당겨 올라갔다.

그날부터 며칠 숟가락을 들기 힘들었다. 팔의 후유증은 좌절의 고통에 비하면 아무것도 아니었다. 점심시간에는 먼발치서 사격장을 지켜보았다. 사격부원들처럼 한쪽 팔을 뻗고 다른 손은 주머니에 넣었다. 눈앞에 표적도 나타났다. 목젖이 보이도록 호탕하게 웃는 얼굴이었다. 한쪽 눈을 감고 겨냥한 다음, 방아쇠를 당겼다.

나는 아버지가 총에 맞아도 싸다고 생각했다. 그는 부하 직원과 바람이 나 집을 나갔다. 회사로 찾아가 꼭 그래야 하냐고 묻자 엄마를 돌봐주라는 소리만 했다. 유쾌한 성격의 그를 존경했던 내 자신이 부끄러웠다. 엄마를 돌볼 자신이 없는 나는 자주 가슴이 막혔다. 그때마다 총 생각이 났다. 나를 배신하고 거절한 사람에게 사정없이 총질을 하고 싶었다. 벌집을 내주고 싶었다.

지난 밤, 인터넷으로 영화를 보았다. 캘리포니아 주지사가 된 아놀드 슈워제네거가 주연한 '트루 라이즈'였다. 국가안보 기관에서 일하는 해리(아놀드 슈워제네거)는 아내 헬렌(제이미 리 커티스)에게 자신의 신분을 세일즈맨으로 속이고 살아가고 있다. 해리는 삶이 심심한 아내가 가짜 첩보원과 한눈을 팔자 뒤를 쫓는다. 그러다 자신의 정체가 드러나고 딸마저 중동에서 미군 철수를 요구하는 조직에 납치당한다. 모든 문제가 해결되고 헬렌은 해리의 파트너가 되어 국가안보기관에서 함께 일하게 된다는 코미디 계열 영화였다.

느지막이 잠이 깨는데 근육질 주지사와 제이미 리 커티스가 탱고를 추던 장면이 살아났다. 뱀처럼 몸에 감길 듯 축축 늘어지다 재빠르게 휘감아 도는 바이올린 선율도 맴돌았다. 영화에서 압권은 역시 제이미 리 커티스가 립스틱으로 가짜 첩보원 노릇을 하는 웨이터를 위협하는 장면이었다. 립스틱을 총구로 오인한 웨이터가 질금질금 오줌을 싸며 달아날 때는 매번 배를 움켜쥐었다. 통쾌하게 총을 쏘는 장면을 제치고 유독 그 장면이 떠올랐다. 한물 간 영화를 보는 게 다 그 때문인 것 같았다.

목이 굳어 잘 움직이지 않았다. 인상을 쓰며 일어나 앉았다. 인터넷에 들어가 본드걸의 총을 구한다는 글을 남겼다.

다시 침대에 누워 길게 만 타월을 목 밑에 받쳤다. 인터넷에서 배운 대로 하자 통증이 약간 가셨다. 천정을 보고 있는데 총이 얼마나 할지 걱정이 되었다. 통장 잔액을 생각하자 한숨이 나왔다.

생에서 좌절할 때마다 총을 장만하겠다는 생각이 간절했다. 달리 분노를 표현할 방법이 없었다. 엄마가 위자료로 받은 집을 담보로 시작한 장사가 사기를 당했을 때 총이 먼저 생각났다. 당장 달려가 파렴치한의 가슴에 총구멍을 내주고 싶었다. 식당에서 서빙 하는 엄마를 치근대던 늙다리가 집까지 따라와 소란을 피웠을 때도 마찬가지였다. 첫사랑이었던 대학 시절 여자 친구에게 선물 공세로 환심을 산 친구놈에게도 총을 겨누고 싶었다. 한밤중에 내 몸을 더듬던 군대 선임도 다르지 않았다. 술자리에서 이야기한 내 아이디어를 도용한 동료도 응징하고 싶었다. 이별을 통보한 민주 앞에서도 총 외엔 달리 생각나는 게 없었다.

배가 홀쭉했다. 벌써 점심때였다.

직장을 구해야 했지만 언제 경기가 풀릴지 걱정이었다. 아직도 내가 구조조정 대상이었다는 것이 믿어지지 않았다. 사정이 좋아지면 다시 부른다고 했지만 위로용 멘트인 걸 모르지 않았다. 이력서 넣을 데가 없었다. 사람들에게 부탁도 하고 구직 사이트를 뒤져도 허사였다. 매스컴에서 불경기라고 떠들 때마다 화가 났다.

엄마가 다시 일을 알아보겠다고 했다. 작은 아파트라도 분양 받으려면 주택청약저축은 계속 넣어야 한다는 것이었다. 어떤 아가씨가 이런 집에 시집오겠냐고 했다. 그만 두라고 쥐어박는 소리를 했지만 내심 등을 떠밀고 싶었다. 돈도 돈이지만 시들어가는 엄마를 보고 싶지 않았다. 엄마는 사기를 당하고 남자에게 겁먹은 뒤 파출부 일을 했다. 내가 대학 졸업 후 취직하자 집안에 들어앉더니 종일 목만 늘였다. 퇴근해 돌아오면 반지하 방의 그늘이 깊었다. 가끔 남자친구도 사귀고 연애도 하라고 술주정을 했다. 나를 남편 대신으로 여기지 말라고 하면 우는 것도 아니고 그렇다고 웃는 것도 아닌 표정을 지었다. 엄마는 아버지 외도에도 격한 반응을 보이지 않았다. 부하 직원을 찾아가 행패를 부리거나 아버지에게 악다구니를 쓸 줄도 몰랐다. 엄마에게 화가 나 더 총을 쏘고 싶었다.

일을 못하면 낭패였다. 모아놓은 돈은 총을 사야 했다.

세수만 하고 집을 나섰다. 몸을 움직이고 싶었다. 상체를 구부린 채 계단을 오르는데 목과 어깨가 주저앉을 듯 무겁고 아팠다. 계단을 빼들고 내리친 것이 민주라는 생각이 들 때가 있었다. 그때마다 주먹을 불끈 쥐었다.

골목으로 나서며 눈을 찡그렸다. 폭우보다 맹렬한 햇살에 현기증이 일었다. 아무리 반지하라도 이번 집은 실내에서 날씨를 가늠하기조차 어려웠다. 실직하고 집에 있어 보니 엄마의 그늘을 이해할 것도 같았다. 안타깝기도 했다. 계단 몇 개만 올라가면 식물이 살 수 있는 걸 알까 싶었다. 햇볕이 필요한 건 식물만이 아니었다. 담벼락을 붙잡고 선 채 하늘을 보았다. 음이 소거된 골목은 고즈넉했다. 문 앞에 나앉은 노인네나 어슬렁거리는 개 한 마리 보이지 않았다. 콧등이 시큰했다. 어쩐지 하늘을 똑바로 볼 엄두가 나지 않았다.

느릿느릿 거리를 걸었다. 총포상 쇼윈도에 붙어 안을 들여다보는 내 모습이 떠올랐다. 머리가 짧고 코밑이 거뭇했다. 한번 그 앞에 서면 주인이 그만 가라고 할 때까지 홀린 듯

공기총과 엽총을 바라보았다. 사격 선수가 되지 못한 나는 그렇게라도 해야 했다. 내 힘으로는 어쩔 수 없는 현실과 맞닥뜨릴 때마다 기댈 데가 필요했던 것이다.

언젠가부터 총포상이 보이지 않았다. 인터넷을 검색해본 결과 다른 도시에 있기는 했지만 찾아갈 것까진 없었다. 본드걸의 총이 아니면 소용없었고 그건 팔지 않았다. 그런 걸 가지면 절로 힘이 날 것 같았다. 무너지기 직전의 뼈들이 빠르게 자리를 찾고 식물 줄기 같은 근육이 불끈 일어설 것이다.

호주머니에서 휴대전화를 꺼내 확인했다. 인터넷에 글을 올린 뒤 수시로 그랬다.

걸음을 멈춘 채 행인들을 관찰했다. 거리에는 명품이 넘쳐났다. 멋 부린 젊은 여자나 소박한 중년 여자도 루이비통이나 구찌 같은 핸드백을 들고 있었다. 모두 진품은 아닐 것이다. 짝퉁이라도 명품 로고가 필요한 모양이었다.

다시 걷기 시작했지만 음식점 앞에서 걸음이 멎었다. 유니폼과 와이셔츠 차림이 두셋 또는 네댓씩 안으로 들어갔다. 허리가 구부러졌다. 등과 목 줄기가 묵직하고 뻐근했다. 팔이 납추처럼 무거웠다. 온몸이 성냥개비로 쌓아올린 듯 와르르 무너질 것 같았다. 더 걸을 수도 없었다. 돌아갈 일이 막막했다. 걸음을 옮길 때마다 음식점이 들어왔다. 현기증이 돌았다.

집에 들어서자마자 가스레인지에 물부터 올렸다.

"밥 있는데…."

물이 끓기도 전에 면을 넣었다. 냄비를 들고 방으로 들어갔다. 책상 앞에 앉아 꾸들꾸들한 면을 훌훌 빨아 당겼다. 국물도 마셨다. 김치를 한 입 먹다 엉덩이를 들었다. 책상 서랍에서 통장을 꺼냈다. 한손으로 젓가락을 움직이면서 다른 손으로는 페이지를 넘겼다. 면을 후루룩 빨아 당긴 뒤 숫자를 헤아려보았다. 935,000원, 낮게 발음하는데 가슴이 뻐근했다.

처음부터 총을 사려고 모은 것은 아니었다. 민주를 만나는 동안 변변한 선물 하나 하지 못했다. 당장 결혼할 형편이 못되지만 빈손으로 기다려달라고 할 수는 없었다. 반지라도 하나 살 계획이었지만 다 지난 일이었다. 실연은 당할 수 있지만 누구나 총을 생각하지 않을 것이다. 좌절할 때마다 총을 생각하는 내가 비겁하게 느껴졌다. 평생 벗어나지 못하리라는 두려움도 일었다.

잠깐 밖으로 고개를 돌렸다. 통장을 생활비로 내놓는 일은 없을 것이다. 민주 침대에 웅크리고 있는 내 모습이 보여

라면 맛이 떨어졌다. 젓가락을 팽개쳤다.

　냄비를 들고 부엌으로 나갔다. 엄마가 텔레비전 옆에 앉아 화분을 들여다보고 있었다. 방으로 돌아와 책상 아래의 기다린 플라스틱 상자를 끌어당겼다. 뚜껑을 열자 M16과 AK 자동소총과 리볼버 권총이 드러누워 있었다. 모두 인터넷에서 구입한 모의 총기였다. 엄마가 보면 사색이 될 것이다. 내다버릴 수도 있었다.

　얼마 전, 뉴스를 보던 엄마가 갑자기 숨을 멈췄다. 웬 사내가 권총을 빼들고 시내버스 앞으로 다가와 기사를 위협하는 장면이 화면에 나왔다. 사내 얼굴은 모자이크 처리되어 알아볼 수 없었다. 기사 인터뷰가 이어졌다. 처음에는 가스총인줄 알았지만 이내 이대로 죽는구나, 싶었다며 진저리를 쳤다. 며칠 뒤 총이 가짜라는 뉴스가 나왔다. 사내가 총을 빼든 건 기사가 헤드라이트를 비춰 운전을 방해했기 때문이라고 했다.

　엄마가 불안한 눈으로 나를 힐끔거렸다. 전에도 본 적이 있었다. ××××년 4월, 미국 버지니아 공대 조승희의 총격 사건 때였다. 엄마는 조승희가 대화 상대가 없는 외톨이라는 점과 그의 내부에 웅크리고 있을 분노에 대해 이야기하는 정신과 의사 말에 신경을 곤두세웠다. 텔레비전에서 그에 대한 뉴스가 보이지 않을 때까지 양미간을 모은 표정이 떨렸다. 엄마는 내가 나이를 먹어도 안심이 되지 않는 모양이었다. 누가 무슨 일만 저질렀다하면 불안한 눈으로 나를 살폈다.

총을 하나씩 꺼내 총신과 방아쇠를 어루만졌다. 플라스틱 질감은 긴장감을 일으키지 못했다. 나는 묵직하면서도 뼛속까지 서늘해지는 진짜 총을 갖고 싶었다. 진짜 총을 만져 본 건 군에서였다. 사격 훈련을 시작하기 전, 조교의 주의 사항을 듣는 내내 발끝에 힘을 주었다. 충동을 이기지 못하고 달려 나갈 것 같아서였다. 총을 받아들었을 때는 가슴속에서 쿵쿵 소리가 났다. 정신을 집중해 총신을 어루만지자 머릿속이 하얘졌다. 단단히 입술을 물고 심호흡을 했다. 엄마 얼굴도 물리쳐야 했다. 내가 군에 입대하기 전, 엄마는 자궁을 들어내는 수술을 받았다. 자궁 근종이 포도송이처럼 주렁주렁 맺혀 출혈과 요통을 견디지 못했다. 외가 친척들은 너희 애비 때문이라며 분통을 터뜨렸다. 나는 수술 후 우울증에 시달리는 엄마를 두고 도망치듯 군에 입대했다. 사격 훈련을 하는 내내 표적에 아버지 얼굴이 떠올랐다. 얼핏 엄마도 보여 눈을 끔적였다.

"그건 왜 꺼냈어."

엄마가 번개처럼 달려들어 M16을 낚아챘다. 손길도 우악스러웠다. 빼앗으려 해도 소용없었다. 오히려 나를 떠다밀고는 개머리판으로 등짝을 후려쳤다. 방바닥에 탕탕 내리치기도 했다. 그냥 꺼내본 것뿐이라고 해도 듣지 않았다. 엄마 팔을 붙들고 빼앗았다. 이제 이런 거 필요 없으니까 안심하라고 했다. 진짜 총만 구하면 버릴 생각이었다. 눈을 흘기는 엄마를 외면했다. 얼굴 가득 자글자글한 주름이 마음을 건드렸다. 제발 불안하게 하지 말라는 엄마 말과 함께 휴대전화가 울었다.

낯선 전화번호가 떠올랐다. 한손으로 엄마를 밀어내고 문을 닫았다. 상대가 잠잠했다. 다시 응답하는 내 음성이 깊게 가라앉아 있었다.

"총 구하세요?"

사내 말이 다소 어눌했다. 순간, 숨을 쉴 수 없었다. 대답도 나오지 않았다. 나는 이미 마피아를 떠올리고 있었다. 헛기침으로 목을 가다듬었다. 사내가 전화를 끊을지 모른다는 조바심과 긴장으로 심장이 벌떡거렸다. 사내가 돈부터 송금하라고 했다. 얼마냐고 묻자 백만 원이라는 답이 돌아왔다. 십만 원만 깎아달라고 한 뒤 총과 맞바꾸자고 했다. 사내가 직접 거래는 하지 않을뿐더러 백만 원 이하는 안 된다고 잘랐다. 물건 구하는 사람이 많다는 것이었다. 가진 게 구십만 원뿐이라고 통사정을 하자 사내가 잠깐 망설였다. 입금 확인하고 내일 퀵서비스로 부쳐주겠다고 했다. 총이 어디서 났는지 물으려다 말았다.

"잠깐만요. 실탄은 몇 발이죠?"

밤새 선잠에 시달린 나는 물에서 기어 나오듯 무거운 몸을 일으켰다. 진짜 총을 손에 넣는다는 생각에 흥분이 되었다. 방안을 왔다 갔다 했다. 두 주먹을 불끈 쥐기도 하고 아아아, 목소리도 가다듬었다. 대문으로 뛰어올라가 골목을 내다보기도 했다. 사내가 돈만 챙기고 물건을 보내지 않으면 어쩌나 불안할 때도 있었다. 물건 구하는 사람이 많다는 소리에 경솔했을 수도 있지만 지금으로선 기다릴 수밖에 없었다.

민주에게 전화를 걸어 마지막으로 할 말이 있다고 했다. 시간이 지루해서만은 아니었다. 용건이 있으면 전화로 하라는 음성에 냉기가 흘렀다. 왜 그 남자와 결혼 하냐고 새삼스럽게 물을 건 없었다. 사실 여자를 사로잡는 방법은 간단했다. 좋은 직장과 재력이 명품 로고인 세상이었다. 짝퉁 로고조차 붙이지 못한 내가 선택 받기는 어려웠다. 통장에 돈이 모이기를 기다리는 동안 민주는 눈에 들어온 그럴듯한 물건을 선택한 것뿐이었다. 결혼식이 며칠 남지 않았다는 그녀가 연락을 끊어주는 예의도 모르냐고 소리를 깔았다.

"신동우 씨, 퀵서비습니다."

오토바이 엔진 소리와 함께 남자 음성이 쩌렁쩌렁 울렸다. 재빨리 대문으로 달려 나갔다. 남자가 상자를 건네고 오토바이에 올랐다. 조끼 뒤에 적힌 퀵서비스 전화번호가 사라지는 것을 확인한 다음 방으로 달려 들어갔다.

상자는 노란 테이프로 꼼꼼히 포장되어 있었다. 그다지 무게가 느껴지지 않았다. 책상 서랍에서 칼을 꺼내는 손이 떨렸다. 심장 박동이 말발굽 소리보다 거칠었다. 상자를 열자 엠보싱 비닐 포장재로 둘둘 만 검은 권총이 보였다. 영화에서 본드걸이 가진 총보다 크지만 그래도 만족스러웠다. 스프레이를 뿌려 황금총을 만드는 것도 좋을 것이다. 사내가 제법 꼼꼼하다고 여기며 포장재를 둘러싸고 있는 테이프를 벗겼다.

총을 쥐는 순간, 소리 없이 탄성을 터뜨렸다. 방아쇠에 손가락을 걸고 두 손으로 총을 감싸 쥐었다. 그러고는 찬찬히 살펴보기 시작했다. 총은 차가운 금속 느낌도 없었고 무게도 가벼웠다. 엄지와 검지를 동그랗게 말아서 튕겨보았다.

다시 한 번 똑같이 했다. 틱, 틱, 가벼운 소리가 났다. 검지 끝은 조금도 아프지 않았다. 총을 쓸어보고 손톱으로 긁어도 보았다. 그것은 손끝에 익숙한 플라스틱 질감이었다. 기운이 쑥 빠졌다. 넋을 놓은 채 다리를 뻗고 앉았다. 박스를 뒤집고 포장재도 탈탈 털었다. 어디서도 실탄은 나오지 않았다. 급격하게 눈자위가 뜨거웠다. 휴대전화를 눌렀지만 신호음만 이어졌다.

문이 열리며 엄마가 상체를 밀었다. 포장재로 재빨리 총을 감쌌다. 손을 내민 엄마가 어느새 총을 빼앗았다. 저항했지만 당하기 어려웠다. 포장재를 벗긴 엄마 표정이 쇠붙이보다 차가웠다. 엄마 손에서 총을 낚아챘다. 벽에 걸려있는 점퍼를 끌어당기며 냅다 밖으로 뛰었다.

"동우야!"

엄마 목소리에 반지하 방이 지상으로 솟구칠 듯했다. 점퍼 안주머니에 총을 찔러 넣은 다음, 계단을 뛰어올랐다. 골목을 빠져나가는 걸음걸이가 불안정했다. 순간순간 다리가 풀려 푹 꼬꾸라지려 했다. 점퍼 안주머니의 총이 흔들리면서 가슴팍을 툭툭 쳤다. 그것이 무슨 신호처럼 느껴져 한 손으로 가슴을 눌렀다. 손바닥 안으로 총이 고스란히 느껴졌다. 그대로 방아쇠를 당기고 싶었다. 골목을 빠져나와 시내버스

정류장에 다다를 때까지 한 순간도 그 자세를 풀지 않았다.

나는 진짜 총을 품은 것처럼 흥분이 되었다. 이상할 것은 없었다. 나는 총을 사기 위해 통장을 탈탈 털었다. 그러니 총은 진짜였다. 허리에 꼿꼿하게 힘이 들어갔다. 가슴도 활짝 펴졌다. 버스를 타려는 사람들과 부딪칠 때는 흠칫 소스라쳤다. 가슴에서 총을 빼들 것 같은 충동이 불끈거렸다.

사람들을 지켜볼 뿐, 갈 바를 잡을 수 없었다. 한참만에야 버스에 올라탔다. 여전히 가슴에서 손을 떼지 못했다. 자리에 앉아 졸거나 전화통화를 하고 이어폰을 낀 사람들을 둘러보았다. 손잡이를 잡고 서 있는데 허리에 힘이 들어갔다. 그러고 보니 목과 어깨 통증을 느낄 수 없었다.

오피스텔 앞에서 민주를 기다렸다. 결혼이 얼마 남지 않아 바쁜지 그녀는 돌아올 줄 몰랐다. 도로는 꼬리를 문 차량들로 혼잡했다. 가로등과 자동차가 앞 다퉈 불을 밝히고 있었다. 행인들이 엉거주춤 선 나를 힐끔거렸다. 휴대전화를 꺼냈다 도로 집어넣었다. 엄마가 튀어나올 것 같아 전원을 켤 수 없었다.

건물 안으로 들어가 엘리베이터를 탔다. 느릿느릿 복도를 걸어 민주 집 앞에 다다랐다. 지난 한 달 동안 몇 차례 그녀를 찾아왔다 돌아서곤 했다. 도어락 비밀번호를 눌렀지만 열리지 않았다. 당연했다. 문 앞을 오가던 나는 점퍼 안주머니에 손을 집어넣었다. 총이 따뜻했다. 체온 때문이었지만 뜻밖에도 콧날이 찡하고 가슴이 뭉클했다. 오른손으로 총을 잡은 나는 이걸 왜 샀으며 여기까지 온 이유를 생각해 보았다. 그리고 민주를 위협할 참인지 반문해 보았다. 허리가 수그러지면서 허물어지듯 주저앉았다.

엘리베이터 멈추는 소리가 났다. 곧 복도 저편에서 남자와 여자가 걸어오고 있었다. 여자의 실루엣이 낯설지 않았다. 쇼핑백을 여럿 든 남자를 확인하는 순간, 안주머니에서 손을 빼려다 멈칫했다. 손아귀에 힘이 들어가고 있었다. 나를 본 민주가 태연한 척 했지만 온몸이 굳는 게 보였다. 아는 체를 하면 민주가 난처하겠다는 생각과 동시에 총을 뽑아들었다.

"악!"

외마디 비명이 터졌다. 내가 그녀에게 총 이야기를 했던지 기억나지 않았다. 남자도 움찔했다. 뻗었던 팔을 천천히 거둬들였다. 그리고는 총구를 내 머리통에 갖다 댔다. 민주와 남자가 서로를 끌어안았다.

"탕 탕 탕!"

방아쇠를 당기며 목청껏 소리쳤다. 그제야 남자가 저놈 뭐야, 라며 삿대질을 했다. 민주가 남자를 만류하고 있었다. 나는 꼭 한 번은 총을 쏴야 했다. 그래야 민주뿐 아니라 현재에서 벗어날 수 있을 것 같았다. 계속 방아쇠를 당겼지만 한순간, 심한 부끄러움이 몰려왔다.

　도망치듯 복도를 내달렸다. 오피스텔을 나와 버스정류장으로 가면서 그동안 총을 쏘고 싶었던 얼굴을 떠올리려 안간힘을 썼지만 하나도 떠오르지 않았다.

　대문을 들어서다 고개를 들었다. 반지하로 내려가는 계단 위에 불이 환했다. 직장에 다닐 때 늦게 귀가해도 불 한번 켜놓지 않더니 별일이었다.

　조심스럽게 출입문을 밀었다. 거실에는 텔레비전이 켜져 있었고 앵커의 뉴스 멘트가 흘렀다. 저녁상도 차려져 있었다. 엄마 방을 들여다보았다.

　마주보고 있는 내 방 문을 미는 순간, 입을 벌렸다. 오도카니 침대에 앉아있던 엄마가 벌떡 일어나 방안을 왔다 갔다 했다. 발밑에서는 와지직 부서지는 소리가 비명처럼 터졌다. 내 방은 온통 검은 플라스틱 조각으로 난장판이었다. 총신이 뎅겅 부러지고 개머리판도 반으로 벌어진 채 널브러져 있었다. 그 사이사이로 황금빛 잔해도 보였다. 책상 아래의 플라스틱 통도 찌그러지고 깨져 사용할 수 없을 것 같았다.

"저녁 먹자."

엄마 음성이 단호했다. 집안을 짓누르고 있던 그늘이 훌렁 벗겨지는 듯했다. 부엌으로 나가자 텔레비전 뉴스가 계속되고 있었다.

"국내에서 재연배우로 활동하던 러시아인들이 살인사건에 쓰인 바 있는 권총을 판매하려다 경찰에 붙잡혔습니다."

텔레비전 화면에 권총 1정과 실탄 8발이 든 탄창이 클로즈업 되었다.

"경찰은 이들이 판매하려한 권총이 지난 ××××년 4월, 부산에서 발생한 러시아 마피아 살인사건에 쓰인 권총과 동일한 것으로 확인됐다고 밝혔습니다."

삽시간에 허기가 몰려왔다. 몸속에 웅크린 야수가 날뛰는 것 같았다. 허겁지겁 밥을 먹기 시작했다. 밥공기가 비어도 포만감을 느낄 수 없었다. 엄마가 다시 밥을 푸며 내일부터 일하기로 했으니 그리 알라고 했다.

텔레비전 옆에서 허리를 구부렸다. 화분을 들자 누런 잎 두 개가 투둑, 떨어졌다. 엄마가 나를 지켜보고 있었다. 계단을 올라 대문 옆에 화분을 내놓았다. 밤하늘은 잘 닦아놓은 질그릇처럼 윤이 났다. 다시 계단을 내려오는데 점퍼 주머니에서 흔들림이 느껴졌다.

나에게는 총이 있었다. 구십만 원이나 주고 샀다. 내가 가진 유일한 총이었다. 스프레이를 사 꼼꼼하게 뿌릴 생각이었다. 나는 황금총을 가진 사나이가 될 것이다. 영화에서처럼 악당의 무기는 필요치 않았다. 호신용이면 충분했고 그 정도는 꼭 하나 가지고 싶었다.

주머니에 손을 넣자 총부리가 만져졌다. 동시에 몸 어딘가에 불끈, 힘이 들어가는 것을 느꼈다.

# 명동 주민센터를 찾아가다

_

너는 좀처럼 눈을 거두지 못한다. 세상으로 가는 길이라고
믿었던 출구가 커다랗게 입을 벌리고 있다. 누군가도 너처럼
계단을 지상에서 내려온 사다리라고 믿을 것이다.

명동역 3번 출구를 올려다본다. 상체를 곧추 세운 계단이 가파르게 걸려 있다. 혹, 계단은 지상에서 내려온 사다리가 아닐까. 허리를 구부린 너는 차양처럼 걸린 출구 끝 하늘을 내다본다.

마음이 급해 걸음을 재촉한다. 계단이 사라질지도 모른다는 두려움이 몰려온 것이다. 가쁜 숨을 할딱이는 너는 물속으로 가라앉지 않으려 자맥질을 하는 것 같다. 명동역 3번 출구를 통해 학교를 오가기 시작한 올 봄부터 줄곧 그랬다. 날마다 계단을 오르다 보면 마침내 지상에 발을 디딜 날이 올 것이다. 너는 땅을 딛고 선 그림자가 보고 싶다. 그림자를 획득해야 비로소 존재를 확인할 수 있다. 그것은 너의 소망이자 위안이며 자기 암시다.

마지막 계단을 오르자 성급한 마음 먼저 백 미터 앞 명동 주민센터로 달려간다. 너는 J와 한 집에서 사는 것으로 만족할 수 없다. 그의 아내가 되어 주민등록등본에 오르고 싶다. 그것은 너의 존재를 증명하는 그림자다. 주민센터를 찾아가 그에게 너를 묶어야 비로소 지상에 발을 붙일 수 있다. 그런 날을 고대하며 턱 끝까지 차 오른 숨을 고른다.

숨을 마실 때마다 입 안 가득 박하사탕을 문 듯 청량한 맛이 빨려든다. 날숨을 쉴 때는 아, 탄성이 터진다. 무사히 출구를 나섰다는 안도감이 밀려온 것이다. 다시 가슴을 열자 남산골을 타고 온 바람이 폐부로 쏟아진다. 그것은 습기 건조제인 투명한 실리카겔 알갱이 같다. 음습한 구석에서 수분을 빨아내는 그것. 계단 아래를 굽어본다. 콧잔등이 시큰하다. 실리카겔이 필요했던 지난 시간이 급속도로 사라지고 있다. 명동역 3번 출구를 나서면서부터다. 서른 해 생의 출구 앞에 선 듯 입술을 사려 문다.

둘둘 치킨이 있는 왼편 길을 따라 걷는 너는 전에 없이 걸음이 가볍다. 하이트 광장을 돌아서면 명동 주민센터와 관내도, 목멱골 실내포장마차와 희영 부동산 사무소가 나올 차례다. 그 위 인쇄소에서 학교에 닿는 길 양편에 도열한 가게들까지 눈앞으로 달려온다.

하이트 광장을 돌아선다. 주민센터 앞에는 순찰차가 한 대 서 있다. 경찰관 둘이 주민센터 출입문 앞에서 이야기를 나누는 중이다. 파출소가 있었나 봐. 가방 속의 고지서가 떠올라 일순, 손뼉이라도 칠 듯 반갑다. 그렇지 않아도 경찰서나 파출소에 들러야 할 일이 있다. 너는 교통위반사실 통지서와 과태료 납부고지서를 들고 가 네 이름으로 된 고지서를 발급 받아야 한다. 위반사실 통지서는 차량 소유주인 J 앞으로 날아왔지만 운전한 사람은 너다. J의 면허증에 애먼

벌점이 오르게 할 수 없다.

잠깐 들르려다 곧장 지나친다. 벌써 강의 시간이 가까워지고 있다. 너는 고등학교 졸업 십 년 만에 대학에 진학했다. 학생들 나이는 스무 살부터 한두 살 더 먹었거나 많아봤자 스물 너덧이다. 메이크업을 한 화사한 얼굴들이 떠오른다. 입학 후 얼마간 너는 그들 앞에 지친 얼굴을 들이미는 것이 쑥스러웠다.

위아래 옷매무새를 살핀다. 너는 주름이 선 정장 바지 위에 체크무늬 남방셔츠를 입고 있다. 캐주얼도 반듯한 직장인 냄새도 나지 않는 옷차림이 어색하다. 눈두덩이며 얼굴이 묵직하다. 학교로 들어서며 손가락 깍지를 끼고 팔을 쭉 뻗어 올린다. 목을 좌우로 돌리다 뒤로 젖히기도 한다. 강의실로 들어설 때는 한결 몸이 가볍다. 자리를 잡자 새삼 대학에 왔다는 감격이 밀려온다.

스무 살부터 시작한 직장 생활은 지루했다. 돈을 모아 대학에 가려면 직장을 그만 둘 수도 없었다. 대학보다 더 중요한 것은 먹고 사는 일이었다. 너는 책 위로 오버랩 되는 지난 시간을 반추해 본다.

겨울이 끝날 무렵, 너는 속수무책으로 시간을 보냈다. 신입생 등록 마감일이 다가오고 있었다. 하늘에서 돈이라도 뚝 떨어졌으면 좋겠어. 절박한 나머지 J 앞에서 넋두리를 늘어놓았다. 도움 요청은 아니었다.

다음날, 온라인으로 돈을 넣었다는 연락이 왔다. 통장에는 정말 등록금에 해당하는 돈이 입금되어 있었다. 오래 전부터 그 자리를 지키고 있었던 듯 자태가 의젓했다. 너는 숫자 뒤에 줄줄이 따라붙은 동그라미를 헤아리고 또 헤아렸다. 통장을 가슴에 꼭 안을 때마다 세상일이 별 것 아닐 수 있겠다는 생각이 잠깐 들기도 했다.

사실, 하고 싶은 말은 그런 게 아니었다. 돈도 돈이지만 너는 든든한 울타리가 되어 줄 관계가 필요했다. 사람들이 얽히고설킨 관계에서 진저리를 치는 것이 부러웠다. 부모형제가 없는 너는 허허벌판 위의 집이었다. 조금만 바람이 불어도 우두둑 벽이 뜯기고 종래, 허술한 서까래까지 쑥 뽑힐 듯 위태로웠다. 집을 에워쌀 울타리가 절실했다. 나이 삼십이면 아이도 있을 나이였다. 시댁이며 주변의 문어발 같은 관계에 두통을 앓다 가벼운 탈선도 꿈꿀 수 있었다. 한번 관계에서 밀려나면 영영 돌이킬 수 없었다. 너는 스스로의 운명을 진단하는데 익숙했다.

"차라리 날 사라고 광고라도 내고 싶어. 그럼 누가 살까."

네 말을 농담으로 여겼던지 J가 가볍게 실소했다. 하지만 안쓰러운 나머지 이내 표정이 심각해졌다. 너는 자신을 광고에 내볼까 고민한 적도 있었다. 신문을 읽고 난 뒤부터였다. 결혼 정보 회사에 가입한 회원에 대한 기사가 눈길을 끌었다. 그들 중에는 결혼상대로 카드빚을 해결해주거나 경제적으로 여유 있는 사람을 찾는 여성이 많다고 했다. 나이가 많거나 재취 자리도 상관없다는 것이다. 솔깃했다. 너는 평생 끊어지지 않을 관계만 맺을 수 있다면 누구라도 좋다는 글귀를 등에 써 붙이고 싶었다. 그런 파격적인 조건으로 결혼 정보회사에 회원 등록을 할 용의도 있었다.

J에게서 연락이 왔다.

"당분간이라도 내 집에 와 있으면 어때?"

J의 집은 단출했다. 방 셋 아파트는 둘이 살기 좋았다. 너는 이끌리듯 거실 가운데로 갔다. 벽에는 눈을 인 침엽수림 배경 사진이 걸려 있었다. J 부부가 남매를 데리고 외국 여행이라도 갔던 모양이었다. 서로 어깨와 허리를 껴안은 그들은 한 덩어리였다. 너는 작게 움츠러들었다. 광대뼈가 불거진 J의 아내에게서 눈을 떼지 못했다.

집 안에는 그들 누구의 흔적도 찾을 수 없었다. 그러니 묻지 않았다. 궁금해 하지도 않았다. 중요한 것은 현재였다. 너는 곧 사진을 무시했다. 오롯이 방 하나를 차지할 수 있다는 것이 무엇보다 좋았다. 너는 살던 집의 보증금을 올려주지 못해 당장 집을 비워야 할 형편이었다. 더구나 학교에 다니려면 집의 보증금이라도 빼먹어야 할 처지였다.

일단 J에게 기생하기로 했다. 너는 변화 없이 무료하게 살다 이사를 한 것 같았다. 막 집 안 배치를 끝낸 주부처럼 기분이 새로웠다.

저녁이면 너는 방에 틀어박혀서 과제를 했다. 일찍 퇴근한 날이면 J는 슬그머니 고개를 들이밀었다. 멋쩍게 웃는 그의 얼굴에는 적적함과 우울한 빛이 어려 있었다. 그런 날이면 함께 술을 마셨다. 취기가 돌기 시작하면 J는 급속도로 눈빛이 풀려 너를 끌어당겼다. 포박을 풀고 나왔지만 곧 돌아가야 하는 사람처럼 몹시 서둘렀다. 그는 난폭하면서도 얄밉도록 부드럽게 몸을 움직였다. 마침내 턱 끝까지 숨이 차오르자 얼굴이 일그러지며 이를 악물었다. 시원으로 거슬러 오르려는 자맥질 끝에 마침내 탄성이 터졌다. 순간, 눈앞이 하얘졌다. 멎었던 호흡이 가까스로 살아난 J가 가쁜 숨을 할딱였다. 숨을 고른 그가 곧 낮게 코를 골기 시작했다.

네 방으로 돌아오면 그새 노트북 화면이 까맣게 죽어 있었다. 마우스를 흔들자 창이 살아났다. 그것이 아내를 기다

리다 곯아떨어졌던 남편처럼 날카롭게 너를 쏘아보았다. 너
는 내일 제출할 소설을 쓰느라 늦은 시간까지 책상 앞에 앉
아 있었다. 하나하나 소설 속 인물 관계를 만들어 가는 동안
가파르게 고통이 몰려왔다 스러지곤 했다.

너는 십 년 전에 대학에 갔어야 했다. 하지만 뒤를 밀어
줄 부모가 없어 단념할 수밖에 없었다. 아버지는 초등학교
때 세상을 떠났고 연애를 시작한 엄마는 거울 앞에 앉아 콧
노래를 부르기 바빴다. 입시생인 너보다 귀가가 늦어 야식은
기대조차 할 수 없었다. 대학 이야기를 꺼냈지만 엄마는 마
스카라 짙게 바른 눈만 깜빡였다. 너는 학비와 밥을 동시에
해결할 자신이 없었다. 우선 몇 년 착실하게 돈을 모으기로
했지만 가파르게 치솟는 방 값에 늘 숨이 가빴다. 대학에
가려는 계획은 해마다 밀렸다. 더는 미룰 수 없어 시험에 응
시했지만 앞이 막막했다. 직장까지 그만 둔 너는 급기야 하
늘에서 돈이라도 떨어지기를 바랐다.

지난해 더위가 물러갈 때쯤, 은행에 갔다 J를 다시 만났
다. 송금 하러 왔다는 그가 벌써 오소소 떨고 있었다. 네가
J를 만난 건 첫 직장이었던 중소기업에서였다. 이미 결혼한
걸 알면서도 그를 향하는 마음을 멈출 수 없었다. 무모한 짓
을 멈추기 위해 회사를 떠난 몇 해 사이 그가 직접 경영을

맡았다고 했다. 간혹 너는 J의 아내를 선망하던 옛 기억을 손바닥에 올려놓기도 했다. 하지만 이제 달랑 사진 한 장 남겨놓은 그녀를 간단히 잊었다.

강의실에 앉아있는 너의 입가에서 시종 미소가 떠날 줄 몰랐다. 교단에 선 강사가 학생들의 소설을 총평하고 있었다. 결국 소설의 지향점은 사람과 사람, 사람과 세상의 관계 탐구에 있습니다. 너는 가슴이 두근거리며 눈물이 날 것 같았다. 눈물을 참느라 연신 눈을 깜빡였다. 강사의 말이 경전인 양 곱다시 가슴에 와 박혔다. 기분이 흐뭇했다. 혼자 엉뚱한 길에서 헤매지 않았다는 안도가 몰려왔다.

Y와 K가 네 팔을 꼈다. 강의가 끝나고 하교하는 길이었다. 그들도 직장에 다니다 대학에 입학했다. 대여섯 살 아래 두 처녀를 거느리고 걷다보면 어느 길모퉁이에 흘렸는지 모를 지난 시절을 환불받는 것 같았다. 인쇄소와 부동산 사무소와 실내포장마차 아래의 주민센터를 지나 하이트 광장으로 들어섰다.

어차피 나야 간판인데 이렇게 힘든 줄 알았으면 좀 쉬운 전공을 택하는 건데. K가 담배를 꺼내 물었다. 너는 또 K 손가락에서 빛나는 반지에 눈을 빼앗겼다. K는 맞선을 볼 때마다 번번이 학벌이 문제가 되었다고 했다. 대학 진학을

권한 것은 지금 만나는 남자였다. 재학 중인 내년쯤 결혼을 하면 누가 문제 삼겠냐고 했다는 것이다. 학벌이든 집안이든 상대편이 원하는 조건을 갖추지 못한 사람의 심정이 새삼 압정처럼 가슴에 들어와 박혔다. K가 다행스러워 안도의 숨을 쉬었다. 그 남자가 주었다는 반지를 보며 엄지손가락으로 빈 약지를 만지작거렸다. 너도 반지를 끼고 싶었다. 싸구려 구리 반지라도 상관없었다.

"애가 없으니까 학교 다니는 부담이 덜하겠다. 근데 언니는 일부러 애 안 가진 거야?"

Y가 눈을 빛냈다. 너는 입꼬리를 올릴 뿐이었다. Y가 너의 잔이 넘도록 술을 따랐다. 공연한 걸 물었다는 난처함 때문이었다. 네가 Y에게 대학에 왜 왔냐고 물었지만 대답 대신 잔을 들었다. 너도 성급하게 잔을 비웠다. 가끔씩 손목시계를 들여다보기도 했다. 그러자 Y와 K가 아줌마 표 그만 내라며 핀잔을 주었다. 너는 멋쩍게 웃었다. 정말 아줌마 표 낸 게 미안한 듯 매번 웃음으로 순간을 모면하곤 했다.

Y와 K는 술이 들어갈수록 더 많은 이야기를 쏟아냈다. 바닥이 새는 배에 앉아 끊임없이 물을 퍼내는 노역에 시달리는 것 같았다. 내부의 균형을 유지해 침몰하지 않으려는 필사의 몸부림이었다. 언니, 형부 불러서 같이 마시자. 어떤 분

인지 궁금한데 얼굴 한번 보자. 둘이 그런 소리도 했다. 대꾸는 않고 너는 허둥지둥 가방을 둘러멨다. 가야겠다고, 곧 그 사람 돌아올 시간이라는 너는 몹시 다급해 보였다. 너는 뒤도 돌아보지 않고 하이트 광장을 빠져 나왔다. Y와 K가 너를 붙잡을 틈도 없었다.

명동역 부근에는 사람들이 꾸역꾸역 몰려들었다. 명동역 3번 출구에서도 사람들이 쏟아져 나왔다. 너는 팔을 번쩍 들었다. J가 돌아왔을지도 모른다는 초조감 때문만은 아니었다. 가끔은 지하철을 타고 싶지 않았다. 지하철을 타고 있으면 문득 생이 영영 땅속을 벗어나지 못할 것 같은 두려움이 엄습했다. 너는 지상에서 생활하고 싶었다. J의 집은 지상이었다. 너는 그의 집에서 살지만 아직 지상으로 올라서지 못했다. 주민센터를 찾아가야 했다. 그래야 비로소 그림자를 획득할 수 있었다.

가끔 잠결에 기척을 느낄 때도 있지만 J는 대부분 퇴근하면 곧장 집으로 돌아왔다. 그는 술이나 친구뿐 아니라 운동에도 썩 취미가 없었다. 식사는 밖에서 해결하지만 네가 늦은 저녁을 먹고 있으면 맞은편에 앉기도 했다. 그는 소박한 밥상을 신기하게 들여다보았다. 그러고는 몇 끼 굶은 사람처럼 숟가락을 들고 허겁지겁 달려들었다. 술기운이 오른 너의 머릿속에 그런 J가 떠올랐다. 택시 요금을 내려고 지갑을 꺼냈다. 부피가 두툼했다. J는 지갑이 가벼워질 무렵이면 알아서 용돈을 챙겨주었다. 시간을 쪼개 아르바이트를 하겠다던 각오는 진작 사라졌다.

J의 집은 침실과 서재와 너의 방으로 용도가 나눠져 있었다. 일찍 퇴근한 J가 좀처럼 서재에서 나올 줄 몰랐다. 너는 서재에는 발을 들이지 않았다. 주로 문이 닫혀 있지만 어쩌다 조금 벌어진 틈 사이로 언뜻 얇은 모니터가 보였다. 그것이 눈을 부릅뜨고 집 안을 내다보는 것 같았다. 주의를 받은 적은 없지만 다가갈 수 없다는 것을 직감했다. 그곳은 네가 알지 못하는 세상과 J가 교신하는 곳이었다.

그 사이, 너는 냉장고를 뒤졌다. 감자와 양파를 넣고 된장찌개를 끓일 참이었다. 두부가 있으면 숭숭 썰어 넣는 것도 좋았다. 그것이야말로 네 서른 해 신산한 삶의 진실을 아는 유일한 증인이었다. 된장이 떨어져 지갑을 들고 나섰다. 엘리베이터가 내려오고 있었다. 엘리베이터를 탈 때마다 매번 즐거움과 낯선 기분이 교차했다. 언덕길과 가파른 계단을 오르내리는 그림 하나가 눈앞으로 나섰다. 숨을 할딱이는 모습이 선연했다. J의 집으로 오기 전까지 너는 그 길을 통해 세상을 오갔다. 눈을 감으며 도리질을 했다. 위층에 사는 성싶은 여자가 말을 건넸다.

"아저씨 혼자 사는 줄 알았더니 이렇게 젊고 이쁜 부인이 있었네요. 난 십일 층에 사는데 언제 우리 집에 놀러 와요."

너는 공손하게 고개를 숙였다. 엘리베이터가 아홉 개 층을 내려오는 동안 너는 여자의 질문에 꼬박꼬박 대답했다. 아직 애를 안 낳아서 그런지 처녀라고 해도 믿겠어요. 부러워하면서도 여자는 걱정 또한 숨기지 않았다. 너는 그런 문제로 마음을 다치지 않았으며 위로에 대한 감사 표시로 밝은 표정을 지었다. 엘리베이터에서 내리며 여자가 다시 한 번 놀러 오라고 했다. 너는 여자 뒤에 대고 또 고개를 숙였다.

집에 돌아올 때까지 서재 문은 굳게 닫혀 있었다. 시시각각 시장기가 몰려와 허리가 꺾일 것 같았다. 냄비에서 김이 올랐다. 멸치를 건져내고 준비된 재료를 넣었다. 시장기가 심한 탓인지 된장 냄새에 속이 울렁거렸다. 냉장고에 있던 밥을 전자레인지에 데우고 찌개를 펐다. 설익은 감자를 먹더라도 하는 수 없었다. 저녁을 먹는 네 앞에 J가 와 앉았다.

"이렇게 먹고 어떻게 공부를 하겠다는 거야."

뭉클 북받치는 덩어리를 누르며 계속 밥을 먹었다. J가 팔을 뻗어 밥과 된장찌개를 떠먹기 시작했다. 변변한 반찬 하나 없이 저녁을 먹는 풍경이 가난하지만 의좋은 부부 같아 절로 웃음이 비어져 나왔다. J 역시 즐거워 보였다. 더 이상 J가 식당을 찾아 전전하게 할 수 없다는 생각이 들었다. 너는 식당에서 먹는 것만큼 다양한 반찬을 만들 자신은 없었다. 빈약한 식탁을 준비하더라도 저녁 한 끼 정도는 직접 지어 주어야겠다고 생각했다.

"내일부터 저녁 지어 놓을게요."

그럴 것까지 없다고 하면서도 J는 싱긋 웃었다. 너는 고개를 숙였다. 얼굴이 달아올라 그를 바로 볼 수 없었다.

그때, 거실과 침실과 서재에서 전화벨이 울렸다. J가 서재 문을 닫고 들어갔다. 전화만 오면 그랬다. 괘념치 않았다. 문을 닫고 통화할 일이라면 그래야 했다. 숟가락을 내렸다. 통화는 좀처럼 끝날 줄 몰랐다. 너는 J가 나올 때까지 식탁 앞에 앉아 있었다. 막상 식탁으로 돌아온 그가 너를 의아하게 바라보았다. 손에 우편물이 들려 있었다.

"참, 사진이 두 장 날아왔더군."

J는 내가 출장 가고 없을 때 차를 몰고 나갔냐고 물었다. 첫 새벽이라고 마구 달려 과속 방지용 카메라에 찍힌 모양이라고 했다. 위반사실 통지서에는 자동차 번호판이 찍힌 사진과 위반 시간이 표시되어 있었다. 너는 자동차를 운전하는 게 좋았다. 네가 운전면허를 딴 건 중소기업을 떠나 새로

얻은 직장에서였다. 어쩌다 술 먹은 동료를 대신한 적은 있지만 크게 소용 닿을 일이 없었다. 그때만 해도 운전의 재미를 알지 못했다.

운전에 재미를 붙인 건 이태 전쯤이었다. 비로소 제대로 된 인연을 만났다고 생각했던 때였다. 주말이면 그와 교대로 자동차를 운전하고 도시를 빠져나갔다. 그가 결혼 이야기를 꺼냈고 어엿한 관계로 이어질 무렵, 너는 낭떠러지로 곤두박질쳤다. 브레이크가 파열되어 멈출 수 없는 자동차처럼 속수무책이었다. 초라한 집안이며 학벌을 문제 삼아 그의 집에서 결혼을 반대하고 나섰다. 그의 어머니가 너를 앉혀놓고 내 아들과 결혼은 안 된다고 했다. 감히 그런 꿈을 꾸다니 어이없다며 콧방귀를 뀌었다. 꽁지 빠진 닭도 너보다 낫겠다고 했다. 너는 아직도 그때의 쾌감을 잊을 수 없었다. 빠르게 달리면 네 삶을 그의 옆으로 옮길 수 있다는 흥분에 달떴다. 가끔은 길가에 세워놓은 자동차를 보면 발작을 일으킬 것 같았다. 아무거나 골라 타고 냅다 달리고 싶은 충동이 몸을 들쑤셨다.

며칠 후 과태료 납부 고지서가 왔다. 위반사실 통지서와 함께 가방에 챙겨 넣고 학교로 가는 길이었다. 명동역 3번 출구를 나섰다. 너는 관성에 따라 둘둘 치킨과 하이트 광장

쪽으로 붙어서 걸었다. 곧 명동 주민센터와 관내도, 그 위로 실내포장마차와 부동산 사무소가 나올 차례였다.

하이트 광장을 돌아서던 너는 순찰차와 경관을 보았다. 파출소에서 봐야 할 용무를 기억했지만 걸음을 재촉했다. 어느새 기말 고사가 다가오고 있었고 소설 두 편을 제출해야 하는 너는 정신을 차리기 어려웠다. 사람과 사람간의 관계를 붙드는 일에 더욱 집요하게 매달렸다. 부모 자식 간부터 그간 놓쳐버린 관계 하나까지 따져야했다. 때로는 종주먹을 들이댔다.

뒷목에서 통증이 끊이지 않았다. 너는 J의 저녁밥을 짓고 강의 시간에 맞춰 학교를 오갔다. 그렇지만 너는 어느 장소에도 존재하지 않았다. 현실에는 나무 등걸 같은 몸만 남아 있었다. 정신은 누구도 알지 못하는 곳으로 표표히 떠나고 없었다.


저녁 찬거리를 사들고 집으로 돌아온다. 너는 몸의 무게를 느끼지 못한다. 피곤할수록 더욱 몸이 가벼워지는 것 같다. 저녁밥을 짓기 위해 앞치마부터 차려 입는다. 그것은 네 존재를 증명하는 물건이다. J의 저녁밥을 짓기 시작하면서 아기자기한 꽃무늬가 내려앉은 앞치마를 입었다. 너는 네가 아는 몇 가지의 요리법을 동원해 저녁을 준비한다.

곧 J가 부리나케 현관문을 열고 들어설 것이다. 그는 준비가 덜 끝난 걸 보고도 성마르게 채근하리라. 네 얼굴로 열고 부드러운 웃음기가 번진다. 반찬 그릇의 크기와 모양을 조화시켜 식탁을 꾸민다. 식사에 곁들일 술도 마련되어 있다. 가파르게 치닫고 타이트하게 조인 호흡을 편안하게 풀어주는 데는 술이 제격이다. 아직은 단단히 부여잡은 시간을 놓아도 좋을 때는 아니다. 그래도 그 정도 여유를 부리고 싶다. 소설 공부 하고 싶어 대학에 입학했지만 점점 힘이 부친다.

예상은 빗나지 않는다. 밖에서 비밀번호를 누르는 전자음이 들린다. 마지막으로 가지런히 수저를 놓고 재빨리 현관으로 달려간다. J가 손잡이를 당기지만 문은 열리지 않는다. 시장기를 못 견뎌 성급한 모양이다. 네가 안에서 문을 연다.

J는 몹시 지쳐 있다. 종일 숨 쉴 틈 없이 바빴다고 한다. 그가 샤워하는 사이, 속옷을 챙기러 안방으로 들어간다. 서랍의 속옷은 일정한 모양으로 접혀 반듯하다. 그걸 보는 너는 흡족하다. 처음 얼마간 접힌 모양이 다른 속옷이 섞여 있었다. 다행히 J는 고집스러운 사람이 아니었다. 한 사람이 손을 놓자 서랍에는 질서가 자리 잡았다. 욕실 문이 열리고

서야 러닝셔츠와 팬티를 꺼낸다. 정신을 놓고 있던 너는 부리나케 부엌으로 간다.

식탁에 앉은 J는 유심히 술병을 바라보더니 잔부터 채운다. 변변찮은 반찬에도 달게 밥을 먹던 그가 별일이다. 숟가락은 찌개 냄비로만 들락거린다. J가 미심쩍지만 너는 입을 열지 않는다.

"당분간 가 있을만한 곳 없어? 당분간이면 돼."

너는 눈을 치떠 나 말인가요, 하고 묻는다. J가 고개를 끄덕이지만 왜 그래야 하는지 묻지 않는다. 너에게는 당장 갈 곳이 없다. J는 술만 마신다. 너는 소리 죽여 밥을 먹는다. 술도 좀 마실 생각이었지만 손이 가지 않는다.

J에게 이유를 물어야 하지만 용기가 없다. 대신 어디로 가야할지 생각하는 게 더 급하다. 너에게는 당분간 신세를 질만한 친구도 없다. 잠깐 엄마를 떠올리지만 역시 갈 곳은 아니다. 십여 년 전 엄마는 새로운 관계를 찾아 떠난 사람이다. 재혼을 하며 곧 품에서 불거져나갈 딸자식에게 배신당하기 싫다고 했다. 너는 엄마가 남겨놓은 게 뭔지 뒤지기 시작한다. 기억 속은 텅 빈 상자와 다름없다. J의 집으로 들어올 때 어디로 가기에 짐을 맡기냐고 묻던 모습만 또렷하다.

"딱 한 달이야. 한 달이면 돼."

한 달이라는 말에 J는 힘을 준다. 그는 벌써 그 다음을 내다보고 있다. 한 달이 지나면 다시 평화로운 안식처가 제공된다는 약속일 것이다. 너를 빤히 들여다보며 안심시키려 애쓴다. 그래도 너는 왜 그래야 하는지 묻지 않는다.

"곧 여름 방학이라 집사람과 애들이 들어와. 아이들이 캐나다에서 유학 중이거든. 당분간만 어디 가 있어."

J는 기러기 아빠였구나. 너는 그제야 애초에 당분간이라도 내 집에 와 있겠냐고 했던 말뜻을 납득한다. J의 말은 거짓이 없음도 깨닫는다. 한데도 너는 당분간이란 말을 무시했다. J는 가족에 대해 말하지 않았고, 너는 그들의 부재를 멋대로 해석해버린 것이다. 조금 웃는 것으로 대답을 대신한다.

"집사람이랑 애들 돌아가고 나면 다시 와. 어차피 너도 집이며 생활비를 해결해야 하잖아."

네 눈을 붙든 J가 좀처럼 물러서지 않는다. 너는 네게 필요한 것과 그가 필요로 하는 것을 비교해 본다. 이제와 보니 그가 내민 계약서의 내용도 모르고 서명부터 한 셈이다. 또다시 계약서를 받아든 너는 비로소 내용을 읽기 시작한다.

전화벨이 운다. 술 탓인지 J가 조금 비틀댄다. 통화를 끝낸 J가 외출 준비를 하고 나선다. 급히 만날 사람이 있다고 한다. 집을 나서려다 말고 내가 돌아올 때까지 자지 말라는 그의 눈빛이 촉촉하다.

문 닫히는 소리에 맞춰 너는 거센 물살을 가르며 허적허적 방으로 들어간다. 너는 J의 집에서 그와 함께 살고 싶다. 그렇지만, 그건 딱히 J가 아니어도 좋다. 함께 살 수만 있다면 누구든 상관없다. 우선 노트북부터 챙긴다. 여행 가방에 옷가지며 책과 몇 가지 화장품을 차곡차곡 넣는다. 너는 고개를 흔든다. J의 한마디에 산산조각 난 꿈이 보이는 듯하다. 사방으로 튕겨나간 파편에 찔린 상처에서는 피가 흐를 것이다. 너는 또 한 번 두 눈 번연히 뜬 채 사람의 관계에서 밀려났다. 가방이 닫히지 않아 내용물을 꾹꾹 누른다. 너는 그 속에 넋두리와 서러움까지 차곡차곡 밀어 넣는다. 노트북 가방을 어깨에 멘다. 여행 가방을 끌고 방을 나선다.

손도장을 찍듯 길게 엘리베이터 버튼을 누른다. 맨 꼭대기에 있던 엘리베이터가 십일 층에 멈췄다가 네 앞에 당도한다. 안에 있던 여자가 너와 가방을 번갈아 본다.

"부부 싸움을 했거든요."

여자가 다 안다며 웃는다. 입을 가려도 손가락 사이로 하얀 국수 같은 웃음이 몇 가닥 빠진다. 살다 보면 별 일 다 있다는 위로도 잊지 않는다. 여자가 곧 돌아오라고 할 때는 다시 한 번 절망이 몰려온다. 현기증이 일어 주저앉을 것 같다.

때로 보이는 것이야말로 참으로 허황된 것이란 생각을 한다. 네가 믿으려 안간힘 썼던 것들도 다 부질없는 것인지도 모른다. 그렇지만 빈약한 음식으로 식탁을 차리던 순간만큼은 너는 J의 아내였다고 믿고 싶다. 일 층까지 다다르는 건 참 순식간이다. 한 층 한 층 숫자가 바뀔 때마다 매번 삭제 키를 누르듯 J와의 관계를 지워야 한다는 것을 안다. 그리하여 마침내 기억이 말끔해지기를 바란다.

너는 닫힌 엘리베이터 문을 그리운 추억인 듯 돌아본다. 다시 돌아선 너는 무수한 게임 오버에도 불구하고 재실행 명령을 받아 말짱한 얼굴로 스타트 라인에 선 게임 캐릭터 같다. 여행 가방의 바퀴 소리가 투덜거림처럼 너를 따른다. 아랑곳하지 않고 또박또박 걷다 뒤돌아본다. 밤하늘을 향해 우람하게 솟은 J의 아파트가 낯설다. 너는 너도 모르게 진저리를 친다. 지난 몇 달간 저곳에서 살긴 살았던 걸까.

기말 시험을 마치고 강의실을 나간다.

오늘도 집에 안 들어가? Y의 목소리가 낮다. 너는 Y를 찾아가 신세 지고 있다. 며칠이라고 했지만 그 며칠이 지나도 너는 갈 곳이 없다. 새삼 모래성처럼 가슴 한 귀퉁이가 뭉텅 허물어진다. J와의 관계를 고정시켜 줄 헐거운 나사못 하나 없다는 생각을 하면 한숨이 난다. 한 달씩 Y에게 신세 질 수는 없다. 그 뒤를 상상하기는 더욱 막연하다.

K가 너와 Y에게 둘둘 치킨에 가자고 한다. 풀이 죽어 실 컷 맥주나 마시고 싶다는 것이다. 부동산 사무소와 실내포 장마차까지 다다른다. 한 학기 동안 오르내리던 길 양편 가 게들이 정겨워 주위를 둘러본다. 이제 파출소만 지나면 하 이트 광장과 둘둘 치킨이 나올 차례다.

파출소 앞을 지나기 직전, 걸음을 멈춘다. 미뤄두었던 일 이 생각났다. 너는 가방을 뒤져 교통위반사실 통지서를 꺼 내들고 Y와 K에게 양해를 구한다.

"언니, 파출소가 어디 있다는 거야?"

네가 앞장서서 여남은 개 계단을 뛰어오른다. 다시는 소용 닿지 않을 줄 알았던 운전면허에 벌점이 올라간다는 사실에 잠깐 코가 맵다. 그것이 지난 생의 왕성한 증거 같아서다. 벌 금이든 벌점이든 기쁜 마음으로 받을 준비를 한 너는 파출 소 출입문을 민다. 출입문 앞에는 경관이 보이지 않는다. 안 에서도 제복은 찾아볼 수 없다. 생소한 파출소 풍경과 맞닥뜨린 너는 고개를 갸웃거린다.

와이셔츠 차림의 얼굴들이 각자의 책상 위나 컴퓨터 모니터에 코를 박고 있다. 창구 앞에는 제 증명 발급, 전입신고와 혼인 신고 따위의 팻말이 올라앉아 있다. 들고 있던 것에 눈을 떨어뜨린다. 우뚝 선 채 움직일 수가 없다. 그런 너를 향해 사내가 어떻게 오셨어요, 묻는다.

"여기 파출소 아닌가요?"

"예, 파출소요? 여긴 명동 주민센터입니다."

사내가 너의 위아래를 훑는다. 머릿속이 멍하다. Y와 K가 황급히 네 팔을 나눠 낀다. 주춤주춤 뒷걸음쳐 밖으로 나온다. 너는 지난 봄날부터의 모든 걸음이 혹, 신기루는 아니었을까 의심이 든다. 주민센터를 파출소라고 믿었다니, 어처구니가 없다. 주민센터를 찾아가 너를 J에게 묶고 싶었던 소망을 꺼내본다. 그와 주민센터를 찾아가기를 꿈 꿀 때는 행복했다. 너는 그대로 주저앉을 것만 같다. 계단 아래 명동 관내도 앞에 선 너는 비로소 생뚱맞았던 기억을 명징하게 회복하고 있다. 또한 그 연유도 선명하게 떠오른다.

너는 명동 관내도 앞을 오간다. 우뚝 멈춰서 골똘히 생각에 잠기기도 한다. 너는 굴절되어 눈에 들어온 세상을 고스란히 믿었던 걸 깨닫는다. 단 한 번의 굴절이 완벽하게 실상을 가려놓았다는 사실에 새삼 놀란다. 날마다 명동 관내도 앞을 지나다니면서도 어쩌면 그걸 몰랐던 걸까. 그동안 얼마나 많은 것들이 굴절되었던지 알 수 없다. 또한 그걸 진실이라고 멋대로 믿고 살았을 것이다. 너는 보이는 대로 철석같이 믿어왔던 네 자신과 삶은 더욱 믿을 수 없다. 무너지듯 맥없는 웃음이 터진다. 너에게서 마른 먼지가 풀썩 나는 것 같다.

"잠깐만 기다려 봐."

너는 좀 전에 내려 온 길로 황급히 뛰어올라간다. Y와 K가 네 뒤를 따른다. 실내포장마차와 부동산 사무소를 거쳐 인쇄소까지 다다른 너는 몸으로 문을 떠민다. 틀림없는 인쇄소인 걸 확인하고 부동산 사무소를 들여다본다. 장기와 바둑으로 시간을 소일하는 늙수그레한 영감들이 앉아있다. 분명 곁에서 보던 모양 그대로다. 음식 준비로 분주한 실내포장마차까지 확인한다.

"언니, 뭐 하는 거야?"

아직 모든 게 확실치 않다고 생각하는 너는 아래로 달려간다. 막상 앞에 다다랐지만 안을 들여다볼 용기가 나지 않는다. 너는 네가 알고 있던 둘둘 치킨과 하이트 광장이 표면 뿐이면 어쩌나 싶어 가슴이 조여든다. 이곳에도 우연히 착각

280

의 틈입자가 끼어든 것은 아닐까.

긴장한 니는 조심스럽게 하이트 광장의 문을 연다. 고개를 뺀 너는 둘둘 치킨도 들여다보지만 뒤로 물러난다. 막상 발을 들이면 전혀 엉뚱한 세계가 펼쳐질지도 모른다는 우려를 떨칠 수 없다. 네가 들여다본 인쇄소와 부동산 사무소와 실내포장마차도 모두 표면뿐일 수도 있다. 그곳은 전부 네가 교통위반사실 통지서를 들고 들어갔던 또 다른 주민센터인지도 모른다.

너는 길가의 가게만이 아니라 Y와 K의 내부도 믿을 수 없다. 정작, 더욱 믿기 어려운 건 그들이 열어 볼 네 마음인 것도 모르지 않는다.

그만 들어가자. Y가 나서지만 너는 발을 떼지 못한다. K가 몇 걸음 뒤쳐져 있다. 잠깐만 기다려. K가 반지를 만지작거리며 손을 들여다본다. 입술을 사려 물고 반지를 돌리기 시작한다. 쉬 빠지지 않는지 인상을 찌푸린다. K가 와인드업 자세로 힘껏 반지를 던진다. 그것이 명동역 3번 출구 앞으로 날아간다. 저거 말야, 가짜더라구. 하도 반짝이길래 진짤 줄 알았잖아.

너는 좀처럼 눈을 거두지 못한다. 세상으로 가는 길이라고 믿었던 출구가 커다랗게 입을 벌리고 있다. 누군가도 너처럼 계단을 지상에서 내려온 사다리라고 믿을 것이다.

둘둘 치킨 앞으로 다가선다. 여태 잘못 알고 있던 가게의 실체를 알아야겠다는 듯 망설이지 않는다. 때마침 등 뒤로 늘어진 긴 그림자가 어깨를 붙잡는다. 너는 아랑곳하지 않고 힘껏 출입문을 당긴다.

# 해설

–

## '갇힌 말' 너머의 언어와 작가

김병덕(소설가, 중앙대 강사)

## 1. 소설가에게 흐르는 시간

소설가에게 시간의 흐름은 어떤 의미를 지닐까? 작가 역시 생활세계에서 일상적 삶을 영위하는 보통의 일반인들과 비슷한 나날들을 살아가는 것은 물론이다. 그러나 그것만으로 소설가가 보내는 세월의 흐름을 규정할 수는 없다. 무수한 세인들이 하루하루를 살아가는 양태와 닮은꼴인 듯하면서도, 그의 삶에는 늘 작품을 써야 한다는 내적 강박과 집필중인 작품에 별다른 진척이 없어 괴로워하는 또 하나의 모습이 존재한다. 그런 고통의 과정은 소설가에게 '자기세계' 구축을 위한 각고의 노력을 촉발하고 이전의 작품세계를 보다 심화·확장하게 하는 촉매제로 작용한다.

1996년에 등단한 정혜련은 오랜 시간 동안의 문학적 숙성을 거쳐 2009년 첫 작품집 『오피스텔 토마토』를 상재했다. 그리고 정확히 십 년이 지난 지금 『갇힌 말』을 세상에 내놓았다. 그가 두 번째 창작집을 내놓기 위해 견뎌낸 지난 십 년의 소설적 고뇌와 작가로서의 압박감, 그리고 문학적 성취의 흔적이 드러나는 이 책에는, 세월의 무게를 어떻게든 작품으로 승화시키려 고심한 그의 지난 발자취가 애잔하고도 벅차게 그려져 있다.

그 양상은 우선 「장미터널」의 903호 여자처럼 타인의 시선을 의식하지 않고 주체적 삶을 살고자 하는 여성상으로 드러난다. 이는 『오피스텔 토마토』 해설에서, 이태동이 말한 '여성의 자아실현'이라는 맥락의 연장선상에 있다고 하겠다. 또한 「대머리 독수리」에서처럼 외모로 여성의 삶의 조건을 평가하는 천박한 세태에 대한 비판으로 표출되기도 한다. 그리고 작가의 첫 작품집에 수록된 「트라이앵글과 원」과 같이 미국에서의 생활이 담긴 「갇힌 말」과 「스테파니와 손을 잡다」, 자기고백의 서사로 읽히는 「숨은 새」, 소설이 곧 작가 자신의 삶이라는 강렬한 메시지가 묵직하게 전달되는 「안구건조증」으로 작품세계는 심화된다.

정혜련은 이렇게 지난 십 년간 소설세계의 깊이를 얻고 넓이를 확장하기 위해 고통의 언어로 작품들을 직조해놓았다. 그 세월에 들인 작가의 공력은 자신의 소설적 성장은 물론이고 독자들에게도 해석의 지평을 넓혀놓았다. 예술혼을 불태우는 소설가에게 시간은 그저 덧없이 흘러가지만은 않는다는 사실을 그의 이번 창작집은 독자들에게 웅변하고 있는 것이다.

## 2. 닫힌 공간에서의 고치 깨기

정혜련의 첫 작품집에 나오는 「안과 밖의 명상」은, 일단 그 내용은 차치하고라도 제목의 측면에서 의미심장하다. 이 작품에서 '안'은 경찰서 유치장이며 '밖'은 세상이다. 이 안—밖에 대해, 죄 없는 작품 화자는 "안이나 밖이나 다를 게 뭐 있겠어요" 하고 능친다.

하지만 이번 작품집에서 이 안—밖의 이미지는 강하게 대립하는데, 작가는 일단 '안'에 보다 큰 의미를 부여하고 있다. 작가에게 '밖'은 부박한 세속적 세계에 불과하다. 정혜련 작품에서 남편들의 세상으로 은유되는 그곳은 고도화된 자본주의 사회의 동력대로 이기, 욕망, 실용, 경제, 속도 등으로 존재한다. 하여 그들은 미국에서 함께 생활하는 아내에게 "영어를 공부해서 한국으로 돌아가는 게 훨씬 쓸모 있는 일"(「갇힌 말」)이라 거침없이 내뱉는가 하면, "누구네는 주식 투자를 해 짭짤하게 재미를 봤느니, 전세 끼고 산 아파트가 얼마나 올랐느니, 재개발 아파트에 투자해 시세차익을 남겼느니, 퇴직하고 농사나 지으려고 산 땅에 도로가 뚫리는 바람에 몇 배를 뻥튀기 했느니 하며 부러워"(「애벌레」)한다.

이런 물질만능주의 현실에서 정혜련의 몇몇 화자들이 각

고의 노력으로 쌓아올리려는 소설의 휘황한 성좌는 폄훼되기 일쑤이다. 이것은 작가의 인물들을 안으로만 침잠하게 하는 주요 요인이 된다. 폐쇄적이고 단절된 아파트라는 공간에서 401호 여자는 스스로를 유폐하여 '은둔형 외톨이를 소재'로 한 소설을 쓰기 위해 골몰(「장미터널」)하며 어떤 인물은 소설을 위해 늘 "컴퓨터 앞에 앉"(「안구건조증」)는 것이다.

그 뿐인가, 작가는 외부와는 최소한의 교류만을 하며 유년기의 내면적 상처를 되짚어내고 심정적 화해를 하기도 한다. 정혜련이 유년기 트라우마를 직시하고 그것을 극복하기 위한 안타까운 노력이 잘 드러난 작품이 바로 「숨은 새」이다. "이야기를 해야 할 때가 왔다. 다락방에 대해"로 시작되는 이 작품은 '다락방'으로 은유되는 닫힌 이미지가 우선 인상적이다. 가스통 바슐라르가 『공간의 시학』에서 언급한 대로 "집이란 세계안의 우리들의 구석"이다. 특히 유년기에 거주하는 집은 "우리들의 최초의 세계"라 할 수 있다. 그리고 그 집 안에 마치 지하실처럼 내밀히 들어앉은 "다락방은 (유년기의 아이가−인용자) 몽상을 키우기에" 더없이 좋은 공간이다. 그러나 이 작품의 아이에게 다락방은 그런 낭만적인 공간이 아니다. 그렇다고 그 밀폐의 공간이, 어머니 뱃속에 있을 때와 같은 행복한 상태로 되돌아가고 싶은 퇴행적 욕망을 의미하는 요나 콤플렉스(Jonah Complex)를 아이에게 충족시켜주지도 않는다. 그 공간은 화자에게 그저 현실의 도피처이자 은신처에 불과하다. 그 이유는 이웃집 친구 미란이가 다락방에서 자살을 한 충격 때문이다. 아이가 "다락방 창문에 끼여 날아가지 못하는" 애처로운 새 한 마리에 불과하다고 자조하는 것은 바로 그 상처를 온전히 치유하지 못한 까닭에 있다. 미란과 동병상련의 처지였던 유년기의 화자 S는 그 트라우마를 극복하기가 어렵기만 했다. 그런 자신의 유년기를 성인이 된 화자는 다음과 같이 회상한다.

혼자 화덕 들고 다락방 올라간다고 얼마나 힘들었니. 연탄불도 같이 피우고 화덕도 둘이 같이 들었어야지. 동네 아이들과 학교 친구들에게 사팔뜨기와 붕어라고 같이 놀림 받았는데 왜 혼자만 간 거냐구. -「숨은 새」 중에서

평소 눈이 튀어나와 붕어라고 친구들에게 놀림을 당한 미란은 결국 다락방에서 자살로 어린 생을 마감했다. 이후 유년기의 화자는 엄마의 극렬한 만류에도 다락방으로 찾아드는데, 외모 문제로 같은 시련을 겪은 어린 화자는 미란이만 저 세상으로 보냈다는 자책감과 회한에 그곳으로만 숨어들

었을 터이다.

이처럼 여린 아이의 모습은 「안구건조증」에서도 등장한다. 이 작품의 유년기 화자는 마을 들판에 날아든 갈까마귀를 보고 울음을 터트리는 울보이다. 아이는 또한 "엄마도 슬프고 다 슬퍼. 사람은 무엇이고 생명은 또 뭐야. 우리는 어쩌다 생명을 얻게 되었을까"라는 존재론적인 슬픔에 눈물을 흘리기 일쑤이다. 거기에 부모의 싸움은 아이의 눈물을 마르지 않게 한다. 생명체에 대한 존재론적 질문으로 언제나 눈물이 터지는 아이에게 일상의 삶은 늘 불안하고 폭력적이기만 하다.

그렇게 성장한 아이들은 어른이 되어서도 안으로만 침잠하지만, 이 복잡한 현대사회의 성인들은 어쩔 수 없이 밖으로 나설 수밖에 없다. 삶의 무수한 조건을 형성하는 외적 활동에서 그들은 결코 자유로울 수 없는 것이다. 그럼에도 정혜련 소설의 인물들은 마치 '고치' 속의 '애벌레'처럼 닫힌 공간에서 자기만의 내밀한 삶을 고수하려 한다. 이 소설집에서 다락방으로 표상되는 닫힌 이미지의 공간이 「애벌레」와 「고치 속에서」에서도 확인되는 것도 그런 이유에서일 것이다.

제목에서 연상이 되듯, 고치(Cocoon)는 '무엇엔가 둘러싸여 보호를 받는 혼'을 상징한다. 과연 「고치 속에서」의 주인공 '몽'은 주인집 여자에게 "이 아가씨는 죽었나 살았나? 창문만 아니면 사람 사는 덴 줄도 모르겠네"라는 타박을 들을 정도로 칩거만 하고 있는 상황이다. 그는 아예 회사마저 그만두고 반지하방에서 은거하고 잠행하는 삶을 살아가고 있다. 그럼에도 '몽'은 이미 깨져버린 '현'과의 결혼 생활을 간절히 꿈꾼다. 고치 안에서 '현'에게 둘러싸여 보호 받고 싶은 마음이 애절하지만, '몽'이 할 수 있는 행동이라고는 사이버 코쿤족답게 인터넷을 하는 것밖에 없다.

그러나 고치는 '바람의 잠재력, 마력, 나비의 혼이 만들어지는 곳'을 상징하기도 한다. 즉 현재는 암담하고 답답하지만 애벌레가 성장하기 위해서는 고치의 긍정적 상징성을 활용해야 한다. 이 작품집에서 「애벌레」의 소중한 의미는 바로 거기에 있다. 이혼 후 딸의 양육권을 전 남편에게 넘겨주고 단칸방에서 생활하는 주인공은 선배의 팬시문구회사에 다니고 있다. 그런 그의 남다른 다짐 하나는 소설을 쓰려는 의지이다. 그는 결혼 후 "심심해서 백일장에 나갔다가 덜컥 상을 받고 난 뒤부터" 소설을 쓰기로 마음을 굳혔다. 세상사의 속도와 이치에 발맞추기가 어렵기만 한 그에게는 소설이 나름의 '고치'가 되는 것이다.

생활이나 소설에서 어떤 면으로 보자면 '애벌레'에 불과한 주인공에게는 도약의 계기가 절실하다. 그러나 그것이 번잡한 현대사회의 물결에 순응하여 이루기는 어렵다. 그렇다면 오직 스스로의 힘으로 번데기를 뚫고 날아오르는 수밖에 없는데, 그 일이 녹록치가 않아 힘겹다. 그때 재활용 쓰레기장에서 주운 『곤충도감』의 책표지 안쪽에 쓰여 있는 글은 그에게 많은 점을 일깨워준다. 그 대목은 어린 딸에게도 유효한 삶의 지침이 될 것이다. 다소 길지만, 「애벌레」의 요체라 할 만한 그 구절을 옮겨본다.

"파브르가 번데기에서 나비가 나오는 걸 관찰하고 있었대. 그런데 나비의 고통과 인내가 이만저만한 게 아니었나봐. 처음엔 입에서 액을 조금씩 분비한 나비가 조그마한 구멍을 내놓았어. 그런 뒤 몇 시간에 걸쳐 그 구멍을 확장시킨 후 드디어 머리가 나올만한 구멍을 만들더래. 이후부터는 더 이상 구멍을 크게 하지 않고 그 좁은 곳으로 빠져나오려고 무진장 애를 쓰더라는 거야. 고생 끝에 열여덟 시간이 걸려서야 구멍에서 빠져나왔는데, 나와서는 완전히 기진맥진해서 날지도 못 하더래. 그때 또 다른 나비도 번데기에서 나오려고 애를 쓰고 있었대. 이번에는 파브르가 가위로 위엣 부분에 큼직하게 구멍을 내줬대. 그 나비는 나오자마자 훨훨 날면서 파브르에게 고맙다는 듯 머리 위로 빙빙 돌더래. 신이 이것만은 실수했구나! 파브르는 그렇게 생각했어. 내가 꺼내주니 쉽게 나올 수 있는데 왜 그토록 혼자 어렵게 나오도록 했단 말인가 하고 중얼거렸대. 한참 후에 보니까 훨훨 잘 날던 나비가 한 구석에 떨어져 있고 처음 힘들게 나왔던 나비는 원기를 회복해서 잘 날고 있더래……"

   ─「애벌레」 중에서


   마치 숭엄한 생의 탄생 장면 같은 이 대목은 묘사 그 자체만으로도 독자에게 감동을 주기에 충분하다. 흔히 말하는 탄생의 고통과 신비라는 의미가 얼마나 숭고한 것인지를 위의 문장들은 우리에게 일러준다. 어쩌면 생의 비의는 태어날 때부터의 고난을 뚫고 비상하는 그 순간에 농밀하게 응축되어 있는 것인지도 모른다. 나비가 번데기를 뚫고 나오는 고통과 인내의 열여덟 시간, 우리의 삶이란 결국 저마다의 그 열여덟 시간을 끊임없이 순환하고 있는 것만 같기도 하다. 그렇게 누구의 도움도 없이 생사를 걸고 분투하는 삶 속에서 인생은 단련되고 성숙되고 완성될 것이다.

   그 과정에서 고치를 뚫고 나오기 위한 저마다의 무기가 필요하다. 광속의 현대사회에서 각자의 창은 천차만별일 터인데, 정혜련이 선택한 무기는 바로 소설이다. 문학의 죽음이 운위된 지 한참이 지난 시대에, 또 실제로 예술이 '문화산업'으로 전락한 이 부박한 시대에, 마치 아날로그적 문화의 대명사가 된 듯한 문자를 운용해 나비로 날아오르려는, 어쩌면 시대착오적일 수도 있는 작가의 자기다짐은 경이롭기까지 하다. 하지만 어쩔 수 없는 일이기도 하다. 그것만이 자신의 존재를 증명할 수 있는 유일한 방편이라면, 소설을 쓰는 일이 어찌 나비가 되어 날아오르는 일과 다르다 할 수 있을 것인가? 작가는 그 힘겨운 행위를 통해 알을 깨고 밖으로 나가 보다 당당히 자신의 존재 증명을 하고자 한다.


## 3. 자아의 존재증명과 시선의 확장

자신의 유년기 트라우마와 꿋꿋하게 대면한 정혜련은, 이제 그것을 뛰어넘어 그간 위축되었던 자아를 증명하려는 의지를 확고히 한다. 이는 세월의 더께가 쌓일수록 작가에게는 절실한 문제였던 듯하다. 한 편의 알레고리 소설로 읽히는 「황금총을 가진 사나이」는 그런 그의 욕망이 엿보이는 작품이다.

주지하다시피, 탄환을 발사하는 진짜 총은 사람의 생명을 앗아가는 치명적 무기이다. 그렇기에 우리나라는 물론 많은 국가들에서 총기 소유를 엄금하고 있다. 그러나 그 금단의 땅을 뛰어넘어 어떻게든 총을 소유하려는 자들 또한 존재한다. 이 작품의 주인공 남자가 바로 그렇다. 아직 젊은 나이지만 실직과 실연, 그리고 발기도 시원치 않고 목 디스크 증상이 있는 '패배한 생'을 살고 있는 남자, '나'는 '황금색 권총'의 방아쇠를 가차 없이 당기며 현실의 괴로움을 날리려 한다. 하지만 모의 총기로는 내면에 깊숙이 쌓여 있는 루저의 열패감을 시원하게 날릴 수 없다. 하여 그는 늘 진짜 총을 갈급해한다. 그에게 진짜 총이란 '직장과 재력이 명품 로고'인 세상에서 자신의 존재를 증명할 수 있는 유일한 도구이기 때문이다.

「명동 주민센터를 찾아가다」의 여주인공 역시 자신의 존재를 증명하기 위해 애달파하는 인물이다. '주민센터'에서 뗀 주민등록등본에 한 남자의 아내로 주인공은 자신의 존재를 증명하려 한다. 그러나 기혼의 J는 이미 아내와 남매를 둔 가장이다. 부모형제가 없는 주인공으로서는 J의 아내가 되어 그의 든든한 울타리 속에서 자신의 존재를 드러내고 싶었으나 실현은 요원하기만 하다.

어떻게든 자신을 세상에 알리고 싶은 인물이 극적인 구원의 동아줄로 발견한 것은 바로 소설이다. 소설을 통한 자아의 존재증명이라는 주제는 이 소설집에서 가장 빛나는 부분이라 할 터인데, 이 작품집 곳곳에서 소설을 쓰려는 의지가 드러나는 것은 작가의 그런 간절한 마음으로부터 발원한다.

이 작품집에서 언어를 통한 소통의 갈증은 우선 말로부터 시작된다. 월터 옹은 『구술문화와 문자문화』에서 인간은 선천적으로 구술성(Orality)을 지니고, 언어가 "기본적으로는 구술/목소리에 의존하는 것이라는 사실은 어느 시대에나 변함이 없다"고 말한다. 아울러 월터 옹은 구술적 표현의 특징 중 하나를, 그것이 인간의 생활세계에 밀착되어 있다고 본다. 인간의 삶에 이처럼 필수불가결한 말이 타인과 소통이 안 될 때의 답답함은 상상을 초월한다. 상호간의 언어불통은 단순히 그 자체의 고충뿐 아니라, 경우에 따라서는 송·수신자 간의 심리적 문제로까지 악화될 수 있다. 특히 타국에서 이방인과 의사소통이 원활하지 못해 겪는 불편은 더욱 클 것이다. 대화를 통한 서로간의 존재 증명이 거의 원천적으로 봉쇄되기에, 대화 상대자들은 '말의 갈증'에 시달릴 수밖에 없다.

「갇힌 말」의 화자가 바로 그런 곤경에 처해 있었다. 아들과 함께 유학생 남편을 따라 미국생활을 하는 그는 "한국말뿐 아니라 영어에서도 고립"되어 있는 형국이다. 비록 옆집 남자 토니가 언제나 말을 걸어오고, 나름의 감정적 교류를 나누곤 했지만 화자가 간절히 말하고자 하는 바가 그에게 제대로 전달되지는 못했을 것이다. 화자는 토니에게 미처 전달되지 않았을 속내를 다음과 같이 토로한다.

나에게는 내 말이 있다고 큰소리를 치고 싶었다. 또한 글이 있다는 자존심으로 꼿꼿하게 고개를 세웠다. 그가 무슨 말인지 알 것 같다며 고개를 끄덕였다. 나는 정말 내 말뜻을 아냐고 되물었다. 소리 없이 웃으며 그의 얼굴을 들여다보았다. 나는 내 말을 하지 못하는 갈증을 안으로 끌어안았다. 하루 종일 하는 일상적인 몇 마디와 함께 책상 앞에 앉아 글을 쓰는 고통도 눌렀다. 이미 미국인인 그가 내 고통을 알 리 없었다. -「갇힌 말」 중에서

이 작품에는 화자가 미국의 그로서리에서 여성 계산원의 무례한 태도에 자기도 모르게 감정을 폭발하는 장면이 나온다. 그때 화자는 자신의 내면 깊숙한 곳에 억눌려 있던 용암 같은 말을 분출하는데, 그것은 바로 "뭘 봐, 이 씨발년아!"라

는 심한 욕설이다. 욕을 내뱉고 그는 "오랫동안 가슴속에 딱딱하게 뭉쳐 있던 덩어리가 터지듯 뜨거운 기운이 온몸을 훑고 지나"가는 전율을 맛본다. 화자는 "누에가 실을 토해내 고치를 짓듯 아름다운 말을 하고 싶었다"고 하지만, 어쩌면 본능적으로 터져버린 격한 비속어야 말로 가장 소설적인 언어의 구사가 아닐까? 이 구술의 폭발이 문자로 전이되는 과정, 그것이 곧 소설이라 할 수도 있을 것이다.

다시 한 번 월터 옹을 인용하자면, 그는 구술성과 "쓰기라는 기술 사이의 상호작용은 마음의 깊숙한 곳까지 영향을" 준다고 보고 있다. 이 양자가 완벽하게 조응되기 전에도 물론 정혜련은 좋은 작품들을 쓰고 있었다. 그럼에도 불구하고 작가의 마음 한구석에는 소설에 대한 갈망으로 가득하다는 역설적인 상황이 존재한다. 이번 작품집 곳곳에서 발견되는 소설에 대한 의지와 열망은 바로 그것들의 반증이다. 가령 고등학교 졸업 후 십 년 만에 "소설 공부를 하고 싶어 대학에 입학"하고 "소설이야말로 그곳(죽은 엄마와의 화해-인용자)에 닿는 길"이라 말하거나 "무엇을 써야할지 막연"해 고민하는 소설가의 모습 등등은 작가 정혜련의 고뇌를 십분 이해하게 만든다. 그 곤혹스러운 장면은 다음과 같이 그려지고 있다.

말의 제약이 고스란히 소설에 영향을 미쳤다. 국제우편으로 한국 문예지에 투고한 원고가 당선되었지만, 말에 결박당한 나는 내 소설의 부자유함을 알고 있었다. 컴퓨터 앞에 앉아 아무리 골몰해도 정확한 어휘가 떠오르지 않아 곤혹스러울 때가 많았다. 나는 어어, 소리만 내는 벙어리와 다르지 않았다. 생활에서 먼 언어는 글에서도 성글었다. -「갇힌 말」 중에서

　화자는 '갇힌 말/글'로 인한 창작의 고통을 온몸으로 겪고 있다. 소설을 쓰고 있을 때만이, 비로소 나 자신을 알게 되며 또 존재를 증명하는 거의 유일한 방법이라 역설하는 위의 인용문에서, 정혜련은 생활세계와 유리된 말이 글과 얼마나 작품과 괴리감을 띠게 되는지를 섬세하게 통찰하고 있다. 미하일 바흐친 식으로 말하자면 "언어의 사회적 다양성에 대한 깊은 이해, 즉 어떤 시대에 실제로 일어나고 있는 다양한 언어들 간의 대화에 대한 이해"를 기반으로 한 소설 쓰기일 경우라야, 자신의 존재 증명이라는 자족적 차원을 뛰어넘어 사회적 의미망을 획득한다는 진리를 작가는 절감하고 있는 것이다.

　이 사실을 정혜련은 미국생활에서 체감한 듯하고, 이는 그의 소설이 이제 내면에서 외부로 시선의 확장을 이루는, 진

정한 '알깨기'로 승화되고 있음을 증명한다. 실제 작가가 "결국 소설의 지향점은 사람과 사람, 사람과 세상의 관계 탐구"(「명동 주민센터를 찾아가다」)에 있다고 작품에 쓴 대로, 그 양상이 이번 창작집에서 돌올하게 드러난 작품들로 「스테파니와 손을 잡다」와 「갇힌 말」을 꼽을 수 있다. 먼저 「스테파니와 손을 잡다」의 주된 공간적 배경은 미국이다. 한 달간의 미국 여행에서 화자는 언니를 따라나선 교회에서 스테파니라는 어린 소녀를 만난다. 교회 담임목사의 손녀인 스테파니의 일본인 엄마는 할아버지에게 아이를 맡기고 무책임하게 떠나버렸다. 자신의 엄마와 닮았다는 말을 하며 유독 화자에게 집착하는 아이에게 그는 마음이 쓰이는데, 그것은 그 역시 미국에서 아이를 버리고 한국으로 왔던 죄책감 때문이다. 어린 스테파니를 통해 화자가 자신이 방기하고 떠난 아이를 상기하는 것은, 개인적인 환부를 들추어내는 일인 동시에 우리 주위의 사회적 문제에 귀를 기울이는 일이기도 하다.

「갇힌 말」에서는 화자가 보다 적극적으로 사회와 교류하려 한다. 육 년간의 미국 생활에서 언어의 불통으로 곤란을 겪었던 주인공은 한국에 돌아온 후 자신과 동병상련의 처지가 분명할 이웃집 여인을 의식한다. 아마도 결혼 이주여성인 듯한 여인은 한국에서 이웃과의 교류 없이 외로운 시간을 보내며 살아가고 있다. 화자가 미국에서 이웃집 토니에게 많은 위로를 받았듯, 그는 점점 여인에게 따스한 눈길을 보내기 시작한다. 마침 소설가인 화자가 주목하고 있는 사회적 이슈 역시 '여자와 디아스포라'이기도 하다. 평소 특별한 친목은 없었지만, 드디어 화자는 여인에게 말을 걸어 작은 위로가 되고자 한다.

마침내 여자가 슬리퍼를 끌며 복도로 나왔다. 나를 보자 주춤하는 기색이었지만 이내 태연한 척 난간에 몸을 기댔다. 여섯 해만에 한국에 돌아와 보니 텔레비전이나 주변에서 동남 아시아계뿐 아니라 피부색 다른 사람들을 자주 볼 수 있었다. 그들은 산업연수생으로 왔거나 결혼을 했거나 그것도 아니면 돈을 벌기 위한 불법체류자라고 했다. 그들은 저마다 자신의 말을 두고 한국에 올 수밖에 없었던 사연이 있었을 것이다. 천천히 여자에게 다가갔다. 온몸으로 낯선 문화와 부딪치고 있을 그녀를 생각하자 토니가 보고 싶었다. 토니가 그랬던 것처럼 이제는 내가 말을 걸 차례였다.

"안녕하세요." -「갇힌 말」 중에서

우리가 일상에서 흔하게 하는 "안녕하세요." 그 한 마디가

타국 출신의 이웃집 여인에게 얼마나 큰 위로와 용기를 줄
것인지는 짐작이 가능하다. 이 작은 인사말이 화자의 오랜
고민이던 '갇힌 말'의 족쇄를 풀어준다. 사람과 사람, 사람과
세상과의 유의미한 교호는 그렇게 화자에게 '알깨기'와 시선
의 확장을 가져다주는 것이다. 그리고 그때, '갇힌 말'은 '살
아 있는 말'로 전화되어 정혜련 소설의 새로운 변모를 기대
하게 해준다.


## 4. 소설가에게 다가올 시간

세상 그 누구도 한 개인에게 다가올 시간의 모습을 예측
할 수는 없다. 그럼에도 숙명처럼 다가오는 시간의 수레바
퀴를 인간 모두는 굴려야 한다. 그 속에서 그들은 자신에
게 맞게 시간을 조정하고 운용하는 융통성을 발휘하는데,
그 미세한 조절의 차이는 삶의 양태를 제각각으로 만들어
낸다.

이 글에서 밝힌 대로 정혜련이 건너온 지난 시간은 소설적
모색과 쓰기, 그리고 이를 통해 자아의 존재 증명과 시선의
확장을 이루어낸 의미 있는 연속이었다. 이를 토대로 예측하

면, 그에게 다가올 시간이 소설가로서의 충실한 삶으로 촘촘히 채워질 것임은 자명하다. 앞으로도 그는 여전히 잠행하며, 소설가로서 '높고, 외롭고, 쓸쓸한' 시간들을 보내는 데에 여념이 없을 듯하다. 또 작가는 무소불위의 위력으로 인간에게 달려드는 시간과 함께 뒹굴고 호흡하며 새로운 소설의 성을 축조하는 행복을 향유할 터이다.

그 결과물을 얼른 산출해 독자들에게 내놓기를 기대한다. 이번 작품집에서 보여준 작가의 섬세하고 심원한 시선이라면, 작업 기간이 그리 길게 소요되지 않으리라는 확신이 든다. '갇힌 말'의 굴레에서 벗어난 지금, 그의 소설 쓰기는 시간의 흐름을 타고 더욱 왕성해질 것도 분명하다.

여담 한마디만 하고 글을 마치겠다. 이 글을 쓰는 동안 한번 술을 마실 일이 있었다. 오랜 단골집인 엘피 바에서 맥주를 마시고 있는데, 스피커에서 Rainbow의 〈Catch The Rainbow〉가 흘러나왔다. 기타리스트 리치 블랙모어의 명연주와 로니 제임스 디오의 애절하고 감미로운 음색이 일품인 그 곡을 들으며, 불현듯 정혜련의 이후 소설 작업이 '무지개를 잡는 일'과 동의어가 되었으면 하는 마음이 일었다.

어쩌면 소설 쓰기란 하늘의 무지개와 맞닿는 일일 수도 있지 않은가? 다가올 정혜련의 미래가 'Catch The Rainbow'

를 하는 소설 쓰기의 시간들로 가득 채워지고, 그 안에서
작가가 창작의 희열을 보다 더 강렬하게 맛보았으면 하는 바
람이다.